Dents de Soie

Slalom, un département d'Édi8
92 avenue de France, 75013 Paris
www.slalom-editions.fr
Correction : Christel Desmaris
Couverture : Studio Twist
Carte des Mondes Brisés : Germain Barthélémy
Composition : Facompo

Loi n° 49-956 du 16 juillet 1949 sur les publications destinées à la jeunesse, modifiée par la loi n° 2011-525 du 17 mai 2011.
ISBN : 978-2-37554-388-7
Achevé d'imprimer en France en juillet 2023 (2302746)
Dépôt légal : août 2023

Maëlle
DESARD

Dents de Soie

Slalom

Les Mondes Brisés
Svelabraj
Farhange
Huda
Palais des marraines
Gathoo
Huwinat
Palais des dents
Qaluthar
École des fées
Iqesh

UHIL
SANGUIS
PRIMUS
SANGUIS
EQOHAES

“Watch out!”

1

L'odeur de mon sang me met l'eau à la bouche.

Ce qui reste, certes, préférable aux nausées que déclenchent parfois les effluves de crasse et de sueur que j'exhale. Cela dit, même quand je tente d'ignorer ma propre puanteur, mon esprit divague rapidement et se questionne sur la possibilité de trancher un de mes doigts pour le manger.

Car j'ai faim. Terriblement, mortellement faim.

D'ailleurs, je ne sais pas qui de la folie, de la saleté ou de la famine aura ma peau en premier, mais le score est serré. Non pas que ça m'intéresse vraiment, au fond. Je suis anesthésié des sentiments depuis bien trop longtemps pour m'en inquiéter. Tout ce dont j'ai la certitude, c'est que j'ai une dalle d'enfer.

Je m'agrippe à la brosse aux poils durs et redouble d'efforts, espérant vainement me jouer de mon esprit embrumé et de ses pensées cannibales. Mais c'est peine perdue. Courbé dans la cheminée, les genoux écorchés jusqu'à l'os à force de prendre appui sur la pierre, je flotte dans un état semi-conscient.

Les grognements de mon ventre résonnent dans l'immense foyer que je tente de désencrasser depuis l'aube, et me valent les rires moqueurs des humains au milieu desquels je suis forcé de vivre.

Il y a encore quelques mois, je les aurais sans doute insultés. Peut-être même leur aurais-je explosé la carotide avec le tisonnier, m'improvisant une soirée cocktail directement depuis leurs gorges éventrées. Mais on ne m'a pas laissé approcher le moindre objet dangereux avant d'être sûr que je sois totalement brisé. Dehors comme dedans.

Aujourd'hui, ce même tisonnier me rentre dans la cuisse, l'écorchant sans que je trouve cependant la force de le décaler pour m'épargner cette souffrance inutile.

On peut dire qu'ils ont gagné. Le seul ennemi que je suis en mesure de combattre à présent, c'est cette trace de suie qui refuse de céder face aux assauts répétés de ma brosse. Même le voile qui me rentre dans la bouche et m'empêche de respirer a plus de volonté que moi, qui ai abandonné l'idée de le dompter depuis des mois.

— Devin ?

Mon nom résonne dans mon dos, et je suspends mon geste, l'oreille tendue. Mauvaise idée : une crampe gigantesque me tétanise le bras aussi sec, me faisant serrer les gencives.

— Devin ? Mais où est passé cet imbécile édenté ?

La voix est beaucoup plus proche à présent, et des bruits de pas précipités m'apprennent que les humains fuient la salle ; je n'ai plus le choix. Je me glisse hors de la cheminée, le bras engourdi, tétanisé de douleur.

— Oui, maîtresse ?

Je voudrais pouvoir dire que de prononcer ces mots me brûle la langue et me plonge dans une colère sombre.

Ou au moins qu'ils m'embarrassent. Mais non. Rien. À part la faim et les prémices de la folie, je ne ressens plus rien.

Ce qui n'est vraisemblablement pas le cas de la femme qui se tient face à moi. Elle se rengorge de ma soumission à n'en plus pouvoir. Sa poitrine palpite et manque déborder de son corsage ; son sourire s'élargit tant et si bien qu'il ne parvient pas à retenir captives ses deux longues canines, et ses yeux rubis rougeoient d'un plaisir presque charnel qui me fait grimacer.

Ma déchéance fait au moins plaisir à quelqu'un.

Quelque part, cachée dans le brouillard permanent dans lequel baigne ma cervelle, une petite voix me souligne l'ironie de la situation. Elle me rappelle qu'il y a de cela moins de dix mois, cette même dame qui se pâme de me voir l'appeler maîtresse se répandait en révérences et obséquiosités lors du bal des Saignées, me vantant instamment sa fille dans l'espoir farfelu que je la prenne en affection et honore sa maisonnée d'un mariage prestigieux.

Grave erreur.

Mon père l'a congédiée si prestement que je n'ai même pas pu échanger un mot avec elles. Après tout, les membres de la famille Montriond ne sont que des parvenus de Bas-Sang, qui se sont hissés dans la haute société en faisant du commerce d'humains. Et pour mon père, ils ne valaient guère mieux que ces derniers.

De cette soirée, je ne garde pratiquement aucun souvenir, si ce n'est ma colère quand j'ai compris qu'il voulait me faire épouser la fille de l'Impérator – promise à mon frère tout juste décédé – et le goût du sang délicieux qui nous a été servi, parfumé à la fraise et aux oranges et dont je me suis enivré.

J'ai faim.

— Mon fils m'informe que vous fêtez votre anniversaire ce jour, pérore madame de Montriond en agitant son éventail. Est-ce exact ?

— Je ne sais plus, maîtresse.

Je réponds par automatisme. Parce que, sans que je le contrôle, mon cerveau se lance dans une série de calculs mentaux excessivement difficiles pour un corps aussi mal nourri que le mien.

Mon anniversaire.

La dernière fois que nous l'avons fêté, mon frère était encore en vie. Ma mère aussi.

Moins de deux mois plus tard, notre famille était exsangue.

Moins de quatre mois plus tard, j'étais mis au fer pour l'avoir vengée.

On m'a arraché mes canines.

Obligé à porter le voile que seuls les Bas-Sang se doivent de garder devant les familles nobles, afin de cacher leurs honteuses bouches sans magie… ou édentées, comme dans mon cas.

Puis on m'a envoyé ici, en esclave.

— Eh bien, partons du principe qu'il dit vrai, rétorque madame de Montriond. Rendez-vous dans ses quartiers, il m'a fait dire qu'il avait une surprise pour vous.

Son œil pétille à nouveau. Je me contente de faire la révérence qu'on m'a apprise à grand renfort de coups de fouet, du temps où je refusais encore d'accepter mon sort. Et pourtant… je sais pertinemment que tout cela n'augure rien de bon. Sinon pourquoi la dame de la maison jouerait-elle les messagères ?

Je n'en ai cure. Il n'y a plus rien à briser chez moi, de toute façon.

J'erre, hagard, dans les couloirs de la grande villa que les Montriond se sont offerte, en me demandant si m'extraire ma propre rate serait plus ou moins douloureux que ce que j'endure à présent. Après tout, j'ai entendu que cet organe ne servait pas à grand-chose... Et je suis certain qu'il est gorgé de sang. De bon sang chaud.

Des rires me font revenir à moi, et je réalise que je me suis engagé dans les appartements du jeune maître. De nouveau, cette petite voix insidieuse, toujours à la recherche d'une flamme de rébellion quelque part, me rappelle qu'avant ma déchéance, cet imbécile n'avait pas même le droit de mettre un pied dans le quartier où je résidais, et que j'en suis aujourd'hui réduit à lui obéir au doigt et à l'œil.

Quand je pénètre dans la pièce, je croise les mains devant ma toge salie de suie et baisse la tête sur mon torse, dans une position soumise qui m'est presque devenue agréable.

Presque.

— Mais ne serait-ce pas le grand Devin Abéus qui s'en vient nous honorer de sa présence ? m'accueille la voix du fils Montriond.

J'acquiesce, docile, et mon regard s'égare un instant sur la scène qui s'offre à moi. Je le regrette aussitôt. J'y décèle une multitude de coussins et de soieries sur lesquels ondulent des corps de toutes formes et couleurs, poussant gémissements et râles.

Une orgie.

Jamais, dans ma maison, nous n'avons été autorisés à en tenir. Les humains que nous saignions étaient bien traités, logés, nourris et respectés. Ils nous offraient leur sang ; nous leur offrions une vie sereine.

Ce que fait Montriond est barbare.

On ne s'accouple pas avec sa nourriture.

Au-delà de mon dégoût, c'est l'odeur qui me frappe soudain. Le fumet du sang est si puissant que j'ai peur de détremper mon voile de salive. Les Montriond me nourrissent de sang de vache, qu'ils s'amusent à laisser cailler à l'air libre et, plus souvent que je ne souhaite me l'avouer, des larves viennent agrémenter la maigre pitance qu'ils m'octroient.

Et le pire ? C'est que je me réjouis quand cela arrive.

Alors forcément, là... Du sang frais, chaud, vraisemblablement humain... J'essaie de me souvenir du goût qu'il pouvait avoir sur ma langue.

Je n'ai même pas entendu le jeune Montriond s'approcher ; ce n'est que quand il me saisit le menton que je réalise que je me suis à nouveau perdu dans mes pensées.

— C'est une drôle de chose que la vie, chuchote-t-il en me détaillant. Tu savais que j'ai toujours pris le parti de ta famille dans les enfantillages qui vous opposaient, les fils de l'Impérator et ta fratrie ? Ridicule, n'est-ce pas ?

Je garde le silence, comme on m'a appris à le faire.

— Et dire que maintenant, tu es là. À récurer mes sols, mes toilettes, à faire tout ce que je t'ordonne. Pendant que Trajan se prépare à rejoindre le royaume des hommes pour demander la main de leur princesse... Le vieux roi Xandier a décidé de renouer avec la vieille tradition humaine du *Tournoi des Trois Clés*, tu étais au courant ? M'est avis que Trajan part bon favori.

Montriond guette la moindre de mes réactions, mais je reste stoïque.

À l'extérieur, tout du moins. Parce qu'au creux de ma poitrine, la voix insidieuse trouve enfin une braise sur laquelle souffler.

Trajan ? Le fils de l'Impérator, la crème de la crème des sanguis, épouser la princesse humaine ?

— Aaaah, je n'aimerais pas être à ta place, soupire Montriond. Tu as joué, tu as perdu... Cela dit, je donnerais cher pour voir ce gros balourd de Trajan se plier aux épreuves des humains pour la main d'une de ces gourdes-à-sang.

Il éclate de rire, sa mâchoire et son torse barbouillés d'hémoglobine. D'un geste, il soulève mon voile pour dégager ma bouche qu'il me force à ouvrir, afin de lui dévoiler ma honte la plus intime.

— Enfin... Je suppose que c'est préférable à ce qu'ils t'ont infligé. Quelle horreur, grogne-t-il en frémissant. Un sanguis sans canines, c'est... c'est...

— Contre nature ? propose une femme dans le lit.

Montriond se tourne vers elle, un grand sourire aux lèvres.

— Absolument. Et donc, ça me dérange...

La pression sur ma mâchoire se fait de plus en plus forte et je me demande si, enfin, le moment où on va me libérer de tout cela est venu. Très franchement, vu l'état de dénutrition dans lequel je suis, je doute que mon corps survive à une nouvelle blessure. S'il me brise la mâchoire ici et maintenant, je parie sur le départ de mon âme pour l'après-vie sans transition aucune.

Pourquoi pas, après tout.

Mais Montriond me relâche et me pointe de la main le fond de la pièce.

— Je t'ai gardé un cadeau pour ton anniversaire, m'informe-t-il. En souvenir du bon vieux temps.

Je m'incline, puis prends la direction qu'il m'a indiquée. Son regard ne me quitte pas alors qu'il retourne s'allonger sur le lit grouillant de corps qui s'agitent pour l'accueillir. Il reste sur le qui-vive, une main nonchalamment posée sur une fesse et le coude planté dans le dos d'un homme nu.

Je sens le piège.

Qui ne tarde pas à se révéler.

Face à moi se trouve Eledine. La seule humaine, la seule servante avec laquelle je parviens à m'entendre depuis mon arrivée. Parfois, quand personne ne nous voit, elle accepte de me nourrir. Parfois, elle me parle du monde des humains, et moi de celui des sanguis.

Nous nous entendons. Presque.

Contre son sang, je lui donne le mien, qui soigne ses blessures et apaise ses migraines. Une goutte contre un verre – l'échange n'a pas l'air équitable, mais le sang des sanguis est plus précieux que le plus rare des diamants. Et si les miens savaient que j'en fais don à une humaine, je serais écartelé.

« Comme d'habitude », me mime-t-elle sans faire un bruit. Ses yeux sont exorbités, son corps marbré de morsures et elle tremble comme une feuille. La colère me secoue une fraction de seconde. Se nourrir sans causer de peine est ce qui nous différencie des animaux. Voilà qui confirme ma première impression sur Montriond : ce n'est qu'un âne qui se fait passer pour un prédateur.

— Tu peux utiliser mes morsures, s'amuse d'ailleurs ce dernier. Je les ai laissées ouvertes ; je me suis dit que, sans canines, tu ne pourrais pas t'en sortir ! lance-t-il avant d'éclater de rire. Ah, et débarrasse-nous du corps quand tu auras terminé !

Ses proies gloussent sur le lit. Les imbéciles. Plusieurs seront morts d'ici l'aube.

Je m'approche d'Eledine et lui attrape le poignet que je glisse sous mon voile. Me contrôler. Je dois me contrôler. Son pouls est faible, mais si elle meurt, là, dans mes bras, ma vie n'aura plus de sens.

Plus personne à qui parler ? Plus personne pour m'aider ? Non.

Je pose mes lèvres sur son poignet, et la sens se détendre immédiatement. Même sans canines, ma salive sécrète assez de venin pour plonger ma proie dans un étrange état de béatitude, un pouvoir qui m'a toujours passablement dégoûté. Trop de frissons, trop d'émois : je veux juste manger, rien de plus.

— Connais-tu la dernière, Devin ?

Je me retiens *in extremis* de lever les yeux du poignet d'Eledine.

Montriond ricane en retour, n'ayant sans doute pas manqué le tressaillement de mes épaules.

— Tout Primus Sanguis ne parle que de ça, continue-t-il. Ma mère a déjà demandé à La Quenotière de nous réserver ses meilleurs tissus pour l'occasion ; elle a des petites merveilles de soie qui nous viennent des terres du Sud, elles sont d'une finesse... Mouah !

Il mime un baiser entre ses doigts, déclenchant l'hilarité des cadavres en devenir jonchant sa couche.

— Enfin, bien sûr, ça ne te concerne plus vraiment... Quoique je pourrais peut-être te faire affecter à un poste de boniche pour les festivités. Après tout, une sœur ne se marie qu'une fois, n'est-ce pas ?

Mes lèvres cessent leur lente succion, et Eledine se réveille doucement de sa torpeur, s'agitant entre mes mains.

Sans vraiment me contrôler, je me crispe sur son bras, déclenchant chez elle un gémissement de douleur.

Ma sœur ? Un mariage ?

— Et quelle lignée ! continue Montriond. Les Abéus avaient décidément très envie de lier leur famille à celle de l'Impérator.

Par le sang, par les veines et par tout ce qu'il y a de sacré. Pitié, pas cela.

— C'est d'ailleurs ce dernier qui va l'épouser. N'est-ce pas merveilleux ? Ta sœur va devenir impératrice. Félicitations !

2

Tiana ressemble à une grosse meringue finie à la pisse.

Je ne sais absolument pas comment elle s'y est prise pour invoquer sa tenue, mais c'est comme si elle s'était emballée dans un nuage frelaté, avant de se parer de tout le désespoir du monde.

Elle est hideuse.

Je parle de la robe, bien entendu. Même si Tiana n'est pas non plus un parangon de beauté. Ne pas la détruire (toujours la robe, suivez un peu) me demande d'ailleurs tellement d'efforts que j'en sue des aisselles. Pourtant, je tiens bon. Après tout, c'est la dernière fois que je dois supporter les errances couturières de Tiana.

— Alors ? roucoule-t-elle en improvisant une petite danse. Je ressemble à quoi ?

À la personnification de l'échec, j'ai envie de répondre. Mais je préfère la baratiner, parce que je suis somme toute assez sympa.

— À une princesse !

Le mensonge fait accoucher mon visage d'un affreux sourire, que je sens grincer jusque dans mes molaires. Tiana, cela dit, y croit vraisemblablement sans se questionner, ce qui me prouve que ça ne valait décidément pas la peine de rentrer dans les détails. Je veux dire, si elle accepte de se contenter de l'assemblage foireux qu'elle a invoqué pour notre remise de diplôme, libre à elle. C'est qu'elle n'est tout bonnement pas prête à débattre avec moi sur la question.

Je soupire.

Elle improvise une série de pas de bourrée enthousiastes, envoyant la traîne de sa robe me gratter le mollet.

Du. Tulle.

Elle a fait sa traîne. En. Tulle.

!!!

Et pourquoi pas y coller des strass, tant qu'on y est ?

Foutresel, cette fée est juste la plus grande incompétente que la Fata ait jamais créée. Même Mabd, la sœur noire de notre créatrice, ne pourrait pas faire un truc aussi moche si elle le voulait...

Je me plante les doigts dans les yeux, repoussant de toutes mes forces la migraine qui essaie coûte que coûte de s'installer. C'est *niet*. *Nada*. Pas aujourd'hui.

Aujourd'hui, je profite, et puis c'est tout.

Je refoule la douleur jusqu'aux tréfonds de mon être, et compte sur la quantité astronomique de gâteaux que je me suis enfilés pour l'enterrer quelque part dans une zone sombre de mes intestins. Je prends alors la direction du grand hall où va se dérouler la cérémonie, rapidement suivie par les autres fées présentes.

Ce qui me fait, comme toujours, mi-grimacer, mi-me rengorger.

Depuis qu'on est sorties de nos cocons, les fées de ma portée ont pris l'habitude de me copier et de se coller à moi comme des mouches à fruits sur une pêche bien mûre.

Ce qui, durant mes premières années, avait une sale tendance à me terroriser : j'avais l'impression de vivre avec des reflets foireux de moi-même, qui me renvoyaient des images plus moches (oui, bah, il faut dire ce qui est à un moment) et moins compétentes.

Puis la professeure chargée de nous enseigner les arcanes de la magie et du Destin m'a expliqué le phénomène : le comportement de mes camarades était parfaitement normal, tout simplement parce que je me trouvais tellement chargée en magie que les autres se tournaient vers moi comme des tournesols face au soleil.

Pour la plupart, ça n'était même pas conscient. C'était juste... un besoin vital.

Malheureusement (ou pas), ma croissance n'a pas calmé les choses. C'était comme si j'absorbais la magie, et j'ai fini par en emmagasiner tellement avec le temps que mon corps s'est transformé en un magnifique vaisseau tout en rondeurs et en courbes.

Parce que plus une fée est ronde, plus elle est puissante.

Je vous laisse donc imaginer à quel point je suis splendide.

Ce qui n'a pas manqué d'attiser la jalousie de certaines de mes camarades. Et « gnagnagna, tu as volé toute la magie ambiante », et « ouin ouin ouin, à cause de toi on n'atteindra jamais notre plein potentiel ».

Des chouineuses.

Qu'est-ce que j'y peux, moi ? Toutes les fées sont les enfants de la Fata. Et si Elle a décidé que la magie me reviendrait en priorité, et que seuls les restes ruisselleraient sur mes camarades, eh bien elles n'ont qu'à s'en prendre à Elle. J'ai personnellement un peu de mal à me sentir coupable pour une soi-disant vampirisation de leur magie que j'aurais pratiquée au stade de fœtus, tranquille dans mon cocon.

Déjà que je gère mal la critique... Mais me faire en plus attraper par le col pour quelque chose sur lequel je n'ai aucun contrôle ? Elles peuvent tout aussi bien aller se faire saler le sillon interfessier, en ce qui me concerne.

— Ta robe est incroyable, Navi, me complimente Tiana, ce qui me sort de la spirale de mauvaise humeur dans laquelle je me suis lancée comme une championne. Je ne crois pas avoir jamais vu pareille merveille.

J'arrête de penser au troupeau de tournesols, dont les chaussures claquettent dans mon dos sur le sol de marbre.

— Merci, Tiana. J'en suis contente, oui.

Je la joue humble. Mais de vous à moi, évidemment que ma robe est incroyable ! Mes invocations couturières surpassent même celle de la professeure Aberry, selon ses propres dires. Et c'est vrai que j'ai fait très fort, aujourd'hui.

Entre les motifs de perles, la broderie délicate des manches, le col scintillant de sequins et la tiare en or rose dans mes cheveux, j'ai pensé et travaillé chaque détail avec le sérieux d'un général planifiant une guerre. Même le fil de mes soieries est entrelacé d'or et de cobalt. Une nouveauté dont je suis très fière, qui rajoute encore un niveau de sophistication à ma toilette.

Quand j'aperçois Tiana, qui me fixe avec cet air triste qu'elle affiche toujours quand elle pense que je ne la vois pas, je lui donne un petit coup d'épaule, histoire de la dérider.

Grossière erreur.

Si je suis le soleil, Tiana est une minuscule lune de glace, avec une masse aussi ridicule que celle d'un papillon de nuit.

Résultat ? Elle part valdinguer direct dans le décor (« ooooooh » choqués dans mon dos), et je la rattrape *in extremis* par la manche.

Manche qui, sans surprise, craque carrément, puisque Tiana n'est pas compétente, comme je l'ai déjà mentionné. Mais heureusement, elle ne semble s'apercevoir de rien, tout occupée à rire à gorge déployée, ses ailes frétillant dans son dos.

— Tu vas réussir à me défenestrer avant notre départ !

L'air de rien, je glisse ma main sur son épaule et répare sans qu'elle le remarque les dégâts que mon manque de délicatesse a occasionnés. J'en profite au passage pour ajuster les coutures de son corset. Et corriger deux ou trois petits becs de tissus qui bâillent dans son dos.

— Heureusement que tu voles, je la taquine.

— Tu sais bien que ce n'est pas aussi simple.

Elle me fait un clin d'œil. J'ai la gorge qui se serre.

Tiana a une aile atrophiée. Un handicap minime, rien de grave, vraiment. Moi, je trouve même que ça lui donne un certain charme, dans l'absolu. Mais elle a des difficultés à voler et est incapable de faire du surplace plus de deux minutes sans se mettre à suer du sang[1]. Et Tiana est du genre à se complaire dans tout ce qui ne va pas, comme si être défaitiste était un trait de caractère charmant.

Quand le brouhaha dans notre dos s'intensifie, je détourne le regard du profil maigrichon de ma meilleure

1. Eh oui. Les fées sont bien des êtres de chair et de sang. Enfin, surtout de chair, dans le cas de Navi ♥. Et pour les plus curieux, le sang des fées, c'est du lait concentré parfumé à la fraise. Ou presque. Mais vous voyez l'idée.

amie pour voir que nous sommes arrivées à destination. Je me retiens de pester ; quelle gourdasse je fais ! Tout occupée à parler de rien et obnubilée par la robe moche de Tiana, je n'ai pas profité de mon dernier passage dans les couloirs de l'école...

Je me retourne, un peu désespérée, espérant apercevoir certains des lieux qui m'ont vu grandir. Mais c'est peine perdue. La marée de fées qui nous suit me bloque la vue aussi efficacement qu'un mur.

J'ai les doigts qui me démangent.

Un geste de l'annulaire, et je les fais toutes dégager sur les côtés. Hop !

Je l'aurais fait il y a deux jours. Pour être même parfaitement exacte : *je l'ai fait* il y a deux jours.

Au réfectoire, alors que je suis arrivée en retard après avoir passé des heures à travailler sur les invocations pour ma robe.

C'était le jour du gâteau au chocolat et son coulis caramel... Je blâme ma gourmandise pour cet incident. Même si cette excuse n'a pas pris avec la doyenne, qui m'a lourdement réprimandée après qu'elle a dû désencastrer un groupe de fées du mur où je les avais envoyées valser.

Bilan : j'ai eu mon gâteau et il n'y a pas eu de blessées.

Ou comme on aime à le dire par chez nous : tout est bien qui finit bien. Au moins, mes camarades sauront à quoi s'en tenir dans le futur. Parce que les fées ne naissent pas égales. Une fois notre éducation faite, nous sommes affectées à des palais féeriques un peu partout dans les Mondes Brisés. Le poste qui nous est alors donné le sera jusqu'à la fin de notre vie – qui est extrêmement longue.

Et le moins qu'on puisse dire, c'est que toutes les options ne se valent pas.

Tenez, moi par exemple : je vais devenir fée marraine.

Une seule fée est sélectionnée dans chaque portée pour rejoindre le palais des marraines, qui ont pour rôle de démêler les fils du Destin en s'immisçant dans la vie des dynasties des Mondes Brisés. Et c'est évidemment la fée la plus puissante qui se voit offrir cet immense honneur.

Je suis donc, pour ma part, plutôt satisfaite à l'idée de vivre ma quasi-éternité en habillant des Princesses Potentielles pour les marier à des princes très réels.

Par contre, Tiana...

Fée de la flore ? J'espère que non, elle est allergique au pollen. Méchante fée ? Hmm. Peu de chance. Elle aurait déjà réglé leurs comptes à celles qui se moquent de son aile. Fée des dents peut-être ? Quoique... même pour Tiana, ce serait un peu dégradant. Aller choper des molaires et poncer des canines, je ne le souhaite à personne. Peut-être la Ruche, où elle finirait fée ouvrière... Mais j'en doute aussi.

Je mise sur fée couveuse.

Après tout, elle a beaucoup de patience avec les idiots, ce qui est une qualité, bien que discutable sur le plan du politiquement correct, objectivement utile lorsqu'il s'agit de s'occuper des enfants.

Quand nous pénétrons dans la grande salle, je saisis fermement mon amie par le bras et prends mon envol, la stabilisant à côté de moi. Pour une raison que je ne m'explique pas, la fée architecte qui a conçu cet espace a décidé qu'il serait totalement sphérique, sans sol ni plafond. Ce qui, il faut le lui accorder, donne un effet bœuf. Entre les vitraux qui illuminent de paillettes multicolores chaque fée présente dans la salle, et nos ailes qui réfractent la lumière à l'infini, on a l'impression de baigner dans un arc-en-ciel.

Je vole jusqu'à me rapprocher au maximum de la doyenne, éclairée par un habile jeu de lentilles et de miroirs, qui volette au cœur de la sphère. Dans une robe blanche toute simple aussi terne que les nombreux discours dont elle nous a assommées durant notre scolarité, elle tient, plaqué sur son visage, un sourire sévère qui lui marque deux rides verticales entre les sourcils.

— Bienvenues, mesdemoiselles ! nous accueille-t-elle.

Bon. Il semblerait que vous assistiez en direct à l'un des discours sus-présentés...

Le brouhaha excité des voix se calme, et seul le bruissement de nos ailes trouble encore la quiétude surnaturelle dans laquelle baigne la salle.

— Aujourd'hui marque le dernier jour de votre présence au sein de l'école féerique. C'est un honneur, et mon privilège, que d'avoir eu la chance de vous suivre dans votre apprentissage depuis le jour de votre éclosion jusqu'à ce moment fatidique. Vous êtes, mesdemoiselles, l'avenir de la magie.

Elle applaudit.

On applaudit.

Je roule des yeux.

— Dans quelques instants vous seront remis vos ordres d'affectation. Rappelez-vous que le monde féerique est fragile, et chaque fée, chaque rôle est crucial à son ensemble.

J'allais faire une blague de mauvais goût quand la doyenne claque des doigts, et fait apparaître au-dessus d'elle un nuage d'or qui me déclenche un frisson dans toute la colonne vertébrale.

Le Grand Canevas.

Les majuscules sont de moi, mais vous devez me croire, elles sont méritées. C'est la première fois que nous le voyons, la première fois que nous posons les yeux sur la raison de notre existence.

— Le Destin est capricieux, blablate la doyenne, et a besoin des soins des fées pour se dérouler sans encombre.

Je ne l'écoute plus, sa voix passant direct dans la case « bruit de fond agaçant ». J'ai les yeux qui piquent à les garder ouverts si longtemps, mais je refuse de perdre le moindre millième de seconde sans me gorger de cette vision incroyable.

Des milliers, des dizaines de milliers de fils dorés volent paresseusement dans les airs, chacun représentant le destin d'une créature vivante des Mondes Brisés. Certains brillent plus que d'autres, certaines fortunes étant plus grandioses que celles de leurs voisins. Mais tous s'imbriquent, s'enroulent, se croisent et se tressent en un tout organique.

Plusieurs nœuds de faibles envergures alourdissent le Grand Canevas, et je ne doute pas que des marraines s'activent déjà à les dénouer. Car, pour chaque entrave que nous défaisons, nous sommes bénies d'une dose de magie assurant notre existence.

Fées et Destin, étroitement mêlés.

Un mariage résolvant un conflit.

Une guerre évitée par une rencontre inopinée.

Une famine réfrénée par des accords diplomatiques.

Notre œuvre, toujours.

Les habitants des Mondes Brisés pensent sans aucun doute être les maîtres de leurs vies, mais les fées sont toujours là, à guetter et guider le moindre de leurs pas, s'assurant que rien n'est jamais laissé au hasard.

Mais si les petits nœuds dans la toile du Destin ne me semblent pas bien dangereux, on ne peut pas dire la même chose de celui gigantesque, massif, qui pulse au centre de la pièce.

Chacun des êtres vivants des Mondes Brisés y est, me semble-t-il, connecté d'une manière ou d'une autre. C'est comme s'il m'appelait, et je me sens partir, détachée de mon corps, fascinée par les mouvements colériques de cette grosse pelote cosmique...

Tiana me colle un gigantesque coup dans le ventre, et je cligne enfin des yeux.

J'ignore combien de temps je suis restée ainsi, perdue, captivée par le Grand Canevas.

Mon amie a l'air au bord de l'évanouissement, sa petite aile faiblissant visiblement. Et je tiens entre mes doigts un parchemin, que je n'ai même pas senti apparaître.

— Qu'est-ce que... ?

— C'est l'heure, sourit tristement Tiana.

Je jette un regard dans mon dos ; les autres fées se sont aussi vu remettre leurs assignations.

C'est le moment de vérité.

Ma meilleure amie me lâche le bras et déroule le précieux document. Je me tiens prête, bonne âme, à la consoler, quel que soit le tragique avenir qui lui est réservé. Mais le hurlement strident qu'elle pousse soudain me prend totalement par surprise, et j'en rate un battement d'ailes, chutant de quelques centimètres.

— Tiana ? je m'inquiète. Ça va ?

Elle pleure d'énormes larmes qui rebondissent en sanglots incontrôlables dans sa gorge.

— Je... Je...

Elle ne peut plus parler. Allons bon, que va-t-elle devenir ? Quand même pas fée des champignons ?! Même pour elle, ce serait moche. J'attrape l'assignation qu'elle me tend, la bouche ouverte comme une carpe hors de l'eau.

Et mon agacement se dissipe.

Fée marraine

Un immense frisson me saisit de la pointe des orteils jusqu'au bout de mes boucles les plus insolentes.

La Fata aurait-elle pu sélectionner deux fées marraines cette année ? Ce serait une première dans toute l'histoire de la féerie. Et ce serait inutile, alors que je suis là, énorme et gorgée de magie.

C'est un agneau face à Mabd. Une pastèque contre une myrtille. Mais il n'y a pas de raison de s'inquiéter. Aucune.

Je fais sauter le sceau qui ferme mon propre parchemin et le déroule violemment, déchirant la page en deux sans même m'en apercevoir.

Et je perds pied.

Fée des dents

3

— Dépêche-toi.

Les sourcils d'Eledine tranchent son visage, et les lourds cernes bleus sous ses yeux durcissent son expression. Elle n'a jamais été très rondelette, de toute façon. Une humaine perdue dans le monde des sanguis ? Rien de plus normal.

Mais ce soir, elle peine à retenir les frissons qui secouent chacun de ses membres et semble prête à s'envoler à la moindre brise. Je commence à me demander si je n'ai pas commis une erreur...

Elle agite sa main au sommet de la fosse, visiblement à deux doigts de me laisser là et de continuer seule.

Non.

Je recule dans la minuscule cellule creusée à même le sol, et pose mes deux mains à plat sur le mur chaud de glaise. On aurait pu croire que l'endroit serait au moins frais durant la nuit, mais le soleil et ses rayons implacables transforment ce qui me sert de chambre en une fournaise invivable de midi à minuit.

Je plaque mon pied à côté de mes mains, prends une grande inspiration, puis m'élance. Je saute sur le mur opposé, me propulse contre celui d'en face et continue ainsi sur les trois mètres qui me séparent de la main tendue d'Eledine.

Le bruit de nos paumes qui s'entrechoquent résonne dans la nuit silencieuse, et j'ai peur un instant qu'il n'alerte nos maîtres de nos intentions. À moi, en tout cas, ce simple claquement semble aussi fracassant que le grondement du tonnerre.

Mais la nuit reste sourde, et je lui en sais gré.

De sa seconde main, Eledine me saisit l'épaule et tire de toutes ses forces sur ma tunique jusqu'à ce que je puisse me hisser sur la terre ferme.

— Alleeeeeez ! grogne-t-elle alors que je peine à faire remonter mes jambes.

Je me déteste.

Il y a quelques mois de cela, j'étais élève fantassin dans l'armée de l'Impérator. Promis à un grand avenir. Capable de prouesses physiques qui faisaient pâlir d'envie mes camarades de camp et passer les cabris dans la montagne pour des clowns aux grands pieds.

Aujourd'hui ?

J'en suis réduit à recevoir l'aide d'une humaine et je ne sais pas ce qui est le plus humiliant : que ce soit une ennemie qui me sorte du trou où m'a jeté mon propre peuple, ou qu'un potentiel en-cas ait su se montrer plus charitable que ma famille ?

Le seul point positif de cette histoire, c'est que l'apathie qui me caractérisait ces derniers mois a fait place à une rage bouillonnante. Depuis la révélation de Montriond sur le mariage de ma sœur, la petite voix rebelle nichée au creux de ma tête a relancé les forges de ma colère.

Elle crie vengeance. Elle crie justice. Mais elle s'inquiète, surtout. Alix ne peut pas épouser l'Impérator, sous aucun prétexte. Elle doit savoir. Comprendre comment il est directement impliqué dans la mort de notre mère et de notre frère biens-aimés ; comprendre comment il a réduit notre famille en charpie.

Je refuse qu'elle rejoigne son harem d'otages politiques et de tributs guerriers. Ma sœur mérite mieux, tellement mieux qu'être le remboursement d'une dette n'existant que dans la tête de vieux gâteux.

— Prêt ? me demande Eledine alors que je me redresse, après être resté un instant les bras en croix, le regard perdu dans les étoiles.

J'acquiesce et lui fais signe de me suivre. J'avais besoin d'elle pour quitter ma fosse, mais il vaut mieux que je prenne les initiatives à présent.

Déjà, parce que c'est une humaine, et que ses capacités physiques et sensorielles ne valent guère mieux que celles d'une oie. Et ensuite, parce qu'elle a passé sa captivité enfermée dans la villa des Montriond et ne connaît donc pas Primus Sanguis, la capitale de notre empire.

— Par ici, je lui murmure.

Je dois cependant lui accorder qu'elle a du courage. J'ai toujours aimé cela, chez elle ; c'est une battante, comme moi. Dommage qu'elle soit née du mauvais côté de l'évolution... Je suis persuadé qu'elle aurait fait une sanguis formidable.

Alors que nous nous glissons hors de la villa par les entrées des serviteurs, je subtilise une toge de maître, bleu foncé, dans un grand panier laissé à l'abandon dans les salles de lavage. Quand je l'enfile, je ne peux m'empêcher de grogner.

— Ça va ? s'inquiète Eledine.

— Elle pue, c'est infect.

J'en découvre la raison en nouant la ceinture autour de mon ventre : le tissu est imbibé de sang, et de moult autres liquides qui m'étouffent de leur puanteur.

— Au moins, si on se fait arrêter par une patrouille, tu n'auras pas de mal à faire croire que tu sors d'une orgie, souligne-t-elle.

Je lui lance un sourire et ne rate pas sa réaction surprise. Mes lèvres viennent immédiatement recouvrir mes dents et les trous béants qui accueillaient autrefois mes merveilleuses canines. La honte renforce plus encore ma motivation. Je peux sentir, comme si c'était hier, la douleur pulser dans ma mâchoire, qui pleure toujours l'absence des pièces maîtresses de son palais d'émail.

— Allons-y.

Nous nous glissons dans la pénombre de la ville, et je regrette de plus en plus d'avoir proposé à Eledine de me suivre. C'est à croire qu'elle teste ma patience à faire craquer chaque feuille, chaque brindille sur notre passage.

Elle t'a libéré, elle t'a libéré, je me répète.

CRAC.

Je ferme les yeux un instant, refoulant mon énervement. Ma colère ne lui est pas destinée, même si c'est tentant.

— Pardon, chuchote-t-elle. On y voit comme dans un four ici.

Je me retiens de lui dire que c'est surtout parce qu'elle est humaine, et donc aussi évoluée que des toilettes sèches. Mais je n'en fais rien, car je peux sentir la peur qu'elle dégage par tous les pores.

Il faut dire qu'elle a vécu une journée particulièrement éprouvante.

Après notre passage à l'orgie du maître, je l'ai raccompagnée aux quartiers des serviteurs, où je me suis fait recevoir à coup de savates par l'intendant.

— Tu as osé ?! Tu as osé poser les mains sur elle ? m'a-t-il hurlé en me battant comme plâtre.

Et alors qu'il me frappait, Eledine s'est interposée. Minuscule, frêle et à peine stable sur ses jambes, elle lui a ordonné d'arrêter et expliqué que je lui avais sauvé la vie ; ce qui était un bien grand mot, quand on sait que j'avais simplement refusé de la lui retirer.

Sans demander mon reste, je suis parti en direction de ma fosse où l'intendant m'enferme tous les soirs. Mais Eledine m'a rejoint en courant, un bol d'eau au miel dans les mains et les yeux fous.

— Tu vas partir, avoue-le. Pour chercher ta sœur ?

Je l'ai fixée un instant, sans répondre.

— Emmène-moi avec toi.

— Ce n'est pas un lieu pour les humains.

— Parce qu'ici, ça l'est ?

Je n'en savais rien. Avant de devenir moi-même servant, je n'avais jamais pris la peine de m'intéresser aux humains qui effectuaient les basses besognes chez nous. Nous ne nous nourrissions même pas d'eux. Nous avions pour cela nos cheptels, bien traités et en bonne santé, comme toute bonne famille qui se respecte.

— Si tu te fais attraper, je ne sais pas ce qu'ils te feront.

— J'aurais dû mourir ce soir.

— C'est moi que Montriond voulait atteindre, pas toi. Tu ne risques plus rien.

— Il sait que j'existe.

— N'en sois pas si sûre. Si je pars ce soir, cela n'aura plus aucune importance pour lui.

Je lui ai alors tourné le dos, et j'ai repris ma marche dans le couloir souterrain.

— Tu ne pourras pas quitter ta fosse sans moi.

Je me suis arrêté.

— Je peux t'aider, a-t-elle insisté.

— Comment ?

— Quelle importance ? Laisse-moi venir avec toi. Je quitterai la ville ensuite, et je rentrerai à la maison. Moi aussi, j'ai une sœur, tu sais.

Je l'ai observée, longtemps. Elle n'avait pas la capacité de me voir dans ce couloir sombre, moi oui. Elle ne savait pas. Qu'on a laissé sa ville en cendres. Que les survivants ont été réduits en esclavage. Que d'autres ont été vendus dans les foires aux bestiaux pour nous nourrir, et très certainement par la même famille qu'elle sert à présent.

Quand elle m'a parlé de son pays, Uhil, j'ai feint de ne pas le connaître. Alors que j'y ai effectué mon premier déploiement en tant que soldat. Pour ce que j'en savais, c'est peut-être même moi qui ai capturé sa sœur, ou bien qui l'ai tuée.

— D'accord, j'ai accepté, me surprenant moi-même. Si tu me sors de là, je t'emmène avec moi.

Imbécile. J'aurais dû l'assommer à peine sorti de la fosse.

Je me suis ramolli, je ne peux m'empêcher de penser alors qu'elle fait craquer une énième feuille sous ses pieds nus.

Il est encore temps de me débarrasser d'elle…

Heureusement, les rues de Primus Sanguis sont bien vides à cette heure tardive, et je commence à respirer plus librement.

Mon regard est happé par le flanc de la montagne contre laquelle la ville est lovée. Le jour, la forme sombre et élancée de la flèche du palais de l'Impérator nous domine, écrasant la cité de sa hauteur, balayant tous les quartiers de son ombre au rythme du soleil. Mais la nuit, elle est encore plus inquiétante. Comme une présence oppressante, intangible, prête à nous engloutir.

C'est quand elle nous écrase complètement de sa démesure que je sais que nous arrivons à destination. Derrière les bâtiments le long desquels nous progressons s'esquisse le quartier qui m'a vu grandir : celui des familles de Haut-Sang, les plus gorgées de magie et les plus influentes, qui se disputent l'affection et l'attention de l'Impérator.

Et parmi elles, nulle ne possède autant de pouvoir que la famille Abéus.

La mienne.

Car mon père est le Consul Sanguis, commandant des armées de l'Impérator et le plus haut magistrat de l'empire.

J'ai toujours joui du prestige de mon nom et de ma position, sans jamais la remettre en question.

Jusqu'à la mort de mon frère et de ma mère.

Je serre mon poing si fort que les moignons de mes ongles parviennent à s'enfoncer dans mes paumes.

Je leur ferai payer. Leurs morts et ma déchéance. Et si je n'ai plus de canines pour déchirer leur carotide encore palpitante, alors je le ferai à mains nues.

Mais d'abord, je dois prévenir Alix.

Sans réfléchir, je fonce et déboule face au portail protégeant le quartier des Haut-Sang. Je l'ai emprunté de nombreuses fois pour me rendre à la caserne, il ne me reste plus qu'à...

— Qui va là ?

Je me glace sur place.

Cette voix...

Par le sang, faites que mon esprit me joue des tours.

— C'est toi, Devin ?

Les dieux sont farceurs. Je me retourne, lentement, pour faire face à celui que j'ai longtemps considéré comme mon meilleur ami. Quintinus Balot. Le fils d'une famille de dignitaires, pas suffisamment importante cependant pour pouvoir prétendre vivre dans ce quartier autour duquel il patrouille à présent.

— Salut, Quin.

Il a l'air aussi surpris de me voir que si se dressait devant lui un fantôme. Je relève le menton, fier, refusant de le laisser lui plus que quiconque me juger. Lui qui a averti mon père de mon projet de vengeance. Lui qui a fait tomber le premier domino qui a conduit à ma chute.

Si je ne suis plus que l'ombre de moi-même, de son côté, il n'a pas changé. Grand. Costaud. La peau dorée et les boucles blondes dodelinant sur des yeux bruns rieurs.

Nous avons toujours été deux complets opposés : lui solaire et large comme une montagne. Moi polaire, au corps fin et musclé. Mais j'ai toujours été meilleur que lui, pour absolument tout.

Sauf pour choisir mes amis, apparemment.

Nous n'avons pas le temps d'entamer une discussion qu'un cri nous sort tous les deux de notre bulle.

Eledine.

Les membres de la patrouille de Quin lui sont tombés dessus, j'aurais dû m'en douter. J'aurais dû faire plus attention.

— Regarde ce qu'on a trouvé ! fanfaronne un sanguis que je ne reconnais pas. Une humaine dehors, en plein couvre-f… Hé, c'est qui ça ?

Les trois gardes me fixent. L'un d'eux tient Eledine par les cheveux, une main gourmande posée sur sa gorge.

— Devin ? m'appelle Quin.

Je comprends qu'il me laisse le choix : elle ou moi.

Je soupire.

Les yeux d'Eledine me supplient d'intervenir, et j'ai envie de lui hurler au visage que je l'avais prévenue, que je n'ai plus aucun pouvoir, ici.

Tout ce qui me reste, c'est ma soif de vengeance. L'envie de sauver ma sœur, le désespoir de la tirer de ce mauvais pas dans lequel mes propres erreurs l'ont précipitée.

C'est à elle que va ma loyauté. À Alix.

Alors, d'un hochement de tête, je signe l'arrêt de mort d'Eledine.

Quand elle comprend le pacte que je passe avec les gardes par ce simple geste, sa bouche s'ouvre en grand pour protester.

Mais c'est trop tard.

Un crac discret. Elle ne bouge plus.

L'un des soldats la place sur son épaule en riant et en claquant sa fesse morte. Je n'entends même pas sa blague, ne réagis pas à ses remarques horriblement déplacées.

Je valide notre accord tacite avec Quin en faisant un pas de plus dans la direction que je convoite, le cœur palpitant à l'idée qu'il ne me laisse pas aller plus loin.

Je ramasse une pierre au sol et m'ouvre la paume de la main, avant de la poser, sanglante, sur le portail qui protège le quartier. Avant, une légère morsure de ma canine suffisait. Aujourd'hui, j'en suis réduit à ça.

Quand les portes s'ouvrent, Quin me salue brièvement, puis fait demi-tour sans un mot.

Ce soir, j'ai échangé ma vengeance contre une vie.

J'espère que ça en valait la peine.

4

Je ne sais même pas si à ce stade de déconfiture, on peut encore parler d'échec.

Me voilà, moi, Navi, la fée la plus puissante depuis moult générations, à patauger dans un champ de bave, face au palais féerique le plus moche jamais conçu.

La forme d'une molaire. La meule de fée architecte qui l'a conçu lui a donné la forme d'une *molaire.*

Je vous promets sur ce que j'ai de plus cher que si je l'attrape, je lui fais manger ses ailes avec du gros sel.

Il y a des limites au mauvais goût, et elles ont toutes été largement franchies sur les terres volantes qui abritent mon nouvel enfer personnel.

Tout ici est d'un bleu morne, ou d'un rose chair huileux qui me colle la gerbe. Le ciel est triste, le crachin fait couler mon maquillage sur mes joues, et on nous fait patienter depuis cinq bonnes minutes face à l'entrée de ce stupide palais dont la porte ressemble à une carie (c'est un scandale, je veux brûler quelqu'un).

— Rah, mais y a un truc qui pue, non ? je m'énerve soudain en me pinçant le nez.

Je me retourne dans tous les sens, faisant valser les petites fées maigrichonnes regroupées autour de moi. Qu'est-ce qui peut schlinguer comme ça ? C'est pas permis, on dirait du vieux fromage laissé au soleil, c'est infect.

— C'est l'haleine du palais que tu sens, ma petite demoiselle.

Je m'immobilise.

L'haleine du palais ?

Petite demoiselle ?!

Je ne sais qui a osé, mais elle va en prendre pour son grade.

Profitant au maximum de l'effet dramatique de la situation, je tourne doucement sur moi-même, millimètre après millimètre, appelant toute la magie que je possède à se regrouper dans mes mains. Déjà, ma robe se soulève doucement du sol et mes cheveux volettent autour de moi, comme embarqués dans une brise invisible.

— Mais oui, mais oui, reprend la voix inconnue. On a vu que tu es pleine de magie, bravo tout plein.

Des cris étouffés s'élèvent autour de moi, et je me laisse aller à sourire. Franchement ? Je n'attendais que ça ; qu'on me donne une excuse.

Parce que, pour le coup, je trouve que j'ai été très élégante comparé à l'injustice dont je suis victime.

J'ai tout juste hurlé quand j'ai lu mon assignation.

J'ai à peine essayé de voler celle de Tiana, et je n'ai pas (trop) blessé les professeures venues à sa rescousse.

Quant aux vitraux que j'ai détruits dans la salle d'audience, ça ne demandera que quelques jours aux fées architectes pour les réparer.

Et puis, je ne me suis presque pas débattue quand on m'a traînée vers la sortie.

Mais le « petite demoiselle » ?

L'idée que c'est une haleine (de qui ? de quoi ?? comment ???) qui me harcèle les narines ?

Et maintenant, ce ton plus condescendant encore que tout ce que j'ai jamais pu balancer ?

Non.

C'est plus que je ne peux tolérer.

Je me tourne face à la petite fée maigrichonne en bleu de travail qui se tient derrière moi. Elle m'arrive tout juste au nombril, et m'observe de ses yeux de poisson mort, comme si plus rien ne pouvait les atteindre.

C'est ce qu'on va voir.

Quand ses iris cillent légèrement alors que j'absorbe la magie environnante, inversant les vents, faisant trembler le sol et gémir les fées autour, je souris.

Je vais lui en donner du « bravo tout plein ».

Un soupir.

Je libère ma magie.

L'explosion souffle tout sur son passage.

Les fées qui s'envolent comme des pissenlits, leurs robes mal cousues se transformant en montgolfières ; les moutons, paissant peinard au loin, qui se retrouvent catapultés dans la prairie comme leur homonyme de poussière ; les arbres qui se couchent, leurs racines déchirant la terre.

Et tout, je dis bien tout, se teinte pendant de longues secondes en rose.

De l'herbe à l'eau en passant par le ciel, le palais, les nuages et le ridicule carnet que la fée tient dans sa main.

Rose.

Comme moi.

Puis la magie se résorbe, et tout revient à la normale. Les fées nous rejoignent en babillant et en battant des ailes, certaines gloussant, d'autres en pleurs.

Moi, je regarde celle qui a osé m'insulter et la défie d'un geste du menton de me parler comme ça une fois de plus.

— Eh bien, se contente-t-elle de soupirer. Toute cette énergie gaspillée, ça va te faire bizarre de travailler pour de vrai et de ne plus invoquer ni froufrous ni dentelle, hein ?

J'en reste pantoise. Choquée. Outrée. La bouche grande ouverte, je ne sais pas quoi répliquer alors que la minuscule et affreuse petite chose se contente de faire l'appel comme si de rien n'était.

— Navi ? appelle-t-elle. Est-ce qu'il y a une Navi parmi vous ?

Toutes les fées qui patientaient avec moi se tournent pour me fixer.

La fée bleue se contente de cocher une case près de mon nom.

— Il doit y avoir une erreur, je croasse.

Le son de ma voix me surprend.

Elle est rauque, sèche, moche. Très loin de l'harmonie habituelle de mon timbre chaleureux. Je crois que j'ai un peu peur.

— Il n'y a pas d'erreur. On t'a assignée au palais des dents, et c'est là que tu passeras ton éternité. Maintenant, si tout le monde est prêt, je vais vous faire faire le tour du propriétaire.

Avec un sourire aussi convivial qu'une boulangerie fermée, elle nous invite à pénétrer dans la gigantesque molaire par la porte noire qui s'est ouverte. Mes camarades s'y engouffrent, certaines joyeuses, d'autres anxieuses.

Je reste seule, dehors sous le crachin, dans la brise d'haleine fétide, à espérer que tout cela ne soit qu'un atroce cauchemar.

— Tu viens ? m'invite la fée bleue.

— C'est une erreur.

Elle roule des yeux, puis rebouche la pointe de son stylo et le cale dans la poche de sa salopette. Ses iris sont comme deux ecchymoses. Sa peau, crayeuse. Et ses cheveux, n'en parlons même pas : plats, tirant entre un bleu gris et un noir triste. Tout, de ses lunettes à grosses montures jusqu'à la petitesse de son embonpoint et la mollesse de son sourire, me la rend antipathique.

— Écoute, je sais que ce n'est pas glamour. Personne, je dis bien personne, ne souhaite cette vie, mais les choix de la Fata ne sauraient être remis en question.

— Mais est-ce que tu m'as vue ?! Par le sucre et tout ce qui est bon, je ne peux pas croire qu'Elle ait pu me faire ça !

— Et puis quoi ? Tu vas me dire que c'est un coup de Mabd, peut-être ?

Je ravale ma colère et mes cris outrés. C'est une excuse que j'aurais pu utiliser quand j'étais encore une enfant, comme quand mes fleurs fanaient trop vite, que les gâteaux de mes voisines de table disparaissaient mystérieusement, ou que je ratais une interrogation. La cadette maléfique de la Fata nous faisait frissonner avec mes sœurs à l'école, et nous avons passé des soirées terrifiantes à nous raconter mille horreurs en son nom.

Mais je suis une fée adulte maintenant, et je dois apprendre à présenter mes arguments de manière plus... modérée.

— Je ne sors pas de mon cocon, j'assène. Et je ne suis pas une enfant. Je sais cependant, au plus profond de mon être, que je ne devrais pas être ici. Non mais regarde-moi !

Mon interlocutrice se radoucit un peu et claque son carnet contre sa cuisse en lâchant un profond soupir.

— Navi... je comprends que la situation ne t'enchante pas. Et si tu penses être la première fée persuadée d'avoir été mal assignée, tu te fourres le doigt dans l'œil jusqu'au coude. Mais si tu fais des efforts et que tu travailles bien, tu verras que ce n'est pas si terrible. On a même des moments où on s'amuse, je t'assure.

Un son étranglé s'échappe de ma gorge.

— Moi, c'est Praline, se présente-t-elle en me tendant la main que je serre par réflexe. Tu verras, dans un siècle ou deux, tu t'y seras faite.

5

La honte me travaille plus que de raison.

Eledine n'était qu'une humaine, à qui j'avais par ailleurs sauvé la vie dans la chambre de Montriond. Les quelques heures supplémentaires qu'elle a vécues, l'espoir qui l'a animée pendant cette soirée ? C'est à moi qu'elle les devait, voilà tout. Sans compter qu'elle est morte rapidement et sans souffrance. Cela doit peser dans la balance, non ?

Je soupire.

Comme si j'allais réussir à m'en convaincre...

Je me faufile comme une ombre dans le parc qui habille le quartier, laissant mes pieds trouver le chemin de la maison.

C'est idiot, vraiment, de laisser le craquement de sa nuque me hanter comme cela. J'ai déjà tué plus d'humains que je ne peux m'en souvenir lors de nos attaques sur Uhil. Et je ne parle même pas du cheptel familial que nous avons dû régulièrement repeupler, l'espérance de vie de nos biens de consommation étant plus courte que la normale. Je m'ébroue, et me force à me concentrer sur la prochaine étape de mon périple.

Le quartier des Haut-Sang est largement arboré, des parcs et des jardins séparant les grandes villas des plus puissants dignitaires de l'empire. Ce qui est très pratique, pour un fugitif comme moi.

J'avance le dos courbé, caché par la végétation, accompagné des réminiscences de mon enfance qui me prennent au dépourvu.

Je me souviens de folles courses-poursuites entre ces arbres avec la garde, quand nous avons rompu le couvre-feu avec mon frère pour rejoindre la caserne et ses amis dans les quartiers des Bas-Sang. Comme la fois où nous sommes allés piquer des fraises dans le jardin privé de l'Impérator. Où quand nous avons rejoint les appartements du prince Trajan pour ruiner son armure d'apparat...

Nous nous sommes fait prendre en flagrant délit, et j'ai tout juste eu le temps de recouvrir le plastron de peinture verte avant de m'enfuir.

Ç'a été épique. Jusqu'à ce que je tombe, stupidement, dans le bassin d'eau glacée de la salle du trône. Quand on m'en a sorti, je suis resté frigorifié pendant des heures. Et j'avais tellement mauvaise mine que mon père ne m'a même pas puni pour mon coup d'éclat.

Ce qui n'a pas été le cas de Trajan.

Je souris en repensant à cette période tumultueuse, mais heureuse, quand les princes et les fils Abéus se tiraient la bourre sous le regard amusé de leurs parents respectifs, faisant les gorges chaudes de l'élite de Primus Sanguis.

Nous étions les rois du monde.

Mais ça, c'était avant...

Je réalise que je m'apprête à prendre le chemin de ma demeure familiale, et m'arrête *in extremis.*

C'est étrange de me retrouver ainsi face à mon passé, affublé d'une toge souillée et de mauvaise qualité, caché dans des parterres de fleurs.

La villa est immense et entourée d'un muret de bien deux mètres de haut destiné à protéger la famille et ses biens du regard curieux des voisins. Heureusement pour moi, il n'a aucune fonction de protection – la magie du sang protège ce quartier et le palais plus efficacement que ne le ferait n'importe quelle muraille. Ce qui la rend merveilleusement facile à escalader.

Je me glisse le long des bâtiments arrière, où se trouvent les logements de nos humains, et débouche au niveau de l'orangeraie de ma mère. Quand l'odeur piquante des feuilles me parvient par-dessus la margelle, accompagnée du glougloutement paisible des fontaines, je retiens difficilement une larme.

Ma mère adorait son orangeraie.

Et elle ne m'aurait jamais pardonné ce qu'il vient de se passer avec Eledine.

Mais pour ma sœur... pour Alix, elle l'aurait égorgée de ses propres mains.

Je tire de sous les mûriers le cageot que nous avions caché avec mon frère, et j'ai presque l'impression qu'il se trouve là, avec moi, à faire le guet. Je prends appui sur la structure de bois fragile. Crispe mes orteils sur un affleurement du mur. Me saisis d'une aspérité dans la pierre et grimpe jusqu'au sommet.

Je me laisse tomber silencieusement dans le patio, mes pieds nus dérangeant à peine le gravier longeant le muret. Les chambres des enfants ne sont pas loin et je doute que ma sœur ait déménagé ; elle voulait l'aile la plus spacieuse, mon frère et moi la lui avons cédée avec plaisir. Je me glisse dans le péristyle en silence, courbé comme un voleur, et je hume les odeurs familières qui m'enrobent de leur douce chaleur.

C'est horrible. J'ai l'impression tenace d'être hanté par les fantômes de mon passé, et la tête me tourne un peu. Je m'arrête contre un mur, juste un instant, le temps de retrouver mes esprits.

La nuit est magnifique. Des nuages, lourds des sables emprisonnant la ville, passent dans le ciel, et je peux deviner un morceau de terre qui s'échappe au loin, entre deux masses cotonneuses ensanglantées.

Les Mondes Brisés portent bien leur nom. Petit à petit, ils s'étiolent, et des morceaux complets s'envolent dans la grande mer de brume noyant l'horizon. Loin dans le ciel, impossible de les retenir... Secrètement, j'espère que Primus Sanguis, notre capitale, sera la prochaine à décoller.

— Tu n'aurais pas dû venir.

La voix de mon père me prend par surprise, et je sursaute au moment de me retrouver face à lui.

Son visage, plus creusé que dans mes souvenirs, m'épie depuis le pas de la chambre de feu mon frère. Mais ce n'est pas ce qui me surprend le plus.

Il est rare de voir le Consul sans son armure d'apparat, et tout son fatras militaire. Et pourtant, ce soir, il a revêtu une simple toge, son bras maigre et flasque reposant sur le chambranle de la porte. Je réalise qu'il est petit. Frêle.

Fragile.

C'est un vieillard.

Un vieillard, comme l'Impérator, à qui il souhaite donner ma sœur en pâture.

— Elle ne doit pas l'épouser, je me contente de répondre pour justifier ma présence.

— Elle le fera.

— Il a détruit notre famille.

— Ton entêtement l'a tuée. Et nous aurions pu en rester là...

Le mépris que je ressens à son égard est immense.

J'ai toujours su, d'une certaine manière, que mon père était un lâche. Qu'il ne devait sa position dans l'empire qu'au travail de nos ancêtres et que, jamais, il ne prendrait de décisions difficiles.

Et c'est ce qui m'a mené à ma perte. Sa passivité maladive et détestable. Il a préféré courber l'échine quand l'Impérator a décidé que le meurtre de ma famille ne trouverait jamais justice. Quand l'Impérator a décidé de récompenser les meurtriers, même.

J'ai dû prendre les choses en main.

Et j'en ai payé le prix fort.

— Vous étiez d'accord avec cela ? je le questionne. Laisser le meurtre de votre fils et de votre femme impuni ?

Mon père a l'air d'avoir pris dix ans depuis notre dernière conversation. Ses cheveux couleur de nuit se sont parsemés d'éclats argentés, ses rides ont creusé de profonds sillons sur son visage amaigri. Mais là où l'âge a prélevé la dîme la plus sévère, ce sont dans ses yeux. Comme s'ils ne voyaient plus rien, comme s'ils étaient couverts d'un voile.

— Je ne pouvais plus rien pour eux, Devin. Comme je ne peux plus rien pour toi. Ta sœur, en revanche, peut encore aspirer à un avenir digne de son sang.

— En devenant la concubine d'un Imperator faible et vieillissant ?

— En épousant un homme puissant, capable de nettoyer l'opprobre jeté sur notre famille.

— Elle mérite mieux que ça.

— Bien sûr ! s'emporte enfin mon père. Elle mérite mieux que tout ce que le meilleur sanguis des Mondes Brisés pourrait lui offrir ! Mais tu l'en as spolié en salissant notre nom.

— Je n'ai fait que suivre à la lettre nos textes de loi.

— Tu as...

La colère de mon père se tarit aussi vite qu'elle est venue, et ses épaules s'affaissent, à nouveau, le laissant vieux et diminué.

— Je ne peux plus rien pour toi, Devin.

Ces quelques mots résonnent dans ma poitrine avec une violence inouïe et je sens la panique me comprimer le cœur jusqu'à ce qu'il éclate. Un sentiment d'urgence me saisit, et je fais un geste dans sa direction, sans même être sûr de mes propres intentions. Le supplier ? Le raisonner ? Le frapper, peut-être ?

Je ne le saurai jamais.

Car, dans son dos, surgissent alors trois gardes armés. Dont Quin, évidemment.

Un coup sur la tempe, et je m'écroule pour de bon.

6

Je suis comme anesthésiée tandis que Praline (la seule évocation de ce nom ridicule me fait grincer des dents) nous fait faire le tour du « propriétaire ». Parce que si j'ai trouvé l'extérieur du bâtiment absolument inesthétique, rien ne m'a préparée à ce qui nous attend à l'intérieur.

Imaginez une pomme.

Laissez-la moisir quelques semaines à l'air libre.

Creusez un trou dans sa chair molle avec une cuillère.

Et vous aurez une vision à peu près réaliste de la qualité architecturale du palais des dents. Et de l'odeur qui l'imprègne.

Les murs sont spongieux et, quand je m'y suis adossée la première fois, je n'ai pas pu retenir un cri de dégoût. Praline a ri, nous a fait un speech à base de « gnagnagna, ce sont des gencives qui servent de fondation au bâtiment », pendant que je vomissais intérieurement.

Des gencives ?!

Pour soutenir le palais ?

J'ai alors décidé de ne plus poser un pied à terre, incapable de définir de quoi pouvait bien être constitué le sol, et je flotte donc depuis une bonne heure, voire une éternité, dans une cavité buccale géante où se trouve installée toute une chaîne d'usine.

J'attends toujours désespérément que la doyenne vienne me chercher et se répande en excuses pour la grossière méprise dont je suis victime.

Il y a vingt minutes, je me promettais de lui refaire le chignon à la sauce Navi quand elle arriverait. Maintenant, je pense juste que je sangloterai de soulagement si j'entendais dans le coin le froufrou de ses ailes.

— Ici, nous traitons les cavités, nous explique Praline en pointant son doigt vers un atelier protégé par des vitres. On appelle cette zone « la cave », ajoute-t-elle en gloussant.

Je frémis lorsque la fée minuscule qui s'y active rabat une visière transparente devant son visage, puis attrape une immense scie mécanique qu'elle actionne d'un coup sec. Quand le moteur à magie s'emballe, son corps se met à gigoter comme une part de flan en plein tremblement de terre.

Puis elle écrase son pied sur un levier, et une pince mécanique dépose face à elle une dent monstrueuse.

Et à moitié pourrie.

Le pus blanchâtre qui s'en échappe me provoque des haut-le-cœur et j'attrape l'épaule de ma voisine pour ne pas défaillir, ignorant son cri de douleur. Le bruit de la scie glissant sur l'émail me tire des frissons qui feraient passer le mouvement des plaques tectoniques pour une bataille de polochons. Sans parler du sourire vicieux de la fée à la tête de l'opération, qui me remue plus que je ne l'aurais pensé.

— Le ramassage et le stockage des dents sont capitaux pour la mission des fées, continue Praline. Chaque dent récoltée sur les créatures vivantes des Mondes Brisés nous permet de tisser le fil de leur Destin. Sans elles, nous serions incapables de les percevoir dans le Grand Canevas ! C'est nous, mesdemoiselles, qui sommes à la base de tout !

Je roule des yeux. Les empreintes de nos fesses doivent encore être incrustées sur les bancs de l'école, elle pense vraiment nous faire gober l'idée que les fées des dents occupent une place cruciale dans la chaîne du Destin ?

Ça se saurait, vraiment... Alors, certes, c'est grâce aux dents subtilisées aux créatures vivantes des Mondes Brisés que les tisseuses sont capables de rendre leurs destinées au Grand Canevas.

Certes.

M'enfin, une chèvre un peu dégourdie devrait être en mesure de le faire. Il n'y a vraiment pas de quoi pavoiser comme Praline le fait.

Je comprends qu'elle cherche sans doute à nous rassurer, à nous montrer que notre éternité ne sera pas gâchée. Mais je ne partage absolument pas son enthousiasme...

— Les parties des dents qui ne sont pas saines sont recyclées, reprend-elle, et nous permettent d'alimenter en magie toute la machinerie présente dans nos salles d'exploitation. Rien ne se perd ici et nous sommes totalement autosuffisantes !

Comme pour illustrer le propos de notre guide, la fée à la scie géante pousse du pied la partie tranchée de la dent dans une fosse béante située derrière son établi, puis la machine dépose face à elle une nouvelle molaire mangée par les caries.

Combien de fois va-t-elle recommencer les mêmes gestes au cours de la journée ? Du mois ? Des décennies à venir ?

Nous nous éloignons pour visiter la suite des installations et ma tête commence à tourner quand je réalise que, dans quelque temps peut-être, cette fée, ce sera moi. Coincée dans une usine qui pue le vieux moisi, à débiter des dents pour l'éternité, trouvant ma joie dans le chaos.

Mon regard se lève, et la bile me monte à la gorge. La chaîne de production des fées des dents est immense : des tapis roulants à perte de vue sur lesquelles brinquebalent desdans ma poitrine, dents de tailles, couleurs et qualités diverses ; des fées engoncées dans des bleus de travail aussi inélégants que sales ; un bruit infernal, permanent, émanant des moteurs dont les rugissements résonnent à l'infini dans le hangar gigantesque.

Je ne vais pas tenir.

Je ne vais *jamais* tenir.

Nous sommes des fées, des filles de la Fata, le produit de la magie... Nous valons mieux que ça !

— Je te demande pardon ?

Praline se tient face à moi, les poings sur les hanches, l'œil sévère. Elle est aussi impressionnante qu'un petit chien sortant du toiletteur, mais ses sourcils froncés et sa bouche en ligne droite m'indiquent qu'elle est en colère.

Aurais-je pensé à voix haute ?

— La Fata ne se trompe jamais, me contredit-elle, confirmant mon hypothèse. Si tu es là, c'est que telle est ta place, autant t'y faire tout de suite.

J'en reste coite une seconde, surprise.

Pas d'avoir dit tout haut ce que je pense tout bas, non. Ça, je le fais très souvent. Mais qu'elle ose m'assurer que ma légitimité à être ici n'est pas à remettre en question me laisse pantoise.

— Je suis bien trop qualifiée pour cette tâche, je réponds, choquée.

Mais elle est myope, en plus d'être bête ?! Par tout ce qui est bon et sucré, il en faudrait dix comme elle pour cumuler autant de magie que celle que je manie avec une cuticule !

— Tout le monde bosse dur ici, *princesse*. Alors on te serait toutes gré de descendre de ton nuage et d'écouter ce qu'on va t'expliquer, ou tu vas nous faire perdre notre temps.

— « Saurait gré », je la corrige, enragée qu'elle ose m'appeler princesse. Et je suis navrée que vous disposiez d'aussi peu de magie que de vocabulaire, mais ce n'est pas le cas de tout le monde. Je vous nettoie toutes ces dents en un claquement de doigts, si je le veux !

Je lève la main, dramatique, mon pouce et mon majeur prêts à l'action.

Praline blanchit soudain. Tout son flegme a disparu.

— Navi, non ne...

— Ah, on ne m'appelle plus princesse ?

— Je...

— Vous me remercierez plus tard.

Je claque des doigts.

7

J'ai prié cette nuit. Pour la première fois depuis... Depuis très longtemps.

Je ne suis même pas certain de me souvenir avec exactitude de la dernière fois où je me suis adressé à nos dieux. Certainement après l'assassinat de mon frère et la mort de notre mère ?

Il faut dire qu'à part crier à la pleine lune, j'ai tout tenté pour les ramener à nous. J'ai jeté des milliers de pièces dans la fontaine aux vœux de la salle du trône de l'Impérator. J'ai brûlé de l'encens sur les marches des temples, si bien que les prêtres, incommodés par l'odeur, m'ont chassé de leurs parvis. J'ai sacrifié poules, oies et cygnes, jusqu'à nager dans une mer de sang.

En vain.

Je n'ai pas pu les faire revenir, je n'ai reçu aucun signe divin, aucun indice m'aiguillant sur le sort que le destin réservait à ma famille. Et qu'il me réservait à moi.

J'étais seul face à mon deuil ; mon père et ma sœur ne partageant pas mon indignation.

Je me suis tourné vers la justice. Mais elle est restée muette face à ma peine et ma détresse. L'Impérator a tranché : ces meurtres resteraient impunis...

Et mon père a courbé l'échine.

Je comprends mieux, à présent. Il a dû exiger que l'Impérator épouse Alix et que j'épouse la fille de celui-ci, jadis destinée à feu mon frère.

Je n'ai pas pu faire comme si de rien n'était. Chaque jour, quand je passais dans l'ombre du palais, j'avais l'impression qu'il me narguait. Que sa grandeur, sa puissance, sa présence se réjouissaient de m'écraser et me faire sentir minuscule.

Alors, je me suis vengé.

J'ai rendu la justice à ma famille : les âmes de mon frère et de ma mère peuvent à présent reposer en paix dans l'après-vie où je m'apprête à les rejoindre.

Car le juge en face duquel je me tiens à présent vient de signer mon arrêt de mort.

— Devin Abéus, tonne sa voix dans l'atrium. Vous êtes condamné à travailler dans les mines d'argent à Svelabraj jusqu'au jour de votre trépas.

Les exclamations de l'assemblée résonnent sous le dôme gigantesque qui abrite les audiences publiques tandis que la sentence est rendue. L'hémicycle est plein à craquer, la déchéance du fils Abéus représentant sans doute le summum du divertissement dans cette cité de vipères et de comploteurs.

Les mines d'argent. Je ne tiendrai pas une semaine là-bas. Soit je mourrai, brûlé de l'intérieur par la proximité avec le minerai, soit les esclaves humains me dépèceront vivant. La cour refuse peut-être de se salir officiellement les mains, mais elle n'en sera pas moins coupable.

J'ai envie de rire, alors que la voix en moi se déchaîne et maudit sur plusieurs générations tous les approbateurs de ce verdict, faisant preuve d'une imagination surprenante dans les insultes qu'elle invente à la volée.

Mon flegme affiché et mon hilarité contenue s'évanouissent néanmoins quand je reconnais soudain une voix par-dessus les autres.

— Devin !

Je suis solidement attaché sur une estrade de bois, les mains liées devant moi et le cou retenu par une chaîne d'argent qui me brûle la peau.

Un mouvement trop brusque pourrait me trancher la gorge sans même un effort – beaucoup de condamnés optent d'ailleurs pour cette échappatoire. Et tout particulièrement quand leur sentence concerne les mines d'argent de Svelabraj.

J'y ai moi aussi pensé. Quand les gardes m'ont conduit dans les cachots du palais de justice, je savais exactement ce qui allait se passer. En tant que fils du Consul Sanguis, les arcanes du pouvoir n'ont aucun secret pour moi, et j'ai déjà été témoin par le passé de ce genre de situation. La récidive chez les sanguis n'est pas tolérée. Déjà que les erreurs initiales le sont peu...

J'ai passé la nuit à préparer un texte à déclamer, qui accuse l'Impérator et qui permettrait à tous ces moutons imbéciles de comprendre enfin que notre empire est en train de se déliter à cause de la vision court-termiste de son dirigeant. Que la faiblesse morale de ce dernier va tous nous mener à notre perte !

Après quoi, j'ai effectivement pensé me tuer avec le cercle d'argent. Simple. Net. Une scène que j'espérais traumatique pour mon père.

Mais je n'ai pas imaginé que ma sœur serait là. Et ça change absolument tout.

— Devin !

À nouveau, son cri me prend en traître, me tordant les entrailles. Toute morgue me quitte, ainsi que ma froide assurance. Je ne veux pas mourir. Je ne veux absolument pas mourir et je dois la protéger.

Non. Je *veux* la protéger.

Je me retourne autant que mes chaînes me le permettent pour chercher Alix dans la foule.

— Devin ! hurle-t-elle en agitant son bras.

Les vannes s'ouvrent, me prenant au dépourvu.

Je commence à pleurer comme un nouveau-né, la gorge au bord de la rupture sous la tension. Mes yeux, eux, sont des bassins de tristesse.

On repassera pour mes adieux tragiques et mon baisser de rideau.

— Devin ! Devin !

— Alix ! Fais att...

Le garde derrière moi enfonce une lance dans ma colonne : des vagues de douleur des orteils jusqu'au bout des oreilles me forcent à me cambrer. La morsure de l'argent sur ma gorge me fait paniquer, et je me tends, tous mes muscles en alerte, pour ne pas bouger.

— Devin ! Bats-toi ! m'ordonne-t-elle. Je t'aime, je t'aime Dev...

Mon nom s'étouffe dans sa bouche alors que la main gantée de mon père s'y pose avec violence. À travers mes larmes, et alors qu'on tire la plateforme sur laquelle je me trouve vers la porte des condamnés un peu plus loin, je me fais une promesse.

Celle de ne pas mourir avant de les faire tous payer.

Et d'avoir sauvé ma sœur.

8

Il faut savoir reconnaître quand on a fait une erreur.

Et utiliser la magie dans le palais des dents en était vraisemblablement une.

Raison pour laquelle je me trouve présentement en train de patauger dans le gosier d'un chat ronflant sur un fauteuil, gosier que je tiens ouvert grâce à un stylo que j'ai coincé en mode pylône improvisé dans son palais.

Merveilleux.

Je me suis rapetissée à la taille d'une souris, et à l'heure actuelle j'admire la canine que je vais devoir extraire pour remplacer celle que j'ai viciée.

Oui.

Viciée.

Apparemment, utiliser de la magie près des dents empêche les fées tisseuses d'extraire le fil du Destin du propriétaire, mettant en danger toute la fragile chaîne d'exploitation de la destinée indispensable à notre survie.

Bon.

Je reconnais que j'ai commis une erreur.

Je tiens cependant à préciser pour la postérité que ce n'est pas complètement de ma faute !

Je blâme Praline pour ce désastre. On n'a pas idée d'être aussi désagréable, franchement. Quand on accueille des jeunes fées dans le palais le plus redouté de tous qui, en outre, pue le vieux brie, on est au moins un peu sympathique, et on prévoit quelques gâteaux et mouchoirs en guise de consolation.

Elle m'a vue, de plus, exploser de colère à l'extérieur. Elle a vu que j'étais énorme et gorgée de magie comme une pêche de sucre. Commencer la visite par un petit avertissement concernant l'interdiction totale d'user de nos pouvoirs une fois passées les portes du palais des dents ne m'aurait pas semblé du luxe.

Seuls les ateliers et une partie de notre équipement sont imperméabilisés à la magie, pour préserver la pureté des Destins que nous récoltons.

Certes, je m'étais laissé aller.

Certes.

MAIS j'ignorais tout des risques.

Il paraît qu'on nous l'a dit en cours. Mais est-ce que j'ai la tête de la fée qui assiste à la classe de magie dentaire, s'il vous plaît ?

Franchement, je me sens à peine coupable pour mes collègues qui vont devoir faire des heures sup' à n'en plus finir pour récupérer de nouvelles dents sur les créatures dont nous avons perdu le matériel initial.

Le chat laisse échapper un petit miaulement et sa glotte s'agite au fond de sa gorge, me rappelant à ma mission du jour : lui arracher sa seule autre canine. J'espère que ses maîtres le nourrissent, parce qu'il aura désormais du mal à grignoter des mulots avec ses minuscules ratiches.

C'est dommage, j'aime bien les chats. Je trouve qu'on se ressemble un peu : le caractère royal, indépendant, fascinant.

Pas le choix.

— Comme si ce matou pouvait avoir une quelconque importance pour le Destin, je marmonne en me relevant les manches.

Je refuse mordicus de porter la tenue bleue des fées des dents (laide comme pas deux), préférant arborer chaque jour une nouvelle robe de mon cru. Après une nuit difficile dans les dortoirs des fées, je n'ai pas hésité une seule seconde ce matin ; dès mon pied posé à terre, je me suis invoqué un bijou de satin et de broderies, avec de longues manches calypso.

Qui trempent actuellement dans la bave de l'animal et qui se sont fait déchirer en deux endroits par les petits couteaux qui recouvrent sa langue.

Demain, ce sera manches bouillonnées.

Mais pour le moment...

Suspendue cul par-dessus tête à la canine du félin, je m'aide de mes ailes pour tirer dessus de toute mes forces.

— Allez ! je grogne. Mais allez, saleté de meule de sel de saumure de...

Quand la dent cède, je me retrouve catapultée tête la première dans sa gorge, dont je m'extrais couverte de bave des pieds à la tête. Pour ne rien gâcher, le trou béant laissé par la dent pisse le sang, qui se mêle à la salive dans laquelle je patauge à présent.

Ma robe est foutue.

Mon humeur, explosive.

Je pourrais faire pétarader un volcan de colère, là, tout de suite.

Mais un chant discret titille mon oreille, me provoquant un long frisson dans tout le corps.

Mes ailes frétillent, mon cœur palpite. Je reconnaîtrais la pureté de ce timbre entre tous.

Je balance ma récolte dans le gros panier d'osier que je trimballe sur mon dos, et m'échappe de la gueule du félin, non sans avoir badigeonné sa gencive du baume que m'a donné Praline avant de m'envoyer au turbin.

Voler des dents, OK.

Faire souffrir, on laisse ça aux méchantes fées.

Je me retrouve enfin à l'air libre dans la cuisine, où se tient à présent une humaine gigantesque comparée à moi, qui fait présentement la taille de son pouce.

Je m'approche d'elle, profitant du fait qu'elle ne puisse pas me voir sans que j'en décide autrement.

C'est une Princesse Potentielle.

J'ai tellement, *tellement* rêvé d'en rencontrer pendant les classes de marrainage que mes yeux doivent balancer des paillettes à des lieux à la ronde. Sa peau brille d'un éclat intérieur caractéristique de ceux touchés par le Destin – comme une perle iridescente, ou une bonne grosse brioche tout juste sortie du four.

Elle a les poignets aussi fins que des baguettes. C'est bon signe, les Princesses Potentielles se doivent d'être fragiles. Selon notre manuel, ça rassure le prince. De quoi ? Je n'en sais rien. Les arcanes de l'amour mortel me passent complètement au-dessus de la tête.

Moi, ce qui m'intéresse, c'est comment est-ce que j'apprêterais cette souillon pour son premier bal incognito ?

Je l'observe.

Le chignon emmêlé ne parvient pas à camoufler le soyeux de sa chevelure rousse.

Le nez est en trompette, petit et mignon, « fragile ».

Nouveau bon point.

Elle a la voix douce. Les yeux verts. Les ongles étrangement propres. Sa taille est gracile (trop, mais mes professeures m'ont expliqué qu'il s'agissait là d'un biais culturel). Si je devais lui faire une robe, je la ferais bleu canard. Avec une parementure en or rose, et...

— Même avec votre baguette, vous ne l'aviez pas repérée ?

Mon esprit quitte l'atelier de couture où je m'étais installée en pensée pour se concentrer sur la porte d'entrée, d'où sortent...

Deux fées.

Je voltige derrière un pot de miel sur l'étagère la plus proche, soudain extrêmement consciente de mon état, couverte de sang des pieds jusqu'aux coudes, et les cheveux solidifiés par la salive.

— Son... son potentiel est très faible.

Mon estomac me tombe dans les talons.

L'une des fées présentes n'est autre que Tiana, j'en mettrais ma main à couper. Je l'ai assez entendue chouiner dans l'école pendant nos années d'internat pour ne pas manquer de la reconnaître.

Je me penche discrètement et grogne quand je la découvre à quelques mètres de moi, absolument ridicule dans un ensemble que je sais être de sa création tellement il est incohérent.

On dirait un enfant habillé pour le carnaval. Robe en forme de meringue, manches ballons si énormes qu'elles lui rentrent dans les joues, chapeau en pointe rose fuchsia où elle a suspendu un voile brodé de grosses marguerites.

Je serais presque désolée pour elle si elle ne tenait pas dans ses mains la baguette des fées marraines.

La baguette qui aurait dû me revenir.

— « Son potentiel est très faible » ? répète d'une voix agacée celle qui l'accompagne et que j'identifie immédiatement comme une *vraie* fée marraine. Mais enfin ! C'est tellement évident qu'il n'y a même pas besoin de baguette pour ressentir son aura !

— Elle... elle est rousse. Le manuel nous dit que les princes préfèrent les femmes aux cheveux châtains, blonds ou noirs. Mais que trop de caractère est *reberbatif...*

« Rébarbatif », je corrige dans ma tête.

Plus personne ne sait parler, ou quoi ?

— Rébarbatif, la reprend la fée marraine comme si nous étions connectées elle et moi. Attention à votre vocabulaire, une marraine se doit de viser la perfection dans tout ce qu'elle fait.

Je souris méchamment quand je la vois jeter un regard entendu sur le voile grotesque recouvrant les épaules de Tiana.

— Pardon. Je ferai attention.

— Bien. Bien. Et alors, que pouvez-vous me proposer pour cette Princesse Potentielle ?

Tiana saisit ses jupons, se met à voltiger autour de la jeune femme toujours inconsciente de la présence des fées, et l'étudie sous tous les angles. Je connais trop bien mon amie pour ne pas comprendre ce qui se passe. Elle est paumée.

Elle n'a absolument aucune idée de ce qu'elle doit faire.

Et pour cause ! Elle n'avait aucune raison d'être nommée marraine en premier lieu !

— Je... Je pourrais lui apparaître et lui expliquer que je suis là pour changer son Destin. Et... euh...

Je me tape le front contre le pot de miel. Quelle imbécile, elle est complètement tombée dans le panneau.

— Par le sucre, je ne pensais pas que je devrais un jour former une fée aussi incompétente... se désespère sa supérieure. Non. Bien sûr que non. Il y a bien plus de Princesses Potentielles que de princes dans les Mondes Brisés, c'est pourquoi une marraine doit, dans un premier temps, s'assurer de la situation maritale des héritiers au trône et de la situation politique du pays.

— Oh, oui. Oui, bien sûr.

— Alors. Que pouvez-vous me dire sur le royaume dans lequel nous nous trouvons ?

— Nous sommes au cœur des royaumes humains.

— Mais encore ?

— À Qaluthar, celui du Grand Roi Xandier.

— Très bien. Quelle est la situation politique actuelle de Qaluthar ?

— La guerre avec les sanguis a laissé le royaume exsangue. Le roi a perdu ses héritiers.

— Tous ?

— Oui.

— Tu es sûre ?

— Euh... oui ?

— Il lui reste deux filles. La cadette est malade.

La bouche de Tiana fait un rond et elle se tourne vers l'humaine, toujours occupée à récurer sa vaisselle.

— Pensez-vous qu'on puisse présenter une Princesse Potentielle à une héritière ? Je veux dire... nous n'avons pas évoqué cette situation à l'école.

— Cette situation ?

— Une femme. Héritière.

— Parce qu'elle n'a d'héritière que le nom. Dans les faits, c'est l'époux de la princesse qui deviendra roi de Qaluthar.

— Donc... pas de Princesse Potentielle pour elle ?

— Malheureusement pas. Sans compter qu'il y a peu de chance qu'elle ait l'opportunité de choisir son épouse, ou son époux.

— Et pourquoi donc ?

— Réfléchis un instant. Le Grand Roi Xandier, qui règne sur les huit royaumes humains, est plongé dans une situation politique particulièrement instable... Ses fils sont morts. Il ne lui reste que ses filles... Selon toi, laisserait-il son aînée faire un mariage d'amour ?

— Oui ? Parce qu'il l'aime ?

Mon amie a l'air sûre d'elle. C'en est gênant.

— Tu me désespères, Tiana. Vraiment. Il faut que tu sortes ton nez des bouquins et des manuels, et que tu commences à penser comme une marraine.

— Mais je suis une marraine !

— Posséder cette baguette ne suffit pas ! Il faut de l'intelligence, de la finesse, de la ruse. Et une once de bon sens, par le sucre et tout ce qui est bon ! Non, espèce de sotte. Jamais le roi ne laissera sa fille aînée faire un mariage d'amour ! Il lui fera épouser le fils de l'un de ses généraux pour renforcer sa puissance militaire, ou l'héritier d'un roi humain mineur pour renforcer l'alliance inter-royaumes. Quel est le rôle des fées marraines ?

— Dénouer les fils du Destin.

— Lors de notre étude du Grand Canevas hier, as-tu vu quelque chose en lien avec la lignée du roi Xandier ?

Tiana croise les bras sur la poitrine, soudain agacée. Tiens ?

— Vous savez très bien que l'état actuel des fils du Destin ne nous permet pas de lire quoi que ce soit. Le nœud central est si énorme qu'on ne peut le déchiffrer !

— C'est là que l'instinct intervient ! s'énerve son instructrice. Tiana, il va falloir que tu fournisses un véritable effort, à présent. On va avoir besoin de sortir des sentiers battus, ce qui implique de faire fonctionner notre cerveau dans les mois à venir. Viens. Nous en avons terminé ici.

— Mais... Et elle ? demande mon amie en pointant la jeune fille du doigt, qui essuie la vaisselle en chantonnant.

— Eh bien quoi ? Elle a un toit sur la tête, qu'est-ce que tu veux faire de plus ?

— Mais c'est une PP[2] !

---

2. Selon le dictionnaire du Code féerique, PP est l'abréviation officielle de Princesse Potentielle, utilisée dans tous les documents authentiques circulant entre fées marraines.

— Et elle ne sera jamais plus. Suis-moi maintenant, j'ai déjà perdu assez de temps.

Dans un *pof*, la fée marraine disparaît soudain, laissant Tiana seule avec sa baguette et ses doutes. Elle a l'air dévastée. De ses épaules voûtées jusqu'à son chapeau en pointe ridicule qui lui glisse sur l'oreille, sa situation pue l'échec.

Mais ce qui me prend vraiment à la gorge tout à coup, c'est de la voir battre férocement de sa petite aile. Tout ce temps, sa formatrice lui a imposé de faire du surplace et elle doit souffrir le martyre.

— Ça va ?

Tiana sursaute quand je sors de ma cachette et m'approche d'elle, sincèrement désolée.

— Navi ? Qu'est-ce que tu...

— Elle n'a pas l'air commode, je reprends, quand la voix de mon amie se perd. Tu vas bien ?

Je pose ma main sur son épaule, inquiète, et c'est à ce moment-là qu'elle décide de péter un câble. Carrément.

Elle me repousse comme si j'étais couverte d'acide et s'éloigne de moi avec dégoût.

— Qu'est-ce que tu fous là ?!

— Moi ? Oh, j'étais en train de ramasser des dents.

— C'est ça, oui. Tu viens toi aussi te moquer de moi ?

— Hein ? Mais non, je...

— On n'est plus à l'école, Navi. Ta pitié, tu peux te la carrer là où le soleil ne brille jamais.

— Eh bah, ça te réussit d'être fée marraine !

— Oh, la ferme. T'es juste jalouse, comme toutes les autres !

— Mais de quoi tu parles ?

— De toute façon, ce n'est pas de moi qu'on rit ! Ce n'est pas moi qui suis couverte de bave et qui pue la viande faisandée !

Cette fois, elle m'énerve.

— En attendant, je n'ai pas invoqué mon corset à l'envers. Ni un chapeau digne d'une fête d'anniversaire.

Les yeux de Tiana se transforment en deux petites fentes humides. Je ne sais pas si elle va pleurer ou m'attraper à la gorge.

— Garde ta pitié. Tu en auras plus besoin que moi, insiste-t-elle.

Elle fait mine de s'éloigner, mais je l'attaque en traître.

— Je l'avais repérée, moi, ta PP.

Tiana s'arrête sur le pas de la porte et me jette un regard par-dessus son épaule.

— Tu sais, Navi... Personne ne t'a jamais aimée. Tu terrorisais tout le monde à l'école et on préférait juste être dans ton ombre que dans ton collimateur. Maintenant... tu n'es plus rien. Tu ne seras plus rien, pour l'éternité. Alors, peut-être que je ne suis pas la plus douée des marraines. Mais au moins, j'en suis une. Toi, tu vas rester fée des dents jusqu'à la fin de ta vie. Et c'est tout ce que tu mérites.

Elle disparaît alors dans un tourbillon de paillettes.

Nous laissant seuls, moi et mes doutes.

9

Des sentiments contradictoires me déchirent.

Je suis dépité. Enfermé dans la carriole qui cahote sur un sol inégal, je sais parfaitement que je suis en route pour ma destination finale, qui sera sans nul doute précédée de grandes périodes de souffrance. Ce qui n'a rien de réjouissant. Absolument rien.

Alors... Pourquoi est-ce que je me surprends à sourire comme un imbécile, la tête appuyée contre les barreaux qui nous empêchent de fuir, le regard perdu dans le ciel rouge ?

J'ai joué. Et j'ai perdu.

Au-dessus de nous, je peux deviner, flottant dans les nuages sanglants du crépuscule, le gigantesque morceau de terre qui a déjà attiré mon regard dans la villa de ma famille. Il est si loin à présent que sa forme est tout juste esquissée, ses contours brouillés par les aléas atmosphériques. D'autres rochers de moindre taille voltigent aussi dans les cieux, comme des pissenlits monolithiques dans une peinture de géant.

Personne n'a jamais su expliquer pourquoi les Mondes Brisés partent en morceaux. Ni où s'en vont les terres qui s'effritent, ni comment des roches de plusieurs tonnes peuvent s'envoler dans les cieux. Depuis plusieurs générations, le phénomène ne fait qu'accroître. On a appris à vivre avec.

À déplacer nos villes loin des bords qui se font grignoter par le grand vide au-delà. Mais on ne se l'explique pas.

Il y a cependant une certaine beauté, dans cet univers en ruine. Et voir mon royaume disparaître en morceaux dans le ciel résonne douloureusement avec ma propre histoire. Avant, j'étais un tout. Maintenant, je ne suis plus que l'absence de ce qui me définissait. Mon avenir. Ma famille. Mes canines.

— Arrête de sourire, me menace un sanguis enchaîné à mes côtés. Tu me fais flipper. T'as pas compris qu'on allait crever ?

— Si, et ? Tu préfères que je pleure ?

Les lèvres de mon interlocuteur se soulèvent. Il me dévisage et se questionne visiblement sur la menace que je représente pour lui dans un espace clos. Il doute encore quand un autre prisonnier se penche vers lui et lui murmure quelque chose à l'oreille, avant de me jeter un regard mauvais.

— C'est vrai ça ? grogne le premier. T'es un Haut-Sang ?

Je lève mes mains entravées entre mes genoux.

— Je suis un mort en sursis, comme vous autres.

— T'es le fils Abéus, pas vrai ? Me souviens, maintenant. Un beau spectacle que tu nous as offert, respect.

Je frémis et laisse tomber mes bras contre mon ventre, cachant mes poings serrés.

— Je ne suis plus personne.

Le sanguis me pose mille questions, mais je l'ignore et il finit par se lasser. Je refuse de passer mes derniers instants de vie à ressasser mes échecs.

Après plusieurs heures de voyage, les gardes qui nous accompagnent dans les mines nous fournissent une gourde d'eau et une de sang. Le soulagement que nous ressentons à la perspective d'une gorgée d'eau fraîche est néanmoins de courte durée : il nous apparaît rapidement qu'il n'y a largement pas de quoi nourrir tous les prisonniers. Et à peine le fais-je remarquer au garde chevauchant à côté de la carriole que lui et ses collègues saisissent leurs lances pour nous battre comme plâtre.

Génial. Pas d'eau, pas de repas et un passage à tabac.

Je ne souris plus.

Quand la nuit tombe enfin, tout mon corps me met au supplice, de mes os à mes muscles jusqu'à mon estomac affamé.

Dans le ciel, les formes sombres des rochers se font menaçantes et les cris des animaux nocturnes résonnent. L'un des gardes nous somme de dormir, nous rappelant que nous n'en aurons pas l'occasion de sitôt.

Je me roule en boule.

Obéis.

M'endors.

* * *

Un pic de douleur me tire du sommeil et je peine à retenir un gémissement. Le garde n'y est vraiment pas allé de main morte et c'est surtout mon menton qui a encaissé son déchaînement de colère.

Il a dû me blesser la lèvre.

Tant et si bien que cela a suffi à me réveiller. Je ferme les paupières, aussi fort que je le peux. Je dois dormir. Je dois me reposer.

Mais la blessure me tiraille à nouveau, me poussant un peu plus vers l'état de pleine conscience duquel j'essaie à tout prix de m'éloigner.

— Foutresel, mais il va l'ouvrir, cette bouche ?!

J'émerge totalement.

Quelqu'un est près de moi.

Une femme, à n'en pas douter. Femme qui n'était pas là lorsque la calèche a quitté Primus Sanguis.

Je garde les yeux fermés, le cœur tambourinant dans ma poitrine. Je sens, au plus profond de moi, qu'il se passe quelque chose d'important.

J'analyse.

Quand la douleur revient une nouvelle fois, je peux sentir, avant qu'elle sature mes sens, une pression sur mes lèvres. Chaude. Physique. Comme si on y collait un biscuit tout juste sorti du four.

— « Je ne serai plus rien, je ne serai plus rien », peste la voix. Elle verra. Oh, elle verra, cette espèce de brique de sel *qui* ne sera rien. Ça va lui faire tout drôle quand je lui piquerai sa baguette. J'irai lui faire un bonnet d'âne avec. Je lui collerai même un affreux voile dessus, vu qu'elle a l'air d'aimer ça. Pour qu'elle s'étouffe avec. La garce. LA GARCE !

La dernière exclamation est ponctuée d'un nouveau choc et suivie d'une douleur si vive que je ne parviens plus à feindre le sommeil.

Je plaque mes mains sur ma bouche, me retenant de crier.

Et mes yeux, grands ouverts, se posent sur la vision la plus improbable qu'il m'ait jamais été donné de voir.

Une femme.

Minuscule.

Et couverte de sang, des pieds jusqu'aux coudes.

On s'observe, en chiens de faïence.

Moi, recroquevillé au sol. Elle, visiblement aussi choquée que moi, de grandes ailes de papillon déployées dans son dos.

— Rendors-toi, m'ordonne-t-elle.

Elle a la voix rocailleuse, de celles qui n'ont pas l'habitude qu'on leur résiste, et un frisson me parcourt le corps. Elle ressemble furieusement à Anhét, la déesse de la guerre que j'ai tant de fois priée au cours des mois passés. Est-ce que...

— Je t'ai dit de te rendormir, répète-t-elle.

— Ça va être compliqué, j'en ai bien peur.

Elle serre ses poings et s'essuie le menton avec rage, laissant une large traînée rouge sur sa peau d'un rose pastel surprenant.

— Tu n'étais pas supposé me voir.

— Est-ce que c'est toi, Anhét ?

Elle perd un peu de sa morgue et fait une grimace qui enfonce son visage dans un triple menton.

— Aquoi ?

Ma déception est immense, ce qu'elle ne manque pas de remarquer.

— Si je te dis que je suis ton Amachin, est-ce que je peux espérer que tu te rendormes et que tu imagines avoir rêvé tout ça à ton réveil ?

— Il y a peu de chance.

— Dommage. Je vais devoir régler ça autrement, alors.

Je m'apprête à répliquer quand elle...

Quand elle...

Je ne saurais même pas l'expliquer.

Elle explose ? Implose ? Disparaît dans un nuage de minuscules étoiles blanches ? Pour se retrouver plantée face à moi la seconde d'après. Sauf qu'il n'y a plus rien de minuscule chez elle. Par je ne sais quel miracle, elle fait maintenant la même taille que moi.

Son visage est presque collé au mien et j'en perds mes mots.

Ses yeux sont roses.

Comme des fleurs de bougainvillier, comme un coucher de soleil, comme le plumage des oiseaux que ma mère chérissait plus que tout, et que mon père a libérés un soir d'été après sa mort.

Ils sont immenses, ourlés de cils qui effleurent ses joues rebondies. Roses, elles aussi.

Tout est rose, chez elle. Des boucles de ses cheveux qui s'échappent d'une coiffure compliquée, de sa robe incroyable qui flatte sa silhouette pleine, de ses ailes translucides déployées dans son dos, jusqu'à ses lèvres gourmandes qui me narguent d'un sourire narquois.

Cette femme ne devrait pas exister. Elle est terriblement, terriblement belle.

— Qui es-tu ? je murmure quand elle lève les mains tout près de mon visage.

Elle se fige et son odeur de fleur se mélange à celui du sang qui la recouvre. Je n'ai jamais été aussi intrigué de ma vie par qui que ce soit et je manque éclater de rire devant le ridicule de la situation. Mon père a toujours été inquiet de me voir aussi hermétique aux charmes des femmes et des hommes qui gravitaient autour de nous.

Et là, alors que je serai mort dans quelques jours, je fais la rencontre de la plus fascinante des créatures.

— Je m'appelle Navi. Et tu n'aurais jamais dû me voir. C'est... c'est inquiétant.

Elle attrape mon menton dans ses doigts replets et fait pivoter mon visage pour l'observer sous toutes ses coutures, avant d'enfoncer ses pouces dans mes joues.

Ses yeux s'arrondissent, ses pupilles se transforment en deux têtes d'épingle.

— Ne me dis pas que...

D'une pression douloureuse, elle me force à ouvrir la bouche.

— Mais tu te fous de moi ? gueule-t-elle. Elles sont où, tes salées de canines ?!

Le retour à la réalité me frappe comme un gourdin en pleine face et je repousse la fille d'un geste plein de rage, me renfonçant autant que possible dans la carriole.

Sans aucune délicatesse, l'inconnue se tourne vers les autres prisonniers ronflants et les examine avec colère, leur ouvrant la bouche en criant de frustration : nous sommes tous édentés.

Quand elle a fini d'ausculter tous les endormis, elle se laisse tomber, comme une masse, à même le sol. Ses jambes en croix, les bras ballants, on aurait pu lui annoncer la fin du monde qu'elle n'aurait pas eu l'air plus dramatiquement effondrée.

— Mais cette poisse, cette poiiiiiisse, répète-t-elle.

C'est plus fort que moi. J'ai besoin de comprendre qui elle est, et ce qu'elle nous veut.

— La poisse de quoi ? je la questionne.

Elle renifle, passe sa main sous son nez en trompette, se badigeonnant toujours plus le visage de sang. Ce qui, bien sûr, me la rend insoutenablement attirante.

— J'ai merdé, grogne-t-elle, des trémolos de détresse plein la voix. J'ai carrément merdé et je devais absolument récupérer vos dents ce soir... Et... Et vous n'en avez plus. C'est dramatique. Dramatique !

— Récupérer nos dents ?

— Et pourquoi vous n'avez plus vos canines, vous aussi ?! Ce n'est pas comme s'il n'y avait pas d'autres options, il y a... foutresel. Je ne sais même pas combien il y a de dents dans une bouche, mais il fallait que la magie soit uniquement stockée dans ces deux-là !

— Entre vingt-huit et trente-deux.

Elle lève la tête vers moi, la moue boudeuse et les yeux en colère.

— Super. Merci, monsieur le professeur, ça me fait vraiment, *vraiment* une belle jambe.

Je hausse les épaules, amusé malgré moi.

— Nous n'avons plus nos canines, car elles nous ont été arrachées.

La colère la quitte, et ses ailes s'agitent dans son dos, la soulevant légèrement du sol. Mon cœur cogne dans ma poitrine, un coup sec, alors que la lune découpe pendant une fraction de seconde sa silhouette dans le bleu de la nuit.

— Arrachées ? Par qui ? Où sont-elles ?

— Par le bourreau, je lui explique. Et les canines sont ensuite détruites, tout simplement.

Elle passe de rose à blanc, presque instantanément.

— Oh non. Non, non, non.

— Ça te fait plus de peine qu'à moi, on dirait.

Cette fois-ci, elle explose complètement.

— Bien sûr que ça me fait de la peine ! Sans vos fichues dents, je suis bonne pour découper de la carie pendant des siècles ! Des siècles, que dis-je, DES MILLÉNAIRES !

— « Découper de la carie » ?

Elle souffle, repoussant avec colère une mèche de cheveux qui lui tombait sur le visage.

— Ouais. Je suis une fée des dents. À chacun sa croix, mon beau.

— Sa croix ?

Elle roule des yeux et vient s'asseoir à côté de moi, dépitée.

— Une expression d'un autre monde. C'est ma professeure qui n'arrêtait pas de la répéter... Elle est si vieille.

— Comme tous les professeurs, non ?

On glousse tous les deux, bercés par le cahin-caha du chariot.

Je tourne la tête pour observer les gardes qui marchent à nos côtés, étrangement inconscients de la présence spectaculaire de la passagère clandestine.

— Pourquoi ils ne réagissent pas ? je demande à cette dernière. Loin de moi l'idée de te vexer, mais tu n'es pas particulièrement discrète...

Elle ricane, se trémoussant pour s'installer plus confortablement. Je repère alors seulement ses chaussures de verre transparent, brillant de mille feux.

— Parce que je suis une fée, je te l'ai dit.

— C'est quoi, une fée ?

Elle me regarde en gonflant les joues, cherchant ses mots.

— C'est vrai que vous n'êtes pas supposés connaître notre existence.

— Ah bon ?

— Ouaip. C'est pour ça que les autres ne me voient pas, d'ailleurs. Et qu'ils ne s'inquiètent pas de te voir parler dans le vide. Tout ce qui touche à notre peuple doit vous rester invisible et secret.

— Où est le rapport avec moi ?

Elle m'observe, un éclat incisif dans le regard.

— C'est bien ça qui m'inquiète. Tu as résisté à mon sort… Tu n'aurais jamais dû sentir que j'approchais.

— Il ne fallait peut-être pas taper dans ma blessure.

Elle n'a pas l'air désolée pour un sou. Au contraire, elle m'offre un sourire carnassier qui me chamboule totalement.

— Explique-moi qui tu es. Et ce que tu fais là, avec ces trous dans ta bouche.

— C'est une longue histoire.

Elle retire ses chaussures en les décapsulant de ses orteils, puis pose ses mains à plat sur son ventre rebondi.

— J'ai toute la nuit devant moi. Et quelque chose me dit que le Destin est derrière tout ça.

— Le Destin, carrément ?

— Il a un truc avec moi, m'assure-t-elle.

— Si tu le dis.

J'hésite un instant, mais je finis par m'ouvrir à elle. Après tout, pourquoi pas ?

— J'ai tué les assassins de mon frère et de ma mère, contre les ordres de notre Impérator. Mon père, qui est le bras droit de notre dirigeant, a pu commuer ma peine de mort en servitude à vie... En conséquence de quoi, on m'a arraché mes canines. Puis on m'a vendu comme serviteur dans une maisonnée de basse extraction.

Navi regarde autour d'elle, perplexe.

— Et tu y retournes, là ?

Je soupire.

— Non. Là, je suis en route pour les mines d'argent. Où je mourrai sûrement dans quelques jours.

— Je ne comprends pas. Ton père ne t'a pas sauvé ?

Une ligne de rage me traverse le ventre et j'assassine la fée du regard. Qui ne semble pas impressionnée du tout.

— Mon père m'a condamné. Comme il a condamné les siens le jour où il a accepté de servir le tyran qu'est l'Impérator.

La fille éclate de rire.

— Eh bien ! Quelle verve !

Je me sens rougir et m'adosse à nouveau aux barreaux, observant le ciel qui s'éclaircit déjà ; l'aube ne va plus tarder. Cette nuit aura été la plus étrange de ma vie.

— Pour ce qu'elle m'a été utile... En tentant de sauver ma sœur, je me suis fait arrêter. Et condamner aux mines. Voilà, tu sais à peu près tout.

— Tu m'as un peu survendu ton récit en me disant que c'était long, ne peut-elle s'empêcher de remarquer.

Je l'ignore, étrangement vexé, tandis qu'elle m'observe un moment, de mes pieds sales à mes ongles élimés jusqu'au sang à force de frotter. Elle s'attarde un instant sur mon visage, passe une main dans mes cheveux. Acquiesce avec un air... professionnel ?

Je ne sais plus quoi dire devant tant d'improbabilité.

— Si je résume, finit-elle par dire en me fixant enfin dans les yeux. Tu es le fils déchu d'un noble de ta patrie ?

— Du plus haut dignitaire du pays, oui.

— Tu as travaillé comme souillon dans une famille de petite noblesse pendant quelques années ?

— C'est une manière de voir la chose, sans doute...

— Et tu as tenté de sauver ta sœur au péril de ta vie ?

— Je sais. C'était idiot.

Navi se redresse soudain, me faisant sursauter, et s'approche de moi.

Son parfum envahissant mon espace vital me fait perdre mes moyens.

— C'est quoi ton nom, déjà ?

— De... Devin. Devin Abéus, je bégaie.

— Mon cher Devin, chantonne-t-elle avec tellement de malice dans la voix que j'en ai la chair de poule, je crois qu'on était faits pour se rencontrer !

10

Une Princesse Potentielle.

J'ai trouvé une Princesse Potentielle !

Alors, OK, c'est un homme. OK, il ne m'est pas apparu aussi clairement que la jeune fille que j'ai rencontrée plus tôt dans la soirée. Mais il n'y a pas de doutes ! Tous les signes sont là.

De bonne extraction, mais réprouvé. Servant, mais pas servile. Au cœur noble et injustement puni pour des actions altruistes. Si ce n'est pas de la PP en puissance, ça !

D'un claquement de doigts, je fais apparaître mon carnet, ignorant le regard ébahi que Devin me lance alors que je parcours mes notes. Si on passe un marché lui et moi, il faudra d'ailleurs qu'on parle de ça : on aime les princesses un peu plus mystérieuses et un peu moins éberluées.

Depuis qu'il a ouvert les yeux, il passe son temps à m'observer comme une carpe qu'on emmènerait en randonnée. C'est amusant les premières minutes, mais ça devient lassant à la longue.

Je trouve enfin la page que je cherchais, et fais apparaître un stylo avec un pompon rose dans ma main libre.

— Très bien, très bien, Devin, je marmonne en remplissant quelques cases. Parlons business, toi et moi, si tu veux bien.

— Buquoi ?

— Affaires, je traduis pour lui. Désolée, c'est du langage de marraine.

Je crâne carrément.

— De marraine ?

Je ferme sa bouche grande ouverte en poussant son menton de mon pompon et hoche la tête avec satisfaction quand il s'agace et repousse mon stylo d'un geste énervé.

— Voilà, je l'encourage. C'est mieux ! Un tout petit peu de caractère, mais pas trop non plus.

— Mais de quoi tu parles ?

— Écoute, je soupire. Je pense que je peux t'aider, si tu acceptes toi aussi de me filer un coup de main, OK ?

Il secoue ses poignets, et je remarque alors les chaînes qui les ceignent.

— C'est une métaphore, bien sûr.

— Il va falloir être un tout petit peu plus explicite, me répond-il.

— Naturellement.

Je jette un dernier regard à mon carnet que je connais par cœur. J'ai rêvé des dizaines, des centaines de fois de ce moment. De mon premier marché passé avec une Princesse Potentielle.

Autant vous dire qu'on est très *très* loin du scénario que j'imaginais.

À dire vrai, on en est même à l'opposé.

Mais je le sens dans mes veines, dans ma peau, dans mon âme : c'est lui. C'est certain, c'est le Destin qui l'a placé sur ma route. Forcément ! Sinon, pourquoi serait-il encore éveillé ? Pourquoi ma nomination comme fée des dents ?

Tout s'explique, et moi qui ne comprenais encore rien ce matin, je respire à nouveau quand je réalise que tout prend sens.

Parce que je n'aurais jamais croisé le chemin de Devin si je n'avais pas eu ce statut.

Si je n'avais pas vicié toutes les dents du palais.

Si je n'avais pas eu l'intelligence de ne pas abandonner en découvrant qu'on ne pouvait extraire de la bouche de ce garçon le fil de son Destin.

Les paroles de la marraine qui accompagnait Tiana me reviennent en mémoire : « On va avoir besoin de sortir des sentiers battus. » J'en suis tellement loin que je ne serais plus certaine de retrouver ma route, même équipée d'un plan.

C'est comme si un poids immense se libérait de mes épaules ; je n'ai pas été trahie par le Destin, ni par les fées. On m'a confié une tâche inédite, à ma hauteur : délier le nœud massif du Grand Canevas qui effrayait tant Tiana.

Je l'avais senti m'appeler dans la salle de remise des diplômes.

— Ce que je te propose, je finis par dire à Devin, c'est de nous allier. Tu as visiblement besoin de moi pour t'échapper de cette carriole et d'une mort certaine. Quant à moi... j'ai besoin de toi pour devenir fée marraine.

— Mais encore ?

Je lui souris.

— J'ai moi aussi subi une injustice. Comme tu peux aisément le deviner, je suis la plus puissante de ma portée, et de très très loin. Tu verrais les autres... Bref. Or, par le plus grand des mystères, j'ai été assignée au ramassage des dents.

Ce que je pensais être, jusqu'à il y a encore une heure, une grossière erreur administrative. Mais j'ai à présent la certitude qu'il s'agit là d'un coup du Destin. J'ai besoin de ton aide pour reconquérir la position qui m'est due : celle de marraine. Et pour ça, tu vas devoir devenir une princesse.

Cette fois-ci, il bloque. Je peux carrément voir le moment où son cerveau décide de s'arrêter de fonctionner et de redémarrer, incapable de traiter les informations que je lui ai fournies.

— Une princesse, répète-t-il.

— Théoriquement parlant.

— Je ne sais pas trop comment cela se passe chez les fées, mais... tu as remarqué que je suis un homme, n'est-ce pas ?

Je lève les yeux au ciel.

— Oui. Quand même, je l'avais noté... Je serais drôlement incompétente sans ça, non ?

— Le doute est permis, sans vouloir te manquer de respect.

Je l'assassine du regard, ce qui le fait sourire. Je note : a de la répartie. Ça peut être une carte à jouer.

— Tu as des préférences en termes de partenaire ? je le questionne, finissant de remplir mon questionnaire.

— Comment ça ?

Je me tapote la tempe avec le stylo, l'observant des pieds à la tête.

— À l'école, on nous apprend à apprêter des princesses femmes pour les refourguer à des princes hommes. Ce serait la première fois qu'on tenterait ça dans l'autre sens. Une princesse homme à un prince femme.

— Ou un prince à une princesse, pour simplifier ?

— Moui, si tu préfères.

— Et pour te répondre, c'est très intime comme question.

— Certes. Mais vu que mon rôle, c'est d'arranger ton mariage, il vaut mieux que je sois au fait de ces choses-là, tu ne crois pas ?

Cette fois-ci, il perd de son flegme et me regarde comme si je venais de lui piquer son goûter.

— Mon mariage ?

— Oui. Te trouver une épouse, ou un mari, comme tu préfères. C'est à toi de me dire, justement. M'enfin, je ne vais pas me foutre de toi, hein. Ce sera forcément royal. Je te propose en gros de troquer une carriole contre un palais, ce serait un échange plutôt avantageux pour toi, il me semble.

— Tu m'as complètement perdu.

— Tu vas t'y faire. Je suis la meilleure, je te l'ai dit. Tu es majeur ?

— Euh... oui, ça ne se voit pas ?

Je le dévisage un instant.

À vrai dire, ça se voit parfaitement. Tout comme la douce lumière diffuse du Destin qui irradie discrètement de chacun des pores de sa peau. Il a vraiment beaucoup de potentiel. De grands yeux noirs, ourlés de cils immenses. Des cheveux couleur de nuit, qui lui tombent en mèches légèrement bouclées sur un front lisse. Une mâchoire qui promet d'être joliment carrée quand on l'aura un peu nourri. Et puis surtout, cet éclat dans le regard... Le même que moi.

La certitude de savoir qui on est, en toute circonstance.

— Je suis légalement tenue de te le demander. On préfère éviter les scandales, ça ne fait que créer de nouveaux nœuds.

— Par le sang, mais de quoi tu parles ?

Je lui signifie de se taire en battant de la main, observant ma fiche. J'ai tout ce qu'il me faut. Il remplit toutes les cases, sauf celle du genre.

Mais... Tiana ne parlait-elle pas d'une princesse héritière ?

Toutes les pièces s'imbriquent et je loue mon génie.

— Alors, marché conclu ? je propose à Devin en lui tendant la main.

— Est-ce que tu peux m'en répéter les termes ?

Je suis agacée qu'il me le demande, mais il en a parfaitement le droit.

— Je te libère de cette carriole et de ta servitude, en échange de quoi tu m'aides à devenir fée marraine en me laissant organiser ton mariage.

Devin observe ma main, pensif.

— Et tu as déjà une promise en tête, n'est-ce pas ?

Son regard plonge soudain dans le mien et ma bouche devient sèche. Tandis que le soleil point, je remarque sur son visage des détails que je n'ai pas repérés plus tôt. Un grain de beauté sous son œil droit. Une petite cicatrice sur sa joue gauche. Un anneau d'or à son oreille.

— Absolument, je réponds enfin. Je songe à la fille du Grand Roi Xandier.

Le visage de Devin se transforme complètement. Ses sourcils vont se perdre sous ses cheveux, et sa bouche s'entrouvre sous le choc, me laissant apercevoir les trous béants de ses gencives.

Foutresel, il va refuser. Je sais que les relations entre sanguis et humains sont tendues, malgré les nombreuses tentatives de rapprochement ces dernières années. C'est d'ailleurs sans doute pour cela que le Destin m'a confié cette mission : finaliser l'alliance de ces deux peuples qui se déchirent en la scellant par un mariage.

— Tu sais ? souffle-t-il en se caressant le menton. Je pense que ce n'est pas une si mauvaise idée, tout compte fait.

— Ah oui ? Enfin... Oui. Oui, bien sûr que je le sais.

Je garde le silence un instant, avant de céder.

— Pourquoi ?

— Les sanguis ont prévu d'envoyer une délégation chez eux dans les jours à venir.

— Et puis ?

— Si tu me laissais finir... Ils vont envoyer une délégation, parce que la main de la princesse va être proposée au jeu.

Un frisson me traverse et je sens le Destin frétiller dans mon corps. Je le savais, *je le savais. Je. Le. Savais* !

— Proposée au jeu, tu dis ?

— Absolument. C'est une vieille tradition humaine qui n'a plus été mise en pratique depuis plusieurs générations, mais je sais de source sûre que le roi Xandier va y avoir recourt pour marier sa fille.

— Et quelle est cette source ?

— Quelqu'un qui cherchait à me faire du mal en m'en informant.

Je sonde le regard de Devin, mais je ne perçois aucun mensonge.

Intéressant.

— Est-ce que tu peux faire quelque chose pour mes canines ? me demande-t-il enfin.

— Mon travail, c'est de les arracher ou de les ramasser, je lui rappelle. Je n'ai pas la capacité d'en faire pousser, elles sont trop intimement liées à la magie de chaque être vivant.

Le visage de Devin se ferme.

— Je peux cependant te proposer autre chose. D'un peu inédit, je me surprends à lui suggérer.

L'espoir illumine ses traits.

— Je t'écoute ?

— Que dirais-tu de dents de soie ?

11

— Et voici Huwinat ! roucoule Navi, perchée sur mon épaule. La capitale humaine dans toute sa splendeur !

Je m'agrippe au tronc d'arbre le plus proche, à bout de force et tremblant de tout mon corps. Cela fait des jours que je traverse les Mondes Brisés, rejoint régulièrement par Navi qui vient m'indiquer le chemin à suivre entre deux récoltes de dents.

J'ai d'abord profité de ma liberté retrouvée, dormant dans les champs, me gorgeant de soleil, dévorant des yeux les paysages inconnus.

Et puis, la faim est revenue. Et, avec elle, la réalisation de ne tenir debout que par la force de ma volonté.

Car Navi a un sacré talent et les dents de soie qu'elle m'a offertes sont magnifiques, nul ne peut le nier, mais elles ne me permettent pas de me nourrir. J'ai tenté de faire son sort à un lapin que j'ai surpris endormi dans les hautes herbes... Sans succès. Mes canines se sont simplement enfoncées dans sa fourrure épaisse, avant de se froisser lamentablement.

Nous avons échangé un regard gêné, puis le lapin s'est contorsionné jusqu'à s'échapper, et je l'ai laissé faire. J'ai ri à gorge déployée, avant de m'effondrer et de pleurer, à bout de force, à bout de souffle.

Puis je me suis rappelé mon objectif. La vengeance que m'offre Navi, et la chance insolente dont j'ai fait preuve jusqu'ici.

Je me suis relevé. J'ai tenu bon.

Pour combien de temps encore ?

— Attends ! s'exclame la fée alors que je claudique vers la route menant aux fortifications qui ceignent Huwinat. On va un peu te camoufler, tu fais peine à voir.

Elle voltige autour de moi, libérant dans son sillage une traînée de paillettes, et la douceur d'une cape de velours et de souliers en cuir me fait frissonner.

— Voilà ! s'enthousiasme-t-elle, en prenant position dans la poche sur ma poitrine. Tu attireras moins l'attention si tu ne ressembles pas à un mendiant. Et gaffe à ne pas montrer tes dents, hein. Je ne pense pas que les humains apprécient d'avoir un sanguis dans leur enceinte.

Je fais un pas. Réalise.

— Tu pouvais m'invoquer des chaussures, et tu ne le fais que maintenant qu'on arrive à destination ?!

Navi lève sa petite tête rose vers moi, une moue perplexe déformant sa bouche. Puis elle hausse les épaules, et se concentre à nouveau sur le chemin.

— Je n'y ai pas pensé. Tu as le droit de demander, aussi. Je suis ta fée, pas ta mère.

L'envie de l'écraser, là, contre ma poitrine comme le plus insignifiant des moustiques des Mondes Brisés me submerge un instant. Seulement ce moustique est aussi sublime que salvateur et je suis plus fort que ça.

Je sais surtout que je ne sortirai pas vainqueur de ce conflit. Navi a littéralement fait exploser la carriole pour me libérer des gardes sanguis, la remplissant de tellement de rouleaux de soie et de tissus bariolés que les tiges de fer ont volé dans le ciel comme un feu d'artifice.

Puis elle s'est jetée sur les gardes paniqués, et leur a arraché les canines à mains nues, avant de leur maintenir la bouche ouverte, insensible à leurs hurlements de terreur, et de leur badigeonner les gencives d'une pâte grisâtre en leur criant : « Ça vous soulagera, ça vous soulagera ! »

Je ne pense pas que ses victimes se remettront un jour de ce traumatisme. Moi non plus, d'ailleurs. C'est une image qui va me hanter jusqu'à la fin de ma vie.

Je m'engage sur le pont qui enjambe un bras immergé du delta sur lequel la capitale humaine est installée. Des centaines de personnes se pressent à mes côtés, la plupart chargées de lourds paquets qu'elles portent sur leurs dos ou, pour les plus chanceuses, sur des chariots qu'elles tirent à bout de bras.

— Ils n'ont pas de chevaux ? je remarque à mi-voix, tentant de me faire discret.

Navi sort de ma poche en voltigeant et vient se poser près de mon oreille, sa main agrippant la lourde capuche qui couvre mon visage.

— Huwinat est une ville lacustre, m'explique-t-elle. Lacustre, ça veut dire que...

— Je sais ce que ça veut dire, merci !

Elle ricane et se laisse tomber sur mon épaule, ses pieds battant l'air.

— OK, bah je te laisse additionner un plus un alors.

— Les chevaux ne pourraient pas se déplacer dans la ville, je comprends.

— Bravo ma princesse.

Je ferme les yeux et prends une grande inspiration. *Ne pas l'écraser, ne pas l'écraser, ne pas l'écraser…*

Quand nous arrivons devant les portes grandes ouvertes de la cité, Navi fait diversion en renversant un nombre conséquent d'humains derrière moi, détournant ainsi l'attention des gardes de ma silhouette encapuchonnée.

Je n'aurais sans doute pas pu faire mieux, je note en observant vieillards et enfants se dépêtrer d'un gigantesque lai de tissu entravant leurs chevilles. Peut-être y aurait-il eu moins de membres cassés cela dit…

— Et voilààààààà ! chantonne ma camarade, insensible à la détresse de ses victimes. On y est ! Alors, c'est excitant, non ?

Je garde le silence, tous les sens en éveil.

Primus Sanguis est merveilleusement organisée. Les artères sont larges pour permettre à l'Impérator et ses armées de défiler, et faciliter l'accès des gens aux principales instances administratives. Chaque bâtiment, chaque marché, a été minutieusement placé sur la carte afin d'optimiser le déplacement des citoyens.

En comparaison, Huwinat ressemble à une ville fourmilière dessinée par un enfant. La rue dans laquelle nous nous engageons est si étroite qu'en étendant les bras, je pourrais sans doute toucher les devantures des maisons qui s'y font face. Maisons qui, d'ailleurs, s'élèvent en des tours mal alignées, avec des étages débordant par-dessus la chaussée, retenus par des poutres de bois passant d'une masure à l'autre.

Tout est bancal. Sale, comme mes narines ne manquent pas de le remarquer alors que mon pied nouvellement chaussé s'enfonce dans une flaque brunâtre. Je me fais bousculer de toutes parts, des corps se pressent contre le mien. Un homme me rit au visage et son haleine manque me mettre à terre. Une jeune fille m'attrape par la taille, ses cheveux blonds me fouettent le visage. On échange un regard, elle disparaît, les yeux assassins.

— Elle vient de te faire les poches, ricane Navi.

— Sérieux ?!

Par réflexe, je tapote mes hanches, avant de me rappeler que je ne possède rien.

— Elle était déçue. Je lui ai offert un ruban à la place.

— Tu offres des rubans aux voleurs, maintenant ?

Elle rit.

— J'ai bien offert la liberté à un condamné à mort, alors...

Je tique. Pourquoi pas.

La foule compacte nous entraîne vers un pont que je traverse bien malgré moi et je sens la panique affluer quand je réalise dans quel enfer je me suis engagé.

Face à moi se trouve une place bondée d'humains. Des stands de nourriture à tout va, des badauds en tenues colorées par centaines. Plusieurs orchestres, aussi, ont l'audace de faire s'époumoner leurs cuivres, histoire de me briser les tympans. Mes pieds ne me répondent plus, je me retrouve embarqué dans la foule, incapable de comprendre où on va, ce que je dois faire, par où aller.

Une femme m'attrape le bras et me secoue sous le visage des feuilles séchées qui me font éternuer. Son regard se voile quand, en une fraction de seconde, elle repère mes canines et je m'échappe, me laissant absorber par la populace.

Un commerçant me harponne plus loin, me poussant au milieu de montagnes d'épices jaunes, rouges et vertes qui m'étouffent un moment autant qu'elles m'enchantent.

Quelques pas plus loin, ce sont des hommes et des femmes à moitié nus qui m'invitent à les rejoindre dans leur antre, se baladant ainsi à la vue de tous, sans que personne ne soit choqué. J'hésite, repérant les veines qui palpitent sur leurs gorges et qui transparaissent sur leurs poignets diaphanes.

La faim que je tiens en respect depuis des jours me terrasse soudain. Je tombe sur un genou et manque me faire écraser par la foule. L'un des jeunes éphèbes m'attrape par le coude avant que je m'écroule tout à fait et me tire à lui, inquiet. Je le repousse de toutes mes forces, avant de m'enfuir dans la venelle adjacente.

— Devin ? fait la voix de Navi alors que nous nous éloignons de la cohue. Devin ? C'est pas par là, le palais.

Je m'agrippe à une pierre, les ongles enfoncés dans le mur pour ne pas tomber. Ma vue est grise, assombrie, et double, ce qui me panique encore plus. Tout tourne. Absolument tout.

Je comprends que je me suis écroulé au sol quand une douleur sourde dans ma tête me ramène un instant à la conscience. Un homme se penche au-dessus de moi. Sale. Très, très sale. Je le sens plus que je ne le vois.

Mais qu'importe. Je me suis déjà nourri de rat, je ne vais pas faire la fine bouche.

Alors qu'il palpe mes vêtements, je brûle mes dernières forces et l'attrape à l'arrière de la nuque, collant ma bouche contre sa gorge. Il est brûlant. Il sent la pisse, la sueur et dégage des fumets que je préfère ignorer.

J'y crois une fraction de seconde.

Jusqu'à ce que je sente mes dents de soie se plier dans ma mâchoire, incapables de percer la peau, et me rappelle ma condition. Le clochard me repousse violemment, et se passe la main sur le cou avant de me cracher dessus et de prendre la fuite.

Ma tête cogne à nouveau les pavés.

— Devin ?

La silhouette rose de Navi remplit mon champ de vision, ses grandes ailes déployées dans son dos.

— Tu nous as fait quoi, là ?

— Faim.

— Tu pouvais pas manger dans la forêt ? Il fallait que tu agresses quelqu'un dans la cité ?!

Je me pose le bras sur les yeux, refusant qu'elle y voie les larmes de rage que je sens monter.

— Je n'ai pas réussi.

Elle reste silencieuse un instant, puis :

— Ça arrive à tout le monde, un petit blocage. Pas de quoi s'inquiéter.

Alors j'éclate de rire.

J'éclate de rire parce que cette fée, je ne la comprends pas. Mais je savais, oh je savais qu'elle trouverait quelque chose d'aussi improbable à me dire. Depuis quelques jours que je la connais, elle ne m'a jamais déçu. J'ai autant envie de l'enfermer dans un coffre et de la jeter à l'eau que de la serrer dans mes bras jusqu'à l'étouffer.

Mauvaises idées. La dernière, tout particulièrement...

— Je n'ai pas réussi, parce que tes dents refusent de percer la peau des créatures dont j'ai tenté de m'abreuver, je lui précise.

— Oh.

Je repose mon bras contre mon torse et me contorsionne pour m'asseoir contre le mur de pierre. Au loin, le marché gronde comme une bête tapie. Un orchestre entame un nouveau morceau.

Navi fait les cent pas devant moi, sa petite main triturant son menton rose.

— C'est effectivement compliqué pour de la soie d'entamer la peau, grommelle-t-elle. À moins de la faire glisser de biais, comme on se coupe avec du papier, tu vois l'idée ? *Ziiioup* ! M'enfin ça nécessiterait une sacrée organisation... Tu peux subjuguer tes proies ?

Je nie d'un mouvement de tête. Elle grogne.

— Et encore un mythe qui n'est pas à la hauteur, soupire-t-elle. Je pourrais faire tomber des gens devant toi, et on aurait qu'à prier pour une fracture ouverte ?

Je fais une grimace. Elle me la rend.

— Moui, non, elle conclut. Ça péterait quand même vite ta couverture, si tu te retrouvais à sucer des tibias en pleine rue.

Elle est timbrée.

— OK. Je ne vois qu'une solution...

Explosion de paillettes.

La Navi qui se tient devant moi est désormais de taille sanguis.

J'imagine que si on était tous les deux debout, elle m'arriverait juste sous le menton. Une intuition, comme ça, qui me fait sourire. Sourire qui s'évapore aussitôt quand elle se glisse entre mes cuisses, à genoux, pour me tendre son poignet.

— Bois, ordonne-t-elle.

Je reste sans voix.

— Bois, je te dis !

— Mais... Les dents de soie ne traversent pas la peau.

— Pas celles des créatures vivantes, non. Mais je ne suis pas comme elles.

— Vivante ?

— Une créature. Je suis faite de magie.

— Je ne bois pas de magie. Il me faut du sang.

— Et si tu la fermais et tentais, pour voir ?

Je saisis sa main, surpris par la chaleur qui s'en dégage.

— Ça ne fera pas mal, je lui promets, professionnel.

— Y a intérêt. Sinon, je t'invoque un slip en laine et je te laisse te balader nu dans la ville. Et bonne chance pour séduire la princesse avec ça !

Je m'esclaffe, elle me sourit et mon cœur se noie un peu plus.

Avec douceur, je porte son poignet à ma bouche et tressaille. Sa peau a le goût des fraises les plus mûres cueillies au cœur de l'été. Quand je veux y enfoncer mes canines, elles résistent, mais ne ploient pas et je peux sentir qu'il ne faudrait pas grand-chose pour qu'elles acceptent de percer.

Je soupire.

Et prends mon courage à deux mains.

— J'y suis presque, mais la peau est un peu épaisse.

— N'insulte pas ma peau ou ça va mal finir !

Je souris.

— Je vais mourir si je ne me nourris pas. Est-ce que... Navi, tu accepterais de me laisser te mordre dans le cou ?

Ses joues se transforment en deux pommes rouges presque instantanément et je comprends qu'il n'y a pas que de la peur derrière son air revêche. Ce qui me rend stupidement heureux.

— OK, grogne-t-elle. Mais t'as intérêt à être plus délicat qu'avec l'humain de tout à l'heure.

Je me retiens de lui répondre qu'avec elle, je serai aussi délicat qu'avec une rose, un papillon ou un ange. Je me contente de hocher la tête, alors elle repousse son impressionnante chevelure fuchsia derrière son épaule d'un geste faussement désinvolte.

Ses yeux ne me quittent pas pendant que je m'approche et je me surprends à trembler quand je pose mes doigts derrière sa nuque. Elle frémit, moi aussi.

— Doucement, me murmure-t-elle.

— Promis, je souffle contre sa gorge.

J'ouvre la bouche, la pose contre sa peau.

Et bois.

12

— Comment as-tu réussi à récupérer toutes ces canines de sanguis ?

Praline en saisit une dans sa main maigrichonne, la portant devant ses yeux comme si elle pouvait deviner son histoire. Ça ne m'inquiète que peu ; si les fées des dents pouvaient lire le Destin dans l'émail, il y a fort à parier qu'on les aurait installées dans un palais plus sympa.

— Une rixe, je mens. J'ai eu du bol, voilà tout.

Son regard se fait incisif, et je me fous carrément d'elle en imitant ses petits yeux qui se ferment, inquisiteurs.

— Ne joue pas avec moi, petite, me prévient-elle.

— Et sinon quoi ? je grogne. Tu m'enverras ramasser des dents ? Oh, mais attends ! C'est déjà ce que je fais !

Je lui lance un sourire narquois et continue de nettoyer ma récolte sur la table équipée de jets d'eau.

— Pas de magie, tu te souviens ? me rappelle Praline en faisant mine de s'éloigner.

— Promis, je la rassure. Je n'en ai pas usé pour dénicher ces dents.

Elle s'arrête et me détaille des pieds à la tête, en mâchonnant sa lèvre inférieure. Je la vois observer mes voisines, des petites fées bleues sortant de leurs besaces des ratiches bouffées par des caries plus grosses que mon poing.

— Bravo, finit-elle par me féliciter. Je me doutais que tu ferais des merveilles... Je pensais cependant qu'il te faudrait plus de temps pour t'acclimater. C'est rare qu'on me surprenne. De manière positive, je veux dire.

Mon sourire se fane sous le coup de la surprise. Bah, ça alors, un compliment ?

— Je suis une compétitrice, je lui explique. Donne-moi un objectif, et je me ferai un devoir de l'exploser.

Les commissures des lèvres de ma formatrice s'agitent et je devine au pétillement de ses yeux que ça la ravit.

— Je vois. On va devoir redéfinir tout ça à la hausse, dans ce cas. Mesdemoiselles ! s'exclame-t-elle soudain en claquant des mains. Le tableau de performance a été mis à jour avec vos récoltes de la semaine, n'hésitez pas à y jeter un œil !

Quand notre cheffe s'éloigne, les autres fées me dévisagent, le regard assassin, avant de chuchoter avec hargne. C'est sûr que de leur avoir collé des scores pareils dès les premiers jours, ça doit pas mal les inquiéter.

Mais je m'en fous comme du premier morceau de sucre de l'Histoire.

Je me concentre sur ma canine, la frottant avec application avant de la jeter dans un panier « Bon À Envoyer ».

J'en saisis une autre. Recommence. Suspends mon geste quand mon regard tombe sur mon poignet. Deux petites marques violettes le parent, comme le plus improbable des bijoux. Sans même que je ne le décide, mes doigts viennent caresser la peau fragile au creux de mon cou et je sens le sang me monter aux joues alors que tout me revient en mémoire.

Le regard de Devin alors que je m'approchais de lui.

Ses doigts sur mon bras.

Ses paumes chaudes sur ma nuque.

Son souffle sur ma gorge.

Et la douceur de ses lèvres.

C'était étrange. Très, très étrange.

Je n'irais pas jusqu'à dire que c'était agréable, surtout en raison de la proximité qui m'a semblé... déplacée ? Je n'ai senti aucune douleur, seulement une vague de chaleur intense qui a enflammé mes veines, me traversant comme un arc électrique de la racine de mes cheveux jusqu'à la pointe de mes orteils.

— Tout va bien ? m'a-t-il demandé à la fin.

Je suis restée une dizaine de secondes collée à lui, incapable de formuler une seule pensée cohérente.

Et puis, je me suis téléportée ici, au palais des dents, sans demander mon reste.

Quand j'y repense, c'est très gênant. J'ai eu l'impression de toucher du doigt à quelque chose d'interdit, et mon instinct, qui ne m'a jamais fait défaut jusqu'ici, a pris le dessus.

Devin a-t-il réussi à se nourrir ? Je n'en suis pas certaine, mais quand il a eu terminé, ses joues étaient roses et ses yeux brillants. Comme Tiana après un festin de gaufres. J'ai pris ça comme un signe de bon augure.

Alors que je sors la dernière dent de ma besace, je repère, à la limite de mon champ de vision, une énorme tâche rose plus loin dans l'usine. Je lâche la canine et m'envole de quelques centimètres pour observer par-dessus la machinerie qui nous entoure.

Une fée marraine... !

Mais qu'est-ce qu'elle fait là ?

Déjà, Praline se précipite à sa rencontre, la poussant vers la sortie. La fée rose s'agite, secoue sa baguette et son doigt. Ma formatrice blanchit. Tu m'étonnes, elle doit redouter que la marraine use de magie et nous condamne dès lors à recommencer encore une fois un ramassage d'urgence.

— Je prends ma pause, j'alerte innocemment mes collègues en m'éclipsant.

— Hé ! gueule l'une d'elles. On n'a pas de pause !

— Maintenant, si.

Aussi discrètement que possible, je me glisse derrière les tapis automatiques où brinquebalent les dents, transportées d'atelier en atelier, jusqu'à ce que j'entende Praline.

— Je vous dis qu'elle est occupée, s'emporte-t-elle.

Je ne suis qu'à quelques mètres des deux fées.

— Et en quoi cela me regarde ? rétorque la marraine.

— La matrone reçoit exclusivement sur rendez-vous.

La fée rose s'arrête net et Praline, qui la suivait, s'enfonce aussi sec dans son fessier rembourré.

— Elle n'est pas née, la fée des dents qui pourra m'imposer un calendrier, menace la marraine. Restez à votre place, je vous le conseille. Nous ne jouons plus dans la même cour, vous et moi.

Praline en reste coite. De colère ? De stupeur ? Les deux ?

En attendant, elle ne retient pas l'intruse qui s'envole pour rejoindre l'étage surplombant les ateliers, où se trouve le bureau de la matrone qui supervise tout le travail du palais des dents.

Les poings de ma formatrice sont serrés quand elle fait enfin demi-tour, la mâchoire parcourue de vagues nerveuses.

La colère, donc. Je compatis ; la première fée qui me parle comme ça, je l'expédie sur la lune à coup de pied aux fesses.

Mais Praline n'a pas le pouvoir nécessaire. Tout ce qu'elle peut faire, c'est courber l'échine. Je devrais avoir pitié d'elle, mais je réalise que je suis surtout désolée et furax.

M'enfin, ça n'est pas mon problème. Moi, je veux comprendre ce que la fée rose mijote ici. Son imposante stature indique qu'elle est puissante. Plus que la normale, mais toujours moins que moi.

Je vole jusqu'à la plateforme et me cale contre la porte du bureau où elle s'est engouffrée. Sous mes pieds, les ateliers du palais des dents semblent s'étendre à l'infini. C'est la première fois que je prends la mesure des installations : elles sont gigantesques. Mais combien sommes-nous ? Des milliers, c'est certain, mais par dizaines ou centaines ?

— Je t'ai dit non.

Je reconnais sans peine la voix de notre matrone, pour l'avoir déjà entendue dans les ateliers nous informer des fins de journées.

— L'heure n'est plus à la tergiversation, Amelda.

— Toi et tes grands mots, toujours.

Je roule des yeux. Tergiversation, un grand mot ? Mais les fées des dents n'ont jamais ouvert un livre ou quoi ?

— Et la fin des Mondes Brisés, c'est assez grand pour toi ?

— Tu sais ce que j'en pense.

— Ça, c'est parce que tu es coincée ici et que tu n'as pas vu le nœud dans le Grand Canevas.

— Et puis ? En quoi ça me concerne ?

— Amelda, il va imploser.

— Et alors ? C'est le but des nœuds, non ? Ce n'est pas votre travail, d'ailleurs, de les dénouer ?

— Les dénouer, oui. Pas faire exploser tout le Grand Canevas...

— Comme toujours, tu vois le verre à moitié vide.

— Et comme toujours, tu préfères te cacher dans ton palais que de t'impliquer.

— M'impliquer dans quoi ?

Un grand boum me fait sursauter, et je me redresse doucement pour glisser un œil par la fenêtre. La fée matrone, dans sa salopette bleu roi, a les deux poings posés sur le bureau où je devine qu'elle vient de les écraser.

— Mon destin est scellé depuis que j'ai reçu cette foutue assignation. J'ai fait de mon mieux, Mohira. Vraiment de mon mieux. Tellement que j'occupe ce siège, aujourd'hui, après des siècles à patauger dans des gueules dégoûtantes, à puer la salive rance et la mauvaise haleine.

— Amelda...

— Toi, tu ne connais rien de la vie des fées. Des vraies fées – celles qui ne passent pas leurs temps à se gausser de leur importance et qui travaillent, vraiment !

Je fronce les sourcils. Le travail des fées marraines est important, capital même.

— La Fata savait ce qu'Elle faisait en te plaçant ici, assène Mohira. Il ne peut en être autrement.

— Ah oui ? Marrant ça, parce que ce n'est pas ce qu'on me répétait à l'école.

D'un geste rageur, elle retire le bonnet qui lui couvre toujours la tête et je retiens *in extremis* un cri en me plaquant les mains sur la bouche.

Noir.

Elle a les cheveux noirs.

Comme les méchantes fées.

— Je n'aurais jamais dû être là, tu le sais. Et ce n'est pas la seule incohérence des choix de la Destinée... Nous avons accueilli une nouvelle recrue cette semaine.

— Et alors ?

— Elle est rose. Tellement rose que même toi, tu sembles bien fade à côté d'elle.

Mon cœur palpite quand je réalise qu'elle parle de moi. Je savais bien que je n'étais pas folle ! Je n'ai rien à faire ici, absolument rien. Tout mon corps hurle *marraine*, bien sûr qu'elle s'en est rendu compte.

— Le Destin ne se trompe pas, Amelda, lui répond dans un souffle la fée rose. Il a placé ses pions partout, car nous arrivons à la fin.

— Mais arrête avec ça !

— La chute des Mondes Brisés est proche ! Tout le monde le sait, et personne n'y fait rien !

— Ta solution est excessive.

— Ma solution est la seule qui...

— Navi ?

Je sursaute si fort que je m'encastre le front dans le rebord de la fenêtre, manquant m'assommer. Dans mon dos se trouve Praline, le front barré d'un immense sourcil inquisiteur.

— Tu écoutes aux portes, maintenant ?

Je m'éloigne en deux-trois battements d'ailes, saisissant ma cheffe sous le coude et l'éloignant aussi innocemment que possible.

— Je n'écoute pas ! Je venais demander un service à la matrone.

Je suis en improvisation totale et la panique me fait bafouiller.

— Ah oui ? Et quoi comme service ?

Réfléchis, Navi ! Réfléchis !

— Je voudrais changer de secteur.

Les yeux de Praline s'écarquillent.

— Et pourquoi ?

— C'est trop facile avec les sanguis, je crâne. Une canine me permet d'atteindre le même quota que dix dents humaines.

— Mais elles sont dix fois plus rares.

— Ouais, bah c'est pas l'impression que j'ai eue. Et les autres fées commencent à me détester.

— Commencent ?

J'écrase sur elle un regard plein de mépris et ne peux retenir un sourire satisfait quand je la vois se dandiner, mal à l'aise.

— OK, donc les autres fées te haïssent. Et alors ? Tu penses que si tu fais moins bien, tout ira mieux ?

Je m'offusque carrément.

— Moins bien ?! Ce n'est pas du tout mon but, non. Je veux au contraire leur prouver que je peux aussi bien les pulvériser dans un autre environnement. Que je suis la meilleure, quel que soit l'endroit auquel on m'assigne.

Praline roule des yeux.

— OK, OK... Je vois le topo. Et tu as un secteur en tête ?

— Huwinat, j'éructe. J'aime bien les canaux. Les moustiques. Enfin, tu vois quoi...

— Huwinat est immense. Je ne peux pas te laisser couvrir toute la ville.

— Le palais, alors ?

Praline sort un carnet de sa poche et me fait signe de la suivre dans son bureau suspendu au plafond, juste en face de celui de la matrone. Je m'installe sur une chaise pendue au bout de deux larges câbles, et m'amuse à me balancer le temps qu'elle farfouille dans ses dossiers.

— OK, accepte-t-elle. Samia m'a déjà remonté qu'elle ne serait pas contre un changement de décor, ça devrait pouvoir se faire. Par contre, je te préviens, ça risque de ne pas être de tout repos : c'est le territoire d'une méchante fée.

Mon sang se glace, et je retiens un sourire carnassier.

Oh, j'en ai rêvé. Tellement, tellement souvent.

Les méchantes fées sont les ennemies jurées des marraines. Elles, leur credo, c'est que le Destin se passe de notre intervention. Et elles font tout ce qui est en leur pouvoir pour faire échouer nos plans. Certaines ont ainsi endormi des royaumes entiers pour des siècles. Invoqué des dragons pour s'assurer que des mariages ne soient jamais conclus. Maudit des dynasties complètes !

— Quel genre de méchante fée ? je m'enquiers, l'air faussement blasé.

— Une fée du puits.

Je lâche un petit souffle dédaigneux par les narines. Voilà qui est décevant.

— Zéro risque qu'elle vienne m'embêter, donc.

Les fées des puits sont les plus faignantes de toutes ; il faut aller les chercher pour qu'elles interviennent. Habituellement cachées dans les fontaines, ou les cours d'eau, elles demandent un prix en échange de leur aide, qui est souvent si farfelu que les quémandeurs préfèrent abandonner.

Tout pour ne pas bosser, en gros.

— C'est donc un oui ?

— Plus que jamais.

13

Il a fallu deux jours à Navi pour réapparaître. Deux jours qui m'ont paru aussi longs que l'éternité.

J'ai fait de la ruelle où nous nous sommes quittés ma résidence, me cachant autant que possible dans la cape qu'elle m'a offerte, guettant le passage des gardes et me dissimulant dans les interstices étroits entre les bâtiments.

Je n'ai pas eu faim. À aucun moment. Le sang de fée, en plus d'être aussi succulent qu'un nectar des dieux, est incroyablement nourrissant. Je pouvais encore sentir de la magie crépiter au bout de mes doigts quelques heures après qu'elle s'est enfuie.

Ensuite, la magie, comme la sensation d'ivresse, a fait place à une angoisse latente.

Est-ce qu'elle m'a abandonné ?

Est-ce que je l'ai blessée ?

J'ai envisagé de quitter la ville des dizaines de fois, avant de me raviser. Je devais rester là, dans le cas où elle me chercherait. Comment pourrait-elle me retrouver, sinon ?

Je sais pertinemment que ce n'est pas logique. Que mon comportement est ridicule.

Seulement je dois épouser la princesse, car ce n'est que par sa main que je pourrai un jour nous venger, ma famille et moi. Empêcher ma sœur d'épouser cette marionnette d'Impérator.

Je me persuade que c'est la seule et unique raison qui me pousse à rester tapi dans les ombres.

Le soleil est haut dans le ciel quand ma fée se montre enfin, comme si de rien n'était, belle comme un ange, joyeuse comme un oiseau et directive comme un général en pleine campagne.

— Salut ! Mets ça, on y va. Allez ouste, zou zou !

Elle babille ces quelques ordres, me remet debout d'une pichenette magique dans les fesses et me force à la suivre dans les ruelles.

— Navi ? je l'appelle.

— On n'a pas le temps ! Accélère, maintenant ! C'est dingue ça, on ne nous apprend pas comment vous pouvez être lentes, vous les princesses !

— Navi ?

— Mais quoi ? s'énerve-t-elle en se retournant dans un froufroutement de tissus.

— Comment tu vas ?

Ses joues passent de rose à rouge vif.

— Bien. Bien... Pardon, je ne veux juste pas qu'on rate le coche.

— Tout va bien ? j'insiste. Tu m'as manqué, ces derniers jours.

J'avais l'intention de n'instiller aucun ressenti dans ces paroles, mais j'ai visiblement échoué, parce qu'elle m'assassine du regard.

— Je suis ta fée, pas ton animal de compagnie. Je ne peux pas rester avec toi non-stop, j'ai un travail, je te signale !

Je lève les mains en signe de reddition.

— Hé, oh. Je sais. Juste... préviens-moi la prochaine fois ! Et donne-moi peut-être quelques directives avant de me laisser seul dans une ville grouillante d'humains, prêts à m'écorcher vif ?

Elle grommelle quelque chose, puis s'installe sur mon épaule.

— Pardon, lâche-t-elle du bout des lèvres. J'ai dû négocier un peu avec ma cheffe pour obtenir ce secteur. On va pouvoir se voir plus souvent, maintenant. Ce sera plus facile.

Cette nouvelle me rend bien plus heureux qu'elle ne le devrait.

— Et où va-t-on ? je demande, cherchant à cacher mon trouble.

— Au palais du roi Xandier ! La délégation sanguis dont tu m'as parlé arrive, c'est l'occasion idéale de nous infiltrer !

La légèreté qui m'habitait s'évapore comme neige au soleil, et je serre les poings. C'est le moment de vérité.

— Je réfléchis toujours à ce qu'on devra faire une fois à l'intérieur, m'avoue Navi d'une petite voix agacée. Je n'ai pas pu faire autant de recherches que je le souhaitais sur cette histoire de main et de mise en jeu.

— Ça, j'en fais mon affaire, je lui assure. Fais-moi entrer incognito, et je me charge du reste.

* * *

« Fais-moi entrer incognito. » Pour Navi, ça revient apparemment à kidnapper un servant de la suite sanguis et me propulser à sa place.

Quand nous avons rejoint le pont reliant le palais à Huwinat, la délégation sanguis le traversait déjà. Des humains par centaines se sont regroupés le long de la rive et du chemin pour les huer, et Navi a dû nous libérer un passage en propulsant des jets de magie à divers endroits stratégiques.

Elle a ensuite créé un large nuage de fumée, et je me suis transformé en marionnette. Sans que je ne maîtrise plus rien, mes pieds se sont mis en marche tous seuls.

Mes mains ont saisi une poignée froide en métal.

Et la caresse détestée d'un voile de servitude a soufflé sur mes lèvres.

Quand la fumée s'est dissipée, la garde sanguis s'est déployée autour de la délégation, sans que je m'en aperçoive, repoussant le mouvement de foule initié par les attaques sournoises de Navi.

Ou plutôt, la garde sanguis s'est déployée autour de *nous*, comme je le remarque.

Parce que je suis à présent en plein cœur de la colonne sanguis, parmi les servants transportant les malles des hauts dignitaires présents.

— Incognito, roucoule une voix proche de mon oreille, et je sursaute si fort que je manque lâcher ma charge.

— Moins fort, je grogne.

— Personne ne m'entend, t'as oublié ?

Je soupire, puis reprends la marche avec la troupe, une fois toute menace écartée par la garde.

— Je dois dire que les costumes sanguis sont très seyants, continue Navi sur le ton de la conversation alors que je sue sang et eau pour garder le rythme. Du très beau tissu.

— Qu'est-ce que tu as fait de l'autre servant ? je chuchote aussi doucement que possible.

— On s'en fiche.

— Non.

Je ne vois pas Navi, mais je sais qu'elle roule des yeux. Je peux carrément le sentir.

— J'espère qu'il sait nager.

Je tressaille.

— Il y a des crocodiles dans le delta !

— Oh, bah j'espère qu'il sait nager vite, alors. Sois un peu moins rabat-joie, je te prie. Est-ce qu'on peut se concentrer sur notre mission deux minutes ?

— Je ne sais pas, est-ce que tu peux arrêter de tuer des gens deux minutes ?

— Tout de suite, dans l'exagération...

— J'aurais pu dire assassiner. Tu vois, j'ai opté pour la simplicité.

— Et je t'en remercie. Dis, tu sais que tu peux me parler normalement ? Pas besoin de marmonner, en plus je galère à te comprendre avec ton voile...

— Si je suis capable de te voir, il est possible que d'autres le puissent aussi.

— Non, c'est ridicule.

— Je t'ai vue, Navi.

— Oui, parce que nous étions destinés à nous rencontrer.

— Et c'est moi qui ai une tendance à l'exagération ?

La fée roule des yeux et s'en va tirer les oreilles du garde le plus proche, me faisant grincer des dents.

— Arrête ça, je grogne.

Elle ne m'écoute pas. Son voisin écope d'un coup de pied dans le menton qui le prend au dépourvu, et le suivant se fait arracher quelques cheveux sans ménagement. Mais aucun ne perçoit Navi.

— Alors ? roucoule-t-elle en me rejoignant. Qu'est-ce qu'on dit ?

— Que tu es effrayante.

Elle hausse les épaules.

— Je préfère « adorable », mais passons… Dites donc, cossu le château !

Je décide de lâcher l'affaire et de ne surtout pas rebondir sur le « adorable ». À la place, je me concentre sur l'architecture du palais de Huwinat. Et je dois accorder aux humains qu'ils se débrouillent plutôt pas mal, pour des créatures dont le principal attrait est de maintenir le sang au chaud. Ça me chagrine de l'avouer, mais je suis quasiment impressionné. Leur vie est si éphémère… et pourtant, la demeure qu'ils ont construite pour leur roi n'a rien à envier à celle de l'Impérator.

Je me demande un instant comment ils ont réussi ce tour de force, puis je me rappelle qu'ils sont des milliers. Des centaines et des centaines de milliers, là où la population sanguis s'amenuise d'année en année, de guerre en guerre.

Les humains se reproduisent vite.

Tandis que les sanguis voient la famille d'un mauvais œil : un rejeton, c'est un nouveau pion dans l'échiquier politique qu'est leur vie.

Nous passons sous une gigantesque arche recouverte d'émail bleu roi, gardée par deux lions ailés plus haut que toutes les sculptures que j'ai pu contempler. Leurs pattes sont faites d'or, leurs crocs d'ivoire, leur corps d'une pierre noire si brillante que j'en suis ébloui.

Je n'ai jamais rien vu d'aussi phénoménal de ma vie. Et alors que je pense avoir atteint le paroxysme en matière d'émerveillement, nous entrons dans la cour principale du palais.

Des terrasses en escaliers la ceinturent, débordant d'arbres et de plantes qui ploient sous le poids de fleurs et d'animaux sauvages. Le chant des oiseaux est si fort que j'ai, un instant, la sensation de pénétrer dans la jungle.

La cour, elle, est immense. Pavée de marbre et parcourue de rigoles pas plus larges que deux doigts, elle gondole sous la chaleur écrasante du soleil qui la rend aussi scintillante qu'un diamant.

En son cœur, je devine au miroitement de l'eau un bassin, surplombé par la forme vénérable d'un arbre.

C'est ce dernier qui attire mon attention, car ses feuilles brillent d'un éclat familier. Je plisse les yeux...

De l'or.

Elles sont en or.

C'est grandiose. Les jardins en terrasse, le bassin, les rigoles, l'arbre d'or... D'une beauté complexe et organique qui me laisse pantois.

Des murmures s'élèvent parmi les rangs des sanguis quand la cour des humains se dévoile. Dans leurs vêtements chatoyants, ils sortent des auvents installés sous les premières terrasses bordant la cour. Même moi, je me sens soudain petit face à eux. Une sensation d'humilité qui ne me plaît pas, mais contre laquelle je ne parviens pas à lutter.

Ils sont atrocement nombreux.

— Bienvenue à vous ! s'exclame alors une voix de ténor, me sortant de ma torpeur.

Le sanguis qui nous fait face nous indique de poser notre charge au sol, et je suis le mouvement, réfrénant à grand-peine un soupir de soulagement quand je me redresse enfin. Aussi passivement que possible, je cherche du regard l'humain qui nous accueille.

L'homme, enroulé dans une toge dorée, descend rejoindre la tête de la délégation sanguis depuis la plateforme où se trouve l'arbre doré. Sur son front scintille une couronne forgée, dont je peine à saisir les ornementations. Mais pas de doutes. Barbe blanche taillée en pointe, carrure sportive, peau sombre : il s'agit du roi Xandier.

— Mon cher Prince Trajan, je suis ravi que vous ayez pu rejoindre Huwinat sans souci. Votre voyage s'est bien passé ?

J'entends Navi pester dans mon oreille.

— Un prince sanguis ? Foutresel, tu le savais ?

Je ne lui réponds pas. Discrètement, je m'assure que mon voile est toujours bien en place sur mon visage.

— Bien, bien ! s'exclame le roi, sans doute après que le prince lui a répondu de sa voix fluette. Nous allions justement lancer les festivités, vous arrivez pile à temps.

Mais bien sûr. Comme si tout n'a pas été organisé précisément pour commencer à l'arrivée du prince Trajan. Personne n'est dupe, comme me le confirment des cris outrés provenant de la foule des humains qui nous rejoignent.

— Mon roi ! braille un homme à la large bedaine. Que font des sanguis dans cette cour, en ce jour saint ?

Xandier l'ignore avec superbe et rejoint l'arbre à côté duquel se dresse à présent une silhouette menue.

La princesse.

À sa vue, je frémis.

Sa peau brune est ornée de peinture dorée, ses cheveux noirs comme la nuit sont tressés de mille perles, et ses yeux luisant comme deux galets sortis de la rivière sont si lourdement fardés qu'elle semble nous regarder depuis une autre galaxie. Une complexe chaîne d'or relie son nez à ses oreilles, tandis que des colliers d'or et d'argent recouvrent sa poitrine.

Elle garde les mains croisées devant elle, et les tatouages qui couvrent ses doigts jusqu'aux coudes représentent deux fauves, comme ceux protégeant la porte de son palais. Même pour une humaine, il faut admettre qu'elle est ravissante.

— Eh bah, apprécie Navi. Je ne me suis pas moquée de toi ! Ne me reste plus qu'à me débarrasser du prince sanguis. Je me demande si je pourrais l'étouffer avec un bâillon. Ou alors...

— Inutile, je la rassure. Je t'ai dit de me laisser gérer.

Le roi Xandier a déjà entamé son discours, hermétique à la colère qui enfle parmi les humains. Je repère du coin de l'œil des gardes en armure noire se saisir des fauteurs de trouble les plus virulents. Il faut croire qu'ils ont appris de leurs erreurs passées.

— C'est pourquoi nous souhaitons aujourd'hui restaurer la vieille tradition du *Tournoi des Trois Clés* ! Quiconque remportera les trois épreuves imposées se verra offrir la main de ma fille et deviendra mon légitime héritier.

— Scandale ! hurle un homme si proche de moi que je sursaute.

— Vous voulez nous forcer la main et marier votre fille à ce suceur de sang !

— De quoi parlent-ils ? me demande Navi.

Je redresse mes épaules et lui réponds :

— Une alliance sanguis-humain aurait dû être conclue il y a quelques mois de cela. Une délégation humaine, accompagnée de la princesse, est venue à Primus Sanguis rencontrer Trajan pour sceller cette union.

— Oh ? Et que s'est-il passé ?

— Ils sont tous morts. Sauf elle. Je suis d'ailleurs surpris qu'elle ose à nouveau faire face au prince.

— Morts ? s'étonne Navi. Mais pourquoi ?

— *Comment* me semble être le mot le plus approprié. Disons simplement que, tout comme les humains, les sanguis ne voient pas d'un bon œil ce rapprochement.

— Pourquoi leur imposer, alors ?

Je soupire.

— C'est aussi la question que je me pose...

Ma fée reste silencieuse un instant, insensible à l'émoi qui traverse la cour alors que les cris se font de plus en plus nombreux.

— Donc, tout le monde suppose que la restauration du *Tournoi des Trois Clés* est pipée ? Pour permettre au prince Trajan d'épouser la princesse ?

— Absolument.

— Elle l'est ?

— Sans aucun doute.

Navi grogne, puis laisse échapper un petit rire.

— Sauf qu'il n'a pas de marraine avec lui. On va lui chiper le gros lot.

Je souris derrière mon voile. J'espère bien, oui.

Déjà, les prétendants à la main de la princesse se positionnent.

Trajan, dans son armure de plates qui lui donne l'allure d'une armoire, fait quelques pas devant la délégation sanguis, une main sur le pommeau de son épée. Les généraux et dignitaires qui l'accompagnent se courbent sur son passage, l'aura de l'Impérator, son père, effrayant ces pleutres même à plusieurs centaines de kilomètres de distance. Et heureusement pour le prince qui, pour sa part, ne dégage absolument rien, si ce n'est une sensation de vide absolu.

Trajan, c'est une jolie peinture pour peu qu'il garde son casque vissé sur ses épaules. Une tête pleine de vent et moche à faire pleurer les bébés, mais une musculature à se pâmer. Le tout piloté avec l'intelligence et la finesse d'une porte close.

Du côté des humains, ils sont trois à concourir.

Le premier a le cheveu blond comme le sable et la peau plus pâle encore. Il est vêtu d'une étrange manière, avec des chausses qui moulent ses jambes et les recouvrent entièrement, et un justaucorps bâillant qui dévoile largement son torse.

Il est propulsé sur l'estrade par ses pairs à grands coups de cris enthousiastes et d'applaudissements, et arbore un sourire de canaille sûr de lui qui me donne envie de l'étriper.

Le deuxième est plus digne, mais son visage pincé accuse la jeunesse qu'il tente de dissimuler. Enveloppé dans une cape rouge, il peine à remettre en place ses cheveux qui lui tombent devant les yeux, et jette la tête de côté de manière frénétique pour se libérer la vue.

Dans son dos, sa suite a l'air plus résignée que transportée. J'en déduis qu'il est le fils d'un roi ou d'un haut dignitaire qui, comme Trajan, possède le charisme d'une truite.

Et enfin, le troisième humain s'approche.

Sa délégation s'est scindée en deux, créant une artère impressionnante pour le laisser passer et marquer son entrée. Il est beau. Vraiment très beau. Sa peau bleutée est parcourue de motifs blancs et scintillants. Il porte une jupe en cuir de guerrier et un baudrier vient marquer sa fine musculature. Je devine, de là où je me trouve, que ses bras sont sillonnés de cicatrices.

Les nombreuses tresses qu'il arbore me confirment ce que mon instinct me crie : c'est un guerrier d'Uhil, la patrie d'Eledine. Uhil, annexée par les sanguis et où ne subsistent que quelques vaines poches de résistance. Uhil, où j'ai combattu.

Uhil, dirigé par le célèbre prince Orione, qui se tient maintenant face à moi.

Je ne pensais pas un jour rencontrer une telle légende, et mes doigts fourmillent.

— Et voici donc les prétendants ! s'exclame le Grand Roi Xandier, satisfait à n'en pas douter du bon déroulé de la cérémonie.

Il ne va pas être le seul à être déçu.

— On y va ! me souffle Navi.

J'acquiesce et je m'avance le long de la rangée des serviteurs. Plusieurs tentent de m'arrêter, mais ma fée qui guette les empêche de me retenir.

Le remue-ménage n'a échappé à personne et le roi me fixe avec sévérité. Ce n'est rien comparé aux postures hostiles des quatre prétendants, qui se sont tournés d'un seul bloc pour m'observer prendre place à leurs côtés.

— Retourne dans tes rangs, servant, m'ordonne Trajan.

Je l'ignore et maintiens ma position entre lui et le prince Orione.

— « *Quiconque* remportera les trois épreuves imposées se verra offrir la main de la princesse », je répète d'une voix forte. Je participe, moi aussi, au Tournoi.

La fureur de Xandier est si grande que je suis presque surpris de ne pas voir de fumée sortir de ses oreilles. Je me retiens de sourire ; il n'est pas au bout de ses peines.

— Ainsi soit-il, gronde-t-il. Vous voilà donc engagés dans la compétition. Mais je vous préviens... vous n'en sortirez pas tous vivants.

Je peux sentir le poids des regards sur moi.

Et si Navi ne gloussait pas d'excitation sur mon épaule, j'aurais sans doute peur.

Sauf qu'avec elle, ma vengeance est à portée de crocs.

14

Le moins qu'on puisse dire, c'est que le roi est pressé de refourguer sa fille. Il termine à peine son discours que, déjà, la première épreuve est annoncée pour l'après-midi.

— Il paie les lieux à l'heure, ou quoi ? je m'étonne.

Devin laisse échapper un petit rire, puis simule une quinte de toux pour le camoufler.

— C'est pour éviter les débordements, me répond-il avec assurance. Plus vite ce sera réglé, mieux ce sera pour tout le monde. Et puis, il...

— Comment oses-tu, servant ?

Je n'ai même pas entendu Trajan s'approcher de nous, et pourtant la Fata seule sait comme il est massif. On dirait un bœuf sur lequel on aurait greffé une tête vaguement humanoïde – qui tient plus de la tourte – avec des yeux enfoncés comme deux pruneaux dans un visage de pâte trop cuite.

Il est aussi vilain que Devin est charmant, et sa voix aiguë n'aide pas beaucoup. C'est mon travail de déceler le potentiel chez les gens. Lui ? Heureusement qu'il est le fils de l'Impérator, c'est tout ce que je peux lui accorder.

— Pardon, mon prince, s'excuse Devin en s'inclinant avec respect. J'y ai vu une opportunité, il aurait été regrettable de ne pas la saisir.

— Ta voix... répond Trajan.

C'est vrai qu'elle est différente, comme si Devin venait de manger deux pelotes de laine sans s'hydrater.

— Est-ce que je te connais ?

— Non, mon prince. Je ne travaille pas au palais.

— As-tu seulement conscience de t'être immiscé dans les plans de l'Impérator ?

Se disant, il s'est presque collé à Devin. Son corps, coincé dans une armure depuis trop longtemps, refoule des odeurs d'égouts qui me laissent nauséeuse. Ce qu'il pue, l'animal !

— Je l'ignorais, mon prince.

— Je vais te... je... Mais ? Qu'est-ce que cela ?

« Cela », c'est mon service spécial Navi. Une bonne odeur de fraise et de kiwi, et des sous-vêtements propres gratuits invoqués juste pour lui, parce que ça commençait à croupir là-dedans.

— Je... Je...

Trajan blanchit et, se désintéressant immédiatement de Devin, se précipite vers des sanguis plus loin. De rien, surtout.

— Qu'as-tu fait ? gronde mon acolyte alors que la suite du prince se tourne vers nous.

— Rien du tout !

— Navi... Il a l'air terrorisé.

— Si une petite douche le met dans cet état, il ne sera pas très fameux, comme souverain.

— Navi !

— Mais quoi ?! Il puait la mort à dix mètres !

Devin n'a pas le temps de répliquer qu'un humain vient nous chercher et nous invite à le suivre dans une alcôve prévue à notre égard (enfin, à l'égard de ma princesse) en prévision de l'épreuve de cet après-midi.

— Veuillez nous excuser pour la vétusté des lieux, susurre le servant avec obséquiosité. Nous ignorions que se présenterait un cinquième prétendant, aujourd'hui.

— Comment auriez-vous pu en connaître le nombre ? Je ne vous en tiens nulle rigueur, rassurez-vous.

Je ricane alors que la pique de Devin sur le côté truqué de l'événement fait mouche.

— Bien sûr, bien sûr, s'empresse d'acquiescer l'autre. Reposez-vous ici un instant, nous viendrons vous chercher dans peu de temps.

Il nous quitte en marche arrière, le dos courbé et les mains en prière sur son torse. Impressionnant. J'en connais peu qui seraient capables de se déplacer aussi vite dans cette posture.

— Eh bien, soupire mon sanguis. On peut dire que notre participation est... appréciée ?

J'englobe du regard la pièce dans laquelle on nous a relégués. Ou plutôt, le réduit. Vu la taille du palais, c'est même surprenant qu'une salle aussi exiguë ait même pu exister. Ils ont dû faire un maximum d'efforts pour la dénicher, juste pour nous humilier.

— Qu'importe, grogne-t-il en s'asseyant sur une caisse. J'ai déjà connu pire.

Je fronce les sourcils. Pas moi.

Non pas que le palais des dents rutile de luxe, mais même les dortoirs des fées sont plus confortables que ce placard à balais. C'est donc hors de question.

D'un claquement de doigts, je transforme la caisse sous les fesses de Devin en un confortable canapé, et j'invoque pour moi un pouf rempli de petites billes et couvert de velours rose.

— Voilà, je roucoule. C'est un peu mieux. Parlons stratégie, maintenant.

Devin me fixe, les yeux exorbités par-dessus son voile. Voile que je fais aussi disparaître, après une demi-seconde de réflexion.

— Je… Je… bégaie-t-il.

— Allons bon, je râle en roulant des yeux. Tu es mal à l'aise ?

Il garde le silence, et je me dandine sur le pouf de billes.

— Quoi, t'es vraiment mal à l'aise ?

— Est-ce que… Est-ce qu'il y a des limites à ta magie ?

Je me renfonce dans l'assise molle, soulagée.

— Certainement. Je ne les ai pas encore trouvées, cela dit.

— Toutes les fées peuvent faire ça ?

— Ça ?

— Ce que toi, tu fais ?

Je le dévisage, une moue désapprobatrice me faisant remonter les pommettes dans les yeux.

— Mais tu m'écoutes quand je te parle ? Je t'ai dit que j'étais la meilleure.

— Il y a un monde entre ce qu'on dit et ce qu'on fait, habituellement.

— Parle pour toi. Je ne mens jamais.

— Jamais ?

— Jamais.

Je ne tressaille même pas. Non, dire à Tiana qu'elle n'est pas aussi mauvaise qu'elle le pensait alors que si, carrément, ce n'est pas un mensonge. C'est tout au mieux de la politesse, voire du fériquement correct. Mais pour ce qui est vraiment important ? Je suis aussi directe qu'un bon poing dans les gencives.

— Bon, je recentre la discussion. On parle de cette épreuve ?

Devin acquiesce.

— « Agile et courageux, fort et audacieux, le promis de la princesse mille dangers bravera avant de demander sa main », récite-t-il.

J'applaudis avec entrain. Belle mémoire ! Personnellement, j'ai juste retenu « agile et audacieux, mille dangers blabla sa main ».

— La teneur de l'épreuve me semble assez évidente, continue Devin. Il s'agira sans doute d'un...

— Défilé ! je m'exclame.

— D'une course d'obstacles, termine le sanguis en me fixant avec incertitude.

Oh.

Oh, oui. Oui, il a sûrement raison. Même si c'est beaucoup moins fun que ce que j'envisageais, perso.

— Hmm. Possible, j'acquiesce. Si c'est un défilé, pas besoin de réfléchir, je m'occuperai de tout. Mais en partant du principe que ta version est la bonne...

Un sourcil se dresse sur le front de Devin, et il ne parvient pas à cacher un sourire en coin amusé.

— ... te sens-tu en mesure de réussir cette épreuve ?

Il se fige, et je me dis que c'est dommage, parce que ça lui allait bien, ce petit air coquin. Mieux que l'air affligé qu'il affiche à présent et qui lui donne un teint maladif.

— Ben quoi ? je le relance. On n'a pas trois jours devant nous là, alors sois un peu efficace, s'il te plaît.

— Je... Je ne sais pas, honnêtement. Avant que je me retrouve déchu de mes privilèges, j'étais l'un des meilleurs élèves de l'infanterie de l'Impérator. Nous faisions d'ailleurs de très nombreuses courses d'obstacles, et...

— Et ?

— Et si je finissais toujours premier, Trajan me talonnait de très près.

— Je vois. Donc, tu connais bien ce Trajan.

— Très.

— Sympa, comme garçon ?

— Con comme un pied de chaise.

Je laisse échapper un éclat de rire qui me prend par surprise, et je me redresse sur mon siège, gênée pour une raison que je ne m'explique pas.

— OK, je reprends d'un ton posé. Donc cette épreuve a sans aucun doute été pensée pour favoriser le prince sanguis.

— Absolument.

— Épreuve que, en temps normal, tu remporterais haut la main.

— Tout à fait.

— Est-ce que tu pourrais précisément m'expliquer ce qui diffère entre le toi de maintenant et le toi d'avant, je te prie ?

Devin prend le temps de réfléchir, passant son bras par-dessus l'assise du canapé. Il se mâchonne la lèvre, sa dent de soie s'enfonçant dans sa chair sans le blesser. C'est une drôle d'habitude qu'il a pris depuis quelques jours, j'ai remarqué. Comme s'il se caressait avec, sans même s'en rendre compte.

— Eh bien, j'avais une meilleure musculature, assez logiquement. Et puis, mes canines me permettaient d'user de la magie du sang.

— La magie du sang ?

Il acquiesce.

— Un talent propre aux sanguis. Celui de décupler certaines de nos capacités physiques grâce au sang de qualité que nous buvons. Et je peux t'assurer que le prince possède des humains de premier choix dans les palanquins que ses serviteurs transportent.

— Et mon sang ? je lui demande. Comment il se situe, par rapport à ça ?

Devin rougit. Carrément.

— Il est... incroyable ? Bien meilleur que tous ceux auxquels j'ai pu goûter. Enfin, plus puissant, je veux dire !

Je me rengorge. Un peu que mon sang est le meilleur !

— OK ! Alors, c'est réglé. On te nourrit maintenant, c'est toujours ça de gagné. Pour ce qui est de ta musculature, navrée mais tu vas devoir te mettre au sport comme tout le monde. Par contre, je resterai avec toi durant l'épreuve.

— Tu veux que je boive ici ?

Je secoue la tête.

— Bah quoi ? La dernière fois, c'était dans une ruelle qui sentait la pisse. On devrait pouvoir s'accommoder d'un placard à balais, non ?

Devin semble hésiter, mais nous n'avons pas le temps de tergiverser. Je me redresse d'un coup d'ailes, et je me pose à ses côtés dans le canapé, rejetant ma lourde tresse dans mon dos et libérant ma nuque.

— Allez, je le presse. On n'a pas toute la journée.

Il ne bouge pas et, moi, je commence à avoir une drôle de chair de poule.

— Devin, je grogne d'un ton menaçant. Soit tu me mords, soit je remets l'option du slip de laine sur la table.

Il rit, se penche vers moi et pose ses lèvres contre mon cou.

15

Les cinq prétendants pour la main de la princesse sont alignés face aux douves intérieures du palais, qui ont été asséchées pour l'occasion. Je me sens légèrement défavorisé entre les deux colosses qui me surplombent : Trajan est une montagne, et les biceps du prince Orione font la taille de ma tête.

— J'espère que ce sera une course de vitesse et non de force, remarque Navi, juchée sur mon épaule. Ça va être fatigant, sinon, de compenser pour que tu gagnes.

Je décide de l'ignorer. Je suis suffisamment anxieux comme ça.

Des sièges surplombant l'étrange arène de cette première épreuve ont été installés tout autour des fossés. Ceux que je devine être des nobles y prennent déjà place, recouverts de tellement d'or et de pierres précieuses qu'ils scintillent comme des petits soleils. Heureusement, des tentures ont été dressées sur des mâts de bois finement ciselés, leur assurant un ombrage et épargnant nos rétines, par la même occasion !

Orione me bouscule, et je m'apprête à répliquer quand je constate qu'il n'en a pas après moi. Par-dessus ma tête, il jette un regard chargé de promesses de meurtre et de souffrance au prince Trajan.

— Jamais on ne laissera un sanguis poser la main sur notre princesse. Tu es prévenu.

Trajan roule des épaules. Pour l'occasion, il a laissé tomber son armure et a revêtu une simple toge, sous laquelle un pantalon qui lui arrive aux genoux frôle ses mollets gros comme des dindes.

— Je te déconseille de te mettre sur mon chemin, humain. Des comme toi, j'en mange dix au petit déjeuner.

Une veine gonfle la tempe d'Orione, qui peine à garder son calme quand il réalise que le prince sanguis parle de manière très littérale.

— Il est très vilain ce Trajan, remarque Navi. Mais il a de la répartie.

Je garde le silence. Que Navi apprécie quelque chose chez cet imbécile m'agace plus que de raison.

Enfin, Xandier s'avance au bord des douves jusqu'à une estrade surélevée qui lui évite de se mélanger à la foule. Dans son dos, je crois apercevoir la silhouette de la princesse, mais dur à dire. Les contrastes entre les zones d'ombre et le soleil aveuglant sont si intenses que ça pourrait tout aussi bien être un mirage.

— Messieurs, c'est un grand honneur pour moi d'ouvrir aujourd'hui le *Tournoi des Trois Clés*. La première épreuve est volontairement cruelle ; diriger des royaumes ne le sera pas moins quand vous occuperez le siège du Grand Roi auprès de ma fille, la princesse Bruccha.

— Ah, soupire Navi. Elle a donc un nom. Il a fallu attendre deux discours pour l'apprendre, tout de même... !

Des contestations faiblardes de la part des nobles les plus audacieux s'élèvent, leur valant un regard agacé du souverain.

— Ne vous fiez pas aux apparences, continue-t-il, elles sont traîtres. Votre unique objectif est de revenir ici, face à moi, après avoir effectué un tour complet des douves. Et je vous rappelle, messieurs, qu'il n'y aura qu'un seul gagnant à la fin et que cette compétition ne souffre d'aucune restriction. Je vous invite à vous poster sur la ligne de départ.

Trajan, les humains et moi nous avancons face au ruban chatoyant, pile sous le trône du roi.

— Qu'est-ce que ça veut dire ? me demande Navi.

— Qu'on a la permission de tuer, je lui réponds dans un souffle.

Trajan se tourne vers moi, un sourire mauvais lui découvrant de gigantesques canines.

— Tu ne voudrais pas enlever ton masque ? Que je puisse voir le visage de celui qui a jugé bon de me défier avant de l'éliminer.

— Non, mon prince. Je suis tenu de le garder jusqu'à ce que je sois libéré de mon service.

Le sanguis grogne tout en continuant de sautiller pour s'échauffer.

— Si agaçant... gronde-t-il.

Je l'ignore.

Dans le ventre, j'ai une boule de stress qui enfle et qui menace de me faire vomir tout le sang dont Navi m'a nourri. Je ne me suis jamais senti aussi bien et aussi mal à la fois. C'est autant déroutant que désagréable.

— La princesse ! murmure l'un des humains, le blond aux allures de pirate, des cœurs dans la voix.

Je suis son regard et remarque en effet que Bruccha s'est approchée du bord des douves. Dans sa main, elle tient un ruban cousu de perles.

— Quand cela vous siéra, ma fille, l'encourage le roi.

Et sans nous accorder un regard, elle lance le départ de la course.

— FONCE ! me hurle Navi, qui n'attend pas une seconde pour se mettre en action et balance des jets de paillettes sur les humains à ma gauche.

Je m'élance dans l'étroit couloir de pierres encore humides, et la mousse qui les recouvre me fait glisser, manquant me faire tomber tête la première. Mais alors que je retrouve mon équilibre, une douleur fulgurante me mord l'omoplate.

Une machette.

L'un des humains a tenté de me décapiter.

La colère me consume soudain et, par ma blessure, je sens le pouvoir de la magie du sang s'activer dans mes veines. D'un coup, je redeviens moi-même, je retrouve la maîtrise de mon corps. Je suis puissant. Je suis rapide. Je suis agile.

— Attention ! crie Navi.

Inutile, j'ai déjà repéré l'obstacle. Du haut des douves sont lancées des grumes par dizaines. Trajan, qui a déjà une bonne longueur d'avance, les escalade avec aisance, sautant de tronc en tronc comme un chat gigantesque.

Je suis son exemple. D'une glissade, j'évite de me faire écraser par le plus proche, puis je me redresse et saute sur le suivant. Je n'ai pas le droit à l'erreur, mais je ne m'inquiète pas. Avec le sang de Navi en moi, je suis plus adroit que jamais.

Je bondis, bondis encore, puis me sers de la dernière grume pour me propulser le plus loin possible, réduisant de quelques mètres encore la distance entre le prince sanguis et moi.

Derrière, un hurlement strident jaillit, et je comprends aux cris effarés de la foule qu'un des humains est mort. En même temps, ces gourdes-à-sang ne sont pas capables du tiers des prouesses physiques que peut réaliser un enfant sanguis, les deux pouces dans le nez et un pied dans le plâtre. Ils sont lents. Ils sont lourds. Ils n'ont aucune magie en eux.

Alors que je m'engage dans la première courbe du circuit, un deuxième obstacle se révèle : une large étendue d'eau.

— Tu sais nager ? me questionne Navi.

Je ne réponds pas et plonge. Déjà, je talonne Trajan. Ce gros balourd est fait pour les épreuves de force, pas de vitesse, et il nage avec la grâce d'une vache. Quand je me porte à sa hauteur, il tente de m'attraper le crâne, probablement pour me noyer. Mais je ne le laisse pas faire. Je pique vers le fond alors que sa main frôle mes cheveux, puis m'agrippe à sa toge et tire autant que possible, immobilisant ses jambes avec les miennes. Puis, d'un coup de hanche, je nous fais basculer.

Moi, au-dessus, lui, en dessous. Je remonte mes pieds vers son visage, prends appui sur ses épaules et me propulse vers la surface. La foule hurle, et je souris, ivre du plaisir de pouvoir à nouveau faire ce pour quoi j'ai été préparé toute ma vie : gagner.

Mais alors que je me redresse sur la rive après les dernières brasses, une force invisible me jette à terre, me prenant par surprise. Navi !

— Attention ! me crie-t-elle.

J'évite de justesse de me fracasser la mâchoire et admire la lame d'un grand poignard qui se fiche quelques mètres devant moi, s'enfonçant dans la pierre comme dans du beurre.

— Mais ils sont tous aussi équipés qu'une armurerie, ou quoi ?! s'énerve-t-elle.

Le cœur dans les oreilles, je me redresse et vais récupérer le couteau, le glissant dans ma ceinture.

— Aaaaaaaaaaaah ! hurle Trajan derrière moi, toujours en train de patauger. Cours, sanguis, cours ! Si je t'attrape...

Je tapote le manche de la lame et lui souris.

— Alors je te rendrai peut-être ton arme !

Les humains le rattrapent, et je me permets un petit salut sarcastique avant de reprendre la course, concentré pour ne pas glisser, ignorant les vociférations du prince.

— Merci ! je lance à Navi. Tu m'as sauvé la vie.

— Je ferai une terrible marraine sans ça.

Je souris. Je souris carrément, rassuré de la savoir avec moi, rassuré de sentir le poids du poignard contre ma hanche.

Des cris alarmés dans la foule nous parviennent, et je demande à ma fée ce qu'il se passe.

— Il est possible que j'aie lesté les vêtements du prince, ricane-t-elle. Il est aussi possible qu'il soit en train de couler.

Je laisse échapper un éclat de rire sauvage, jubilatoire.

Avec elle à mes côtés, je ne risque rien.

Avec elle à mes côtés, nous pouvons tout tenter.

Tout.

Les obstacles suivants m'épuisent rapidement, mais Navi est là pour me soutenir. Quand je peine à monter à la corde, elle l'enchante pour qu'elle me tire vers le haut. Quand les sables mouvants manquent m'étouffer, elle me suggère d'utiliser ma toge comme une luge, avant de l'enchanter et me faire avancer. Les spectateurs sont déchaînés. Le prince Trajan, loin derrière moi. Les humains ? Je ne les ai plus vus depuis que l'un d'eux a essayé de me décapiter.

Et je m'en moque.

Quand la ligne d'arrivée se précise enfin, je suis presque triste que tout cela s'arrête. Presque, parce que si la magie du sang m'a permis de ressentir l'adrénaline et ma puissance d'autrefois, mon corps lui n'a pas encore récupéré de ces mois de disette. Je n'aurais pas dû gagner, et de loin.

Sans Navi, Trajan serait le champion de cette première épreuve.

Mais sans Trajan et son père, je ne me serais jamais retrouvé si affaibli et en position de laisser le prince me battre.

Alors je ne ressens pas le moindre soupçon de haine ou de honte à avoir triché.

Tout le monde triche. Ces épreuves sont truquées. Navi elle-même triche pour obtenir ce qu'elle souhaite !

Et je ne compte pas me priver d'en faire de même.

16

— C'était incroyable !

Devin se plaque contre la porte du réduit dans lequel nous sommes retournés. Quand il arrache son voile, son sourire est si grand que son visage en est métamorphosé, et je me sens aussi exaltée que le jour où ma première mèche rose est apparue.

— Et quand je t'ai empêché de te faire empaler par ce couteau ? je lui rappelle.

— Absolument dingue ! C'était... c'était... je ne trouve même pas les mots.

Il se passe la main dans les cheveux, encore sous le choc. Ses yeux pétillent, son souffle est court – et je suis persuadée de partager le même air transporté que lui.

Nous avons gagné. La première épreuve est pour nous, et le nombre de nos concurrents a été réduit à trois.

Trajan.

Orione.

Et le prince à la gueule de pirate amoureux.

Le dernier à la mèche folle ? *Couic*, il n'a pas survécu.

— Merci, chuchote Devin. Merci mille fois, Navi.

Je frotte ma robe avec application, essayant de cacher mes émotions.

— Je n'ai pas fait grand-chose.

— On reparle du couteau ? De la corde ?

Je hausse les épaules. En réalité, je suis beaucoup moins intervenue que ce que j'avais prévu. Et de corvée éreintante, l'expérience s'est transformée en ce qui va sans aucun doute devenir le meilleur souvenir de ma vie, et pour très longtemps.

Je me suis éclatée comme une folle.

Bon, le fait qu'on nous ait donné un permis de tuer dès le départ n'y est pas pour rien : j'aime les défis entiers. Et comme Devin était la cible toute désignée des autres compétiteurs, le maintenir en vie n'a pas été une sinécure.

J'ai dû faire échouer de nombreuses tentatives de meurtre dont il n'a même pas eu conscience, tout concentré qu'il était à donner le maximum.

Ce que j'ai, d'ailleurs, trouvé surprenant.

Dans nos manuels sur les Princesses Potentielles, le sous-texte de toutes les sections est assez clair : elles sont aussi belles que molles et faignantes, alors, les fées, vous allez devoir retrousser vos manches !

Parce que parmi les qualités des princesses de conte de fées qu'on nous apprend, la plus importante est la passivité, voire la docilité.

C'est un concept qui m'est étranger, et je me souviens avoir essayé d'en débattre avec ma professeure. Mauvaise idée. Je me suis pris la rouste verbale la plus humiliante de ma vie.

« Et qui êtes-vous pour juger d'une culture, alors que vous êtes à peine sortie de l'œuf, jeune demoiselle ? »

J'ai répondu que j'étais celle à qui on allait demander de perpétuer ces concepts, en choisissant les jeunes filles les plus malléables et en leur inculquant ce que nous enseigne le guide.

Là, les choses ont dégénéré.

La professeure m'a expliqué que rien n'indiquait que ce serait moi, la prochaine marraine. Ce à quoi j'ai répliqué, avec toute la retenue dont une jeune fée bourrée de magie est capable, en lui balançant un sort monstrueux.

Je l'ai transformée en théière.

Purement et simplement.

Et elle est restée sous cette forme pendant près d'un an, aucune fée n'ayant su défaire mon maléfice. Aujourd'hui, elle a toujours tendance à arquer son bras contre son torse, comme une anse, et elle reste terrifiée par l'eau chaude.

Mais il paraît qu'elle reprend du poil de la bête.

Depuis ce jour-là, plus personne n'a jamais osé remettre en question ma future nomination en tant que fée marraine. Avec le recul, je pense que c'est aussi vers cette période que le comportement de Tiana et des autres a changé à mon égard.

Toute cette digression pour dire que je m'attendais presque à devoir porter Devin sur mes épaules pendant l'épreuve, alors qu'il a finalement eu l'air d'être prêt à s'arracher une jambe pour prendre la première place.

— Tu m'as impressionnée, je lui avoue alors qu'il se laisse tomber dans le fauteuil. Je ne pensais pas que tu y mettrais autant du tien.

— Et pourquoi ne l'aurais-je pas fait ?

Je me cale sur le pouf, gigotant du popotin pour lui faire prendre la forme parfaite.

— Bah, c'est ma part du marché de te faire remporter la main de la princesse.

Devin fronce les sourcils, un sourire perplexe lui déformant la bouche.

— Oui, enfin, c'est aussi mon but de l'épouser.

J'acquiesce, la légèreté qui me transportait fondant comme du beurre sur une gaufre chaude.

— Je t'ai vu, je lui lance. Enfin, j'ai vu ton regard quand la princesse est arrivée dans la cour.

Devin se fige légèrement, son sourire perdant quelques degrés.

— Oui, et ?

— Tu... Hmm, tu es content ?

— Tu saurais me poser une question plus floue, ou t'es au max, là ?

Je lui balance une pichenette magique qui le fait rire, mais il retrouve vite son sérieux quand nos regards se croisent.

— À dire vrai, celle que j'épouse n'a pas vraiment d'importance, m'avoue-t-il. C'est le mariage qui en a.

— Oh. D'accord, OK, OK, OK...

Le silence s'installe un instant, uniquement brisé, au-dehors, par le chant des oiseaux dans les jardins suspendus.

— Pourquoi cette question ? relance Devin après de longues et inconfortables secondes.

— Oh, pour rien. C'est juste... C'est juste que tu avais l'air très impressionné, quand tu l'as vue pour la première fois.

— J'avais déjà vu mieux, me répond-il du tac au tac.

Et là, il me fixe. Très fort, si fort que même moi, je ne peux ignorer ce que cette insistance signifie.

Et quand je sens mes joues chauffer, je décide de m'épargner cette gêne en me levant précipitamment.

— Bon ! je m'exclame. On se voit demain pour la deuxième épreuve, alors ?

Devin me sourit et acquiesce.

Et quand il ouvre la bouche pour dire quelque chose, je disparais aussi vite.

* * *

Quand je reviens le lendemain au palais, je n'ai ni les yeux en face des trous ni les ailes bien alignées.

Pour rattraper mon retard, j'ai passé la nuit à arracher des dents, puis à les poncer le plus discrètement possible dans l'atelier endormi.

Le point positif, c'est que ça m'a tenue occupée et que je n'ai pas eu le temps de réfléchir aux coups de sang que provoque la présence de Devin.

Le point négatif, c'est que je suis à moitié abrutie de sommeil quand je l'accompagne sur le lieu du deuxième défi.

Qui va, je le sens, nous donner du fil à retordre.

L'épreuve se déroule au pied de l'arbre d'or, et la fournaise m'écrase déjà alors que le soleil est tout juste levé. Un cercle plutôt intime a été délimité par des soldats en armes, qui maintiennent la foule compacte en respect. Je ne comprends pas pourquoi la place est aussi pleine. Ceux qui ne sont pas au premier rang ne peuvent absolument rien voir.

Sans compter que le spectacle est, pour le moment, particulièrement décevant.

— Qu'est-ce que c'est que ça, encore ? je demande à Devin en observant les quatre installations rustiques.

Mon sanguis ne répond pas tout de suite, passant la main sous son voile pour se gratter la mâchoire.

— Des rouets.

— Des rou... Oh oui ! je m'exclame. Il faut faire attention à la pointe, elle peut piquer violemment.

Devin se contente de grogner, et je me retiens de relancer la conversation. Parce que des domestiques approchent, tirant derrière eux de lourdes charrettes... de paille et de gravier, qu'ils déversent à même le sol avant de faire demi-tour.

Allons donc.

Les murmures dans la foule enflent, et j'en profite pour jeter un œil aux candidats.

— Foutresel, je m'écrie.

— Quoi ? s'enquiert Devin

— Regarde-les. Ils ne semblent pas surpris pour un sucre, au contraire !

Trajan affiche un sourire entendu, tout comme Orione. Le blondinet, lui, se frotte carrément les mains et communique à grand renfort de gestes enthousiastes avec sa suite, massée dans son dos.

— Ça sent pas bon pour nous, ça, s'inquiète Devin.

— Je peux toujours tout faire exploser, si tu veux...

— Hein ?

— Citoyens, prétendants, amis et visiteurs ! s'exclame soudain le Grand Roi Xandier.

Je sursaute sur l'épaule de mon acolyte et lève la tête pour observer le père de la princesse se positionner aux côtés de l'arbre d'or.

Pour l'occasion, il a revêtu un pagne qui s'arrête à mi-jambe, révélant des mollets méchamment mangés par les varices. Mais heureusement, son châle somptueux, bleu et or, le pare impeccablement, cachant les traces de son grand âge.

— Bienvenue pour cette deuxième épreuve de notre tournoi ! Les qualifications d'hier nous ont appris à tous qu'une victoire n'est jamais donnée. Et que le plus insignifiant des grains de sable peut mettre à terre la plus puissante des machines.

— Je crois que c'est toi, le grain de sable, je me moque en soufflant dans l'oreille de Devin.

Il m'ignore. Le souverain continue son discours.

— Un futur époux et garant du royaume se doit d'aimer sa terre. Et son amour sera capable de changer la paille en or, et de transformer des graviers en diamant.

Je ricane.

Je connais l'amour, je l'ai étudié.

Et je n'ai vu cette propriété dans aucun, mais alors absolument AUCUN de mes manuels. S'il suffisait de s'aimer pour transformer de la caillasse en pierres précieuses, m'est avis que les fées marraines se retrouveraient vite sans emploi et que les banquiers se reconvertiraient en marieuse.

— C'est pourquoi, par cette épreuve, nous souhaitons éprouver la capacité des prétendants à tenir un royaume à flot, avec humilité et miséricorde.

Xandier, qui a levé les bras vers le ciel, les abaisse avec une emphase théâtrale que je ne peux qu'apprécier, désignant les rouets aux quatre candidats.

Trajan, Orione et le pirate vont s'y installer avec assurance. Devin, lui, a, semble-t-il, pris mes avertissements un peu trop au sérieux et s'en approche comme si la quenouille allait lui sauter à la gorge pour le transpercer.

— Vous avez douze heures pour mener votre tâche à bien, proclame le roi. Quand le soleil continuera sa course au-delà du mur, vous devrez avoir filé toute la paille en or et frotté les graviers pour produire des diamants.

Trois coups de trompettes retentissent, et la foule explose en hourra.

— Filer la paille en or ?!

Devin est comme tétanisé, et j'observe entre ses doigts les tiges cassantes qui s'effritent.

Qu'est-ce que c'est que cette idiotie, encore ?

Je m'apprête à exposer le fond de ma pensée, quand je remarque la foule se scinder pour libérer trois larges passages. Les cris de joie qui nous parviennent du fond de la place m'inquiètent, aussi je quitte l'épaule de Devin un instant pour prendre de la hauteur.

Et ce que je vois me met dans une rage folle.

Des convois de palanquins, flanqués des couleurs des participants, traversent la foule. Sur leur route, des hommes distribuent des trésors avec largesse, lançant des poignées d'or et autres stupidités métalliques. La liesse est immédiate, mais les porteurs n'en ont que faire ; des soldats les accompagnent par dizaines, et personne ne se risque à leur sauter dessus.

Fulminante, je les observe venir poser leurs butins au pied de leur champion. Et les domestiques s'activer par douzaine pour remplacer chaque brin de paille par une pièce d'or, et chaque gravier par un diamant.

Carrément.

Le Grand Roi Xandier est carrément en train d'organiser la vente aux enchères de sa fille. Ni plus ni moins.

Mais je n'ai pas dit mon dernier mot.

— On est fichus... répète en boucle Devin quand je le rejoins. Fichus. C'est... ce n'est même plus pipé. C'est directement un ticket d'entrée qu'il nous demande de payer.

— Est-ce que tu sais tisser ? je lui demande.

— Moi ?

— Non, ton cousin lointain qui s'est miraculeusement téléporté dans ton dos...

Devin se redresse, et je vole pour me placer devant ses yeux.

— Un peu, avoue-t-il. Je n'ai jamais été très doué, j'avais tendance à casser les fils alors on me faisait plutôt frotter les sols.

Je gronde et lui fais signe de se taire.

— Super. Je te plaindrai demain. En attendant, au travail. Cette épreuve ne va pas se gagner toute seule.

— Même en faisant de mon mieux, je ne pourrai pas transformer de la paille en or...

Contrariée par ce défaitisme, je l'envoie valser sur la chaise d'un claquement de doigts. Le doute passe sur son visage, mais ses yeux pétillent soudain de curiosité. Sans les baisser, il attrape le fuseau et la quenouille qu'il coince dans sa ceinture, puis se saisit d'un brin de paille.

Je me concentre. Très, très fort.

Je me souviens que Devin m'a demandé s'il y avait des limites à ma magie et que je me la suis un peu pétée en mode ça m'étonnerait. Sauf qu'à cet instant, moi-même, je doute devant l'énormité de la tâche. Seulement j'ai pris trop de risques, je me suis trop investie pour foirer maintenant à cause d'un prétendu manque soudain de confiance en soi.

Je m'ébroue, honteuse de m'être laissée aller pendant une fraction de seconde, puis j'appelle la magie, doucement d'abord. Je la puise partout autour, avec constance, au rythme de ma respiration. Je la saisis dans l'air, je la vole au chant des oiseaux, je la subtilise au bassin sous l'arbre qui nourrit les rigoles de la cour royale.

Je me gave, littéralement, jusqu'à saturer mes sens.

Quand je me sens prête, mes cheveux battent mon dos avec fureur, et je réalise que l'entièreté des personnes présentes s'est tue. Même eux ont senti quelque chose.

Ou alors, c'est le tas de foin qui s'est mis à doucement tournoyer autour de Devin qui les intrigue. C'est même très certainement ça.

Mais je n'ai pas le temps de me moquer de ces insensibles de la magie, car le travail que je m'apprête à faire est gigantesque. Faire exploser des trucs ? Invoquer des slips ? Coudre quelques merveilles ? Facile. Mais là, je vais devoir lier des milliers de brins de paille entre eux, en un seul fil solide que Devin pourra passer dans sa quenouille. Quenouille que je vais enchanter pour qu'elle transforme le fil en or.

Ça relèverait plus du travail de méchante fée, ça, aussi incongru que ça puisse sembler. Le genre d'artefacts qu'elles créent en échange de quelque chose, parce que les humains et les sanguis sont avides de pouvoirs et de trucs qui brillent, et qu'ils sont prêts à tout perdre pour en amasser quelques kilos de plus.

Mais je suis la meilleure.

Vraiment, vraiment la meilleure.

Alors je me laisse aller, et j'accouche d'un miracle. Paf, là, comme ça, parce que je ne vois pas comment dire autrement.

Quand je rouvre les yeux, un immense cordon de paille tombe doucement sur le sol et, sous le regard ébahi de Devin, s'étire de sa quenouille un fil brillant, parfait, d'or fin.

Il n'arrive plus à parler. Incrédule, ses yeux passent de son ouvrage à moi, et j'adorerais crâner, mais je suis soudain prise de fatigue.

Une immense, terrible fatigue.

— Viens, me murmure Devin, qui a remarqué mon visage crispé. Repose-toi.

Il tapote la poche sur son cœur et je ne me fais pas prier.

Je vais m'y lover, plonge dans la meilleure sieste, bercée par les gestes de mon sanguis, le bruit de son fuseau et les murmures impressionnés de la foule.

17

C'est un craquement qui me réveille.

Subtil, presque imperceptible, je n'aurais même pas dû l'entendre. Mais j'ai les doigts si gourds après ma journée passée à filer la paille, et le dos si grippé d'être resté penché de la sorte, que je ne dors que d'un œil.

Ou plutôt, dormais, car je me redresse immédiatement, aux aguets.

Le crac de ma colonne qui se rebelle contre ce mouvement brusque me fait à peine ciller ; j'ai enduré tellement pire chez les Montriond que la douleur ne m'inquiète plus.

Moins que les gens, en tout cas.

Et vu le murmure que je perçois désormais dans les bruits nocturnes, je fais sans doute bien.

Je me glisse hors du lit et m'accroupis près d'une large commode, me mêlant aux ombres de la pièce.

Je le savais. Ou plutôt : je l'ai senti.

L'exploit de Navi lors de la deuxième épreuve m'a collé une cible sur la tête. Je ne lui reproche rien, sans cela, nous aurions été éliminés directement, comme cet humain qui n'a pas réussi à amasser assez de diamants au goût du roi – ce dernier ayant tout de même gardé le gigantesque tas d'or et le très honorable lit de pierres précieuses offerts par la famille du prétendant.

Et avant que Xandier me disqualifie, je lui ai offert la quenouille enchantée, faisant ainsi d'une pierre deux coups : je m'assure une place dans la compétition pour la dernière épreuve, et je me débarrasse de l'objet magique qui a attisé toutes les curiosités pendant l'épreuve.

Il faut dire que les sanguis et leur magie du sang ont toujours fasciné les humains, qui nous prêtent toute sorte de pouvoirs. Bien sûr, aucun d'entre nous, même imbibé du meilleur sang du monde, ne serait capable de changer de la paille en or.

Mais les humains ont vu ce qu'ils voulaient voir : un miracle, sous les traits d'un mystérieux prétendant au visage caché.

Le roi a été conquis. Complètement. Il a brandi la quenouille comme un sceptre, sous les hourras crédules de la foule en liesse.

Erreur stratégique majeure de ma part.

Parce que le prince Trajan, qui ne m'avait déjà pas à la bonne après la première épreuve, a réalisé que j'étais un concurrent sérieux. Que je le batte lors de la course ? Acceptable. D'autant qu'il savait en quoi consisterait la seconde épreuve, et qu'il ne doutait pas dès lors que je serais facilement éliminé. Mais ma démonstration de magie pure remettait tout en cause.

Il allait devoir me tuer.

Même le roi en avait conscience, comme le prouvaient les deux gardes en faction chargés de ma protection devant ma nouvelle chambre, qui ont soudainement été mise à ma disposition.

Quel idiot je fais.

Je n'aurais jamais dû m'endormir. Je n'aurais jamais dû rester à l'intérieur.

Un bruit étouffé de l'autre côté de l'élégante porte lance le début des hostilités, et l'odeur caractéristique du sang chaud me titille les narines. Ils ont tué un des gardes. Plus de doutes : ils ne se contenteront pas de me passer à tabac, ils s'assureront que la concurrence disparaisse, purement et simplement.

Je dois m'enfuir. Et vite. Je scanne la pièce, à la recherche d'une issue, et grogne quand j'avise la fenêtre ouverte. Des voiles flottent dans la brise chaude de l'été, qui charrie les odeurs de l'arbre en fleurs juste au-dehors.

Je peux le faire. Je n'ai ni le choix ni le temps de réfléchir davantage.

Je me précipite vers le rebord, et me penche pour estimer la distance à parcourir : trois bons mètres pour me réceptionner dans les branches les plus hautes de l'arbre d'en face. Mais aussi les plus fines. Si je me rate...

La porte de la chambre s'ouvre en grand, et je reste un instant immobile, ma silhouette clairement découpée dans la lumière de la lune.

— Attrapez-le !

Coup de fouet.

Je ne peux même pas prendre d'élan et saute en faisant appel aux derniers restes de la magie de Navi qui coulent dans mes veines.

Je me réceptionne tout juste dans l'arbre, le visage griffé de part et d'autre par des branches, le souffle coupé. Déjà, des bruits au-dessus de moi me confirment que mes poursuivants ont sauté eux aussi.

Je me laisse tomber sur les derniers mètres et remercie les dieux de ne pas m'être explosé la cheville.

J'ignore où je me situe dans le palais, mais me fie à mon instinct ; je dois être dans l'un des fameux jardins suspendus d'Huwinat. En toute logique, si je saute par-dessus le muret que je devine plus loin sur le chemin, je passerai au jardin d'en dessous. Puis au suivant et au suivant, jusqu'à rejoindre la place et quitter le palais ou, encore mieux, rencontrer les gardes du roi.

Pendant un instant, je bous à l'idée de devoir demander de l'aide à des humains. Et puis, mon esprit se concentre rapidement sur la tâche première qu'est mon évasion quand une lame se plante sur le sol, juste à côté de moi.

J'atteins la margelle que je visais en quelques secondes et saute par-dessus sans même prendre le temps de vérifier ce qu'il y a dessous.

Je chute jusqu'à me réceptionner en roulade une dizaine de mètres plus bas. Mon dos craque mais je n'ai pas de temps à perdre. Je ne suis pas mort, c'est tout ce qui m'importe pour le moment.

— Arrête-toi !

Un homme me saisit soudain par le bras et je n'hésite pas. Je dégaine le poignard du prince que je garde avec moi depuis la première épreuve et lui tranche la gorge, net. L'odeur du sang m'hébète une fraction de seconde, et je réalise qu'il ne s'agissait pas d'un humain, mais d'un sanguis.

Je reprends ma course, ma toge éclaboussée du sang de l'un de mes frères, conscient que la distance entre mes poursuivants et moi s'amenuise.

Je saute dans le jardin suivant.

Une orangeraie.

La force des souvenirs qui me frappent me fait tourner la tête un quart de seconde, juste assez pour perdre mon faible avantage. Et quand on me fauche les jambes, je m'écroule comme une masse. Je flotte un instant, renvoyé des années en arrière, lorsque mon père acceptait encore que ma mère m'emmène avec elle cueillir les agrumes de son jardin. Avant que ça devienne honteux pour un héritier mâle.

Une époque durant laquelle j'étais heureux. Juste, heureux. Le nez dans les oranges, à échanger avec ma mère, à jouer avec ma sœur.

La pierre, qui me râpe la joue, me ramène au présent. Je pose à peine mes mains sur le sol pour me redresser que, déjà, un pied s'enfonce profondément dans mes côtes, me coupant le souffle.

— Traître à ta race ! me crache au visage le sanguis, qui me passe à tabac. Tu vas crever !

Je ne perds même pas de temps à protester. Pour dire quoi ? Que non, au contraire, je veux sauver les sanguis de l'Impérator et de la ruine ? Ou bien leur promettre que le sacrifice de leur compagnon était nécessaire ?

À quoi bon ? Je mets les plans de leur imbécile de prince à mal. Je ne m'en sortirai pas.

Alors qu'on me roue de coups et que la douleur irradie dans chacun de mes membres, je pense à Navi. Étrange. J'imaginais qu'en mourant, ce serait le visage de ma mère ou de mon frère que je verrais. Pas celui d'une drôle de fée, aussi formidable que grossière.

— Foutresel ! gueule-t-elle d'ailleurs. Je peux dormir sans qu'on m'appelle, ou... Mais ? Hé !

Un éclair blanc m'éblouit et le vacarme se tarit. Dans mes oreilles, je sens encore le sang pulser. Un sifflement aussi, persistant, mais qui va décroissant. Doucement, j'ose à nouveau respirer. Une inspiration rapide d'abord, pour tester. Puis, quand je réalise que la peine est supportable, une grande goulée d'air.

— Devin ? m'appelle Navi. Devin ?

Je suis toujours recroquevillé au sol, à estimer les dégâts. Tout mon corps me fait souffrir le martyre, mais ce n'est pas ce qui m'occupe.

Non. Ce qui me terrifie, c'est de sentir à nouveau la torpeur avilissante dans laquelle je m'étais réfugié chez les Montriond refaire surface, insidieusement.

L'envie de me rouler en boule, de me détacher de tout, de la douleur et du reste.

Ma fuite avec Navi, son sang, et plus encore les deux premières épreuves m'ont aidé à me reconstruire, à retrouver doucement confiance en moi après cette dernière année. Je me sentais presque en paix à nouveau, à ma place, en contrôle.

Il a suffi d'une course-poursuite et d'un passage à tabac pour saper tous ces efforts, me plonger dans un tourbillon de doutes.

Et si je faisais n'importe quoi ? Et si je me prenais pour ce que je ne suis pas ?

Qui suis-je pour espérer faire des Mondes Brisés un endroit meilleur pour les sanguis ? Qui suis-je pour espérer obtenir justice pour ma mère et mon frère ?

Un imposteur. Voilà ce que je crains.

Une main se pose sur mon épaule, je sens la chaleur caractéristique de ma fée traverser le tissu et se répandre dans mon corps. La douleur recule, la peine s'assèche alors que sa magie me traverse de part en part. Pas à la façon d'une vague ou d'un incendie, mais comme une étreinte. Son énergie résonne avec la mienne et me rassure, à la manière d'un chat qui ronronnerait sur mes genoux.

Quand je me sens prêt, je me redresse, encore sous le choc de ces émotions contradictoires.

— Ça va ? me demande-t-elle en se posant devant moi.

Elle a l'air inquiète, et je n'aime pas la façon dont ça lui dessine un sourire à l'envers sur le menton. Sa main se saisit d'une mèche de mes cheveux qu'elle repousse en arrière, et ses doigts s'éternisent derrière mon oreille.

Il se passe quelque chose.

C'est difficile à décrire, mais le temps semble s'écouler plus lentement, comme si nous nous trouvions dans une bulle à l'odeur d'orange, loin de tout. Les yeux d'un rose stupéfiant de Navi ne quittent pas les miens, vibrant de la même indécision que celle que je ressens au creux de ma poitrine.

Je me demande ce qui la retient.

Et puis, soudain, je me demande ce qui *me* retient.

Se faire tabasser a au moins ceci de positif que mon corps est bourré d'adrénaline, m'insufflant plus de courage que d'habitude.

Je me penche vers elle et l'interroge du regard.

— OK, souffle-t-elle.

Alors je l'embrasse.

18

— Allô la Lune, ici les fées ?

Je relève la visière en Plexiglas inclinée devant mon visage, et observe Praline qui se tient presque collée contre mon poste de travail.

— Qu'est-ce que tu me veux ? je grommelle.

— Eh bah, quel accueil... Tu réalises que ça fait deux bonnes minutes que j'essaie d'attirer ton attention ?

Je renifle avec dédain, avant de rabattre ma visière.

— Et tu ne t'es pas dit que j'avais peut-être envie qu'on me fiche la paix ?

L'autre grimace. Je l'ignore et retourne à mon ponçage de molaire. C'en est une très vilaine, encore pleine de sang, arrachée pendant son sommeil à l'ex-prétendant à la gueule de pirate. Comme je suis sympa, je lui ai quand même laissé sur l'oreiller le gros plomb en or qui la parait. C'est que la dernière épreuve a dû le laisser sur la paille, le pauvre (appréciez le double jeu de mots, je vous prie).

— Peu me chaut ce dont tu as envie, s'agace Praline. Suis-moi.

Je ne sais pas ce qui me surprend le plus.

L'autorité dont vient de faire preuve ma boss, ou son vocabulaire ?

C'est ce dernier point, je crois, qui me décide à poser ma polisseuse et à obtempérer. Je respecte les gens qui savent utiliser les bons mots, au bon moment. Je sais qu'on ne juge pas un livre à sa couverture, que l'habit ne fait pas le moine, et autres adages du même acabit. Et je déploie des efforts phénoménaux pour passer outre, car ce n'est vraiment pas toujours facile. Mais trompez-vous dans vos auxiliaires, et vous apparaissez directement sur ma liste de personnes à abattre.

— Que se passe-t-il ? je demande à Praline en la rattrapant tandis qu'elle s'éloigne dans l'atelier.

— Pas ici, gronde-t-elle.

J'ai très envie de la forcer à accoucher séance tenante, mais me retiens. Et je blâme pour ça ma culpabilité grandissante.

Très très grandissante, la culpabilité.

C'est idiot, vraiment.

Ce baiser ne voulait sans doute pas dire grand-chose pour Devin. Il venait de se faire passer à tabac, il a dû voir sa vie défiler devant ses yeux. Mais pour moi... Pour moi, ça signifie énormément.

Quand j'ai vu Devin au sol, je suis entrée dans une fureur noire. Je pense que des morceaux de gardes sanguis se trouvent encore incrustés dans les bas-reliefs de l'orangeraie où je les ai surpris. C'était comme si tout mon corps s'est transformé en une boule de rage, et j'ai réagi à l'instinct. On ne touche pas à mon sanguis.

Mon sanguis.

Le mien.

Vous le voyez arriver, le problème ?

Mon sanguis, et moi, sa marraine autoproclamée, en pleine planification de son mariage princier.

Mon sanguis, et moi, une fée, qui ne connaît pas l'amour et ne peut pas le connaître.

Ce n'est pas un sentiment utile pour les filles de la Fata, nous n'en avons pas besoin. De la compassion, de l'empathie, de la joie et de l'enthousiasme : oui, bien sûr (même si, d'après mes professeures, j'en manque cruellement).

Mais de l'amour ?

C'est parfaitement ridicule.

Je ne comprends pas ce qu'il m'arrive, un peu comme si une poule se surprenait à sourire de toutes ses dents, dents qui n'auraient jamais dû se trouver dans sa bouche en premier lieu.

Je m'envole à la suite de Praline afin de rejoindre son bureau suspendu au plafond, et je me jette presque sur la balançoire quand elle m'ouvre la porte.

— Bien, assène-t-elle en claquant sèchement cette dernière. Maintenant, nous allons parler, toi et moi.

J'arque un sourcil, suffisamment intriguée pour oublier Devin quelques secondes.

— Allons donc, je m'amuse en me balançant. Est-ce que j'ai des problèmes ?

— À toi de me le dire.

Je m'esclaffe et l'observe par-dessus mon épaule, amusée.

— Les problèmes, c'est pour les fées moins compétentes.

Praline roule des yeux avant de s'installer à califourchon sur son bureau, ses ailes bleues déployées dans son dos. Elle est nerveuse.

— Qu'est-ce qu'il y a ? je demande, suspecte.

— La dernière fois que nous avons discuté, toutes les deux...

— Discuté, c'est un bien grand mot.

Elle me fait signe de la main de me taire ; je décide de ne pas lui en tenir rigueur, pour cette fois.

— La dernière fois que nous avons discuté, toutes les deux... je t'ai surprise à écouter à la fenêtre de la matrone.

— Je n'écoutais pas. Je venais te voir.

— Bien sûr. Tu venais me voir en t'installant sous la fenêtre d'un autre bureau.

— Je me suis trompée, ça arrive.

— Ça arrive aux fées moins compétentes. Mais on sait toutes les deux que tu n'en fais pas partie, n'est-ce pas, Navi ?

Je fais la grimace. La garce, elle a tapé juste.

— Bon, et alors ? Si elles voulaient avoir une conversation privée, bah il fallait la tenir ailleurs.

— De quoi parlaient-elles ?

Il y a une impatience, une inquiétude dans la façon dont elle a éructé sa question qui me fait cesser mes enfantillages. Je stoppe la balançoire et me redresse pour l'observer.

— Pourquoi est-ce que ça t'intéresse ?

— Réponds-moi, Navi. De quoi parlaient-elles ?

— De moi.

Praline ne me croit pas, c'est aussi évident que ses larges montures de lunettes sur sa figure plate. Et pourtant...

— Elles parlaient de moi, j'insiste. Et du Destin.

La fée des dents se redresse, son regard acéré et les épaules contractées.

— Comment ça, du Destin ?

— J'y gagne quoi, moi, à moucharder ce que raconte la matrone à sa pote ?

— « À sa pote » ?

— Bah oui.

— Sa *pote*, comme tu dis, aurait dû être ta patronne. C'est l'Ancienne des marraines, Navi.

J'en arrête de respirer quelques instants.

L'Ancienne des marraines ?!

Et j'ai raté l'occasion de défendre mon cas devant elle ?

— Pourquoi tu ne m'as rien dit ? je m'emporte. Tu sais que j'aurais pu lui faire part de l'injustice crasse dont je suis victime !

— Tu attendais devant leur porte, je pensais que tu l'avais reconnue !

— Et comment l'aurais-je pu ? Je ne l'ai jamais rencontrée ! Je...

Je me tais et réalise soudain.

— Comment, *toi*, tu sais qui elle est ?

— Là n'est pas la question.

— Praline...

— Ça ne te regarde pas.

— Soit tu parles, soit je m'énerve !

Je place mon majeur et mon pouce en position, prête à claquer des doigts et à vicier les récoltes de mes collègues une fois de plus.

— Je ne plaisante pas, je la menace.

— Les autres fées des dents te feront la peau si tu recommences.

— Elles essaieront. Comment la connais-tu ?

Nous nous fixons en chiens de faïence, bercées par le bruit des chaînes de travail sous nos pieds.

— Très bien, capitule-t-elle. Je te donne cette information, tu me dis de quoi il retournait lors de son entretien avec la matrone. Marché conclu ?

Je baisse ma main et hoche la tête.

Praline soupire très fort, puis retire ses lunettes avec une lenteur un brin trop théâtrale. Quand elle relève la tête...

— Roses ?!

Ses iris sont roses. Comme les miens. Comme...

— Tu es une marraine ?

— J'aurais *dû* être une marraine, me corrige-t-elle dans un soupir douloureux.

Je la fixe, bouche bée, incapable de comprendre ce qui se joue devant moi.

— Mais... tu... tu es bleue à présent ?

— Presque complètement, oui.

— Tu étais entièrement rose avant ?

Elle acquiesce.

La tête me tourne soudain, et je m'agrippe des deux mains aux cordes de la balançoire.

— Par pitié, dis-moi que tu n'étais pas aussi grosse que moi et que cet endroit t'a vidée comme un pruneau...

Praline réinstalle ses lunettes.

— Tu ne veux pas vraiment connaître la réponse à cette question, Navi. Crois-moi.

Mon estomac fait un triple salto dans mon ventre, et le sang quitte mes joues.

Perdre ma magie ? M'assécher progressivement et devenir bleue et fade et triste et banale ?

Plutôt mourir. Deux fois, cent fois, mille fois ! Les fées qui, comme moi, comme Praline, développent une affinité avec une branche féerique en arborant ses couleurs avant leur assignation sont rares. Très rares, même. On nous dit touchées par la Fata.

Choisies.

Nous sommes élues, promises à un Destin exceptionnel. Je pense soudain à la matrone, et à sa chevelure noire. Elle aussi, indignée de se retrouver ici. Elle aussi, en rébellion face au choix de la Fata de l'enfermer dans ce palais qui pue des pieds.

Est-ce une coïncidence que nous soyons réunies ici ? Trois fées touchées par notre créatrice, loin de là où nous aurions dû passer notre éternité ?

— Tu connais mon secret, me lance Praline. Maintenant, remplis ta part du marché.

Je me mâchonne la lèvre furieusement, appréciant le goût de mon gloss parfum cerise. Puisque Praline, aussi, aurait dû devenir marraine... je peux m'en faire une alliée.

Et la meilleure manière d'y parvenir reste sans doute de me la mettre dans la poche.

— La marraine et la matrone ont évoqué la fin des Mondes Brisés, je lui avoue.

Les épaules de Praline s'affaissent et son regard, altéré par ses lunettes enchantées, me renvoie deux puits bleus de tristesse.

— Elles ont précisé ce qu'il se passait ?

— Non. Elles ont mentionné le gros nœud qui bloque le Grand Canevas, et...

— Le gros nœud ?

Je hoche la tête.

— Oui, la doyenne nous l'a montré lors de notre remise d'assignations. Et c'est vrai que c'est plutôt moche.

— Je vois... Est-ce qu'elles ont parlé d'autre chose, encore ?

— Non. Tu m'as surprise à ce moment-là.

Les ailes de Praline se plient enfin dans son dos, et elle me fait signe distraitement de la main de quitter son bureau.

— C'est tout ? je m'étonne. Maintenant qu'on a découvert que nous sommes dans le même bateau toi et moi, tu ne penses pas que...

— C'est très loin d'être le cas. Maintenant, sors d'ici et retourne travailler.

Je ne me fais pas prier, craignant de l'envoyer bouler trop sèchement et de ruiner ma stratégie de réconciliation.

— Oh, Navi... me retient-elle alors que je quitte son bureau.

Je me retourne, espérant qu'elle s'ouvre à moi.

— Je ne sais pas à quoi tu joues chez les humains. Je ne sais pas à quoi tu occupes tes nuits, et je m'en moque. Mais...

— Mais ?

— Mais si je peux te donner un conseil : méfie-toi. La dernière fois que le Destin s'est emballé comme aujourd'hui, la Fata était parmi nous.

Je l'observe, incrédule. Est-ce que cela voudrait dire...

— Quel âge as-tu ?

Praline remonte ses lunettes d'une pichenette.

— Tu te concentres sur les mauvaises questions, Navi.

— Quelle serait la bonne, alors ?

— « Que dois-je faire ? »

Je me retourne pour lui faire face.
— Je t'écoute. Illumine-moi de ta sagesse.
Praline soupire, ignorant ma pique.
— Suis ton instinct. Suis la magie.

19

Nous ne sommes plus que trois.

Et alors que nous nous retrouvons plantés face au Grand Roi Xandier et sa cour, comme de curieux oignons disparates dans un champ, mon esprit refuse de se concentrer sur autre chose que la fée juchée sur mon épaule.

J'ai pensé à elle toute la nuit, toute la matinée.

À ce baiser que nous avons échangé, à l'évidence qui m'a frappé quand, enfin, mes lèvres ont pu goûter les siennes. À ce que ça voulait dire, pour elle, mais aussi pour moi.

Je me suis surpris à revoir mon plan, à essayer de dégager d'autres options pour arriver à mes fins : sauver ma sœur, sauver les sanguis, venger ma famille. Mais mon esprit enfiévré, encore ivre de l'adrénaline de la course-poursuite, de la honte de m'être fait attraper, du baiser avec Navi, était en mode survie et incapable de penser de manière rationnelle.

Je l'ai attendue, caché dans le placard à balais qu'elle a réaménagé pour nous en un claquement de doigts, espérant éviter toute nouvelle tentative d'assassinat.

Mais elle n'est pas venue.

Le soleil était déjà bas dans le ciel nimbé d'orange quand je suis sorti de ma cachette pour me mêler à la foule et me rendre sur la place à l'arbre d'or pour découvrir en quoi consisterait la dernière épreuve.

J'étais plein de doutes, hermétique aux éclairs de rage pure que me lançait Trajan de ses yeux sombres.

C'est là que Navi est apparue. Et j'ai cru que mon cœur allait exploser.

Elle porte une de ses robes toute de tulle et de jupons que je n'ai jamais vue nulle part. D'ailleurs, je pense qu'avec la même tenue, n'importe quelle autre femme ressemblerait à un bouton de fleur, doux, délicat, parfumé et apaisant.

Pas Navi.

Avec ses boucles roses, sa mine déterminée, ses immenses yeux fuchsia... Elle porte sa robe comme une livrée martiale.

Elle me sourit, mais je la trouve horriblement silencieuse.

— Tout va bien ? je lui murmure alors qu'elle gigote sur mon épaule, ignorant le discours du roi.

— Hein ? Ah, oui, oui, ne t'inquiète pas.

« Ne t'inquiète pas. »

Ou la phrase la plus anxiogène qui puisse être prononcée.

— Tu veux qu'on en parle ?

— Non. Mais je voudrais bien écouter en quoi consiste cette troisième épreuve.

Sa requête me frappe comme un camouflet, et j'en perds mon sanguis.

— Pardon, souffle-t-elle après quelques secondes.

— Pas de souci, je réponds d'une voix un peu cassée.

Je tente de m'intéresser aux paroles de Xandier, mais je n'entends que du bruit. Les murmures de la foule, les envolées lyriques du souverain forment une mélodie dont je peine à saisir le détail.

— Eh bah ça... grogne soudain Navi. Si je m'y attendais...

— De ?

— Tu n'as rien écouté ?

Je me sens rougir et je remercie ma bonne étoile de toujours porter le voile.

— Pas avec attention, non.

— Alors, c'est le moment de le faire. Regarde.

Je lève la tête et reporte mon attention sur le roi, toujours dressé près de l'arbre d'or. À ses côtés se tient la princesse Bruccha, une main posée sur le bras de son père.

Ils n'échangent pas un mot, et pourtant, personne ne peut ignorer l'intensité des émotions qu'ils partagent. Il finit par acquiescer et lui fait signe de s'avancer, s'effaçant derrière elle.

La princesse porte une robe d'une simplicité propre à la mode humaine. Un long lé de tissu dont elle a drapé son corps avec expertise, laissant de larges portions de sa peau brune se gorger de soleil. Dans ses cheveux sont piquées des dizaines de pierres précieuses, marquant la séparation entre deux larges nattes qui retombent sur ses épaules.

Elle n'a plus tout à fait le visage d'enfant qu'on lui connaissait, comme si elle avait vieilli légèrement depuis la dernière fois que je l'ai vue. Une gravité dans son regard, une tension dans son maintien... Voilà qui n'est pas surprenant.

— Prince Trajan, prince Orione, cher sanguis inconnu, entame-t-elle.

La place devient silencieuse, et je risque un regard dans mon dos pour observer les humains massés derrière nous. Le soleil darde ses derniers rayons sur leurs visages, les nimbant d'une lumière chaude qui souligne leur air transporté.

Ce n'est pas de l'amour qu'ils ont pour leur princesse, c'est de l'adoration pure et simple.

— Je vous remercie d'avoir aussi vaillamment concouru, et je vous félicite pour votre courage et votre noblesse de cœur. Ces deux derniers jours ont été riches en émotions. Nous avons, au nom de l'amour, perdu des alliés précieux...

Un tic nerveux lui fait tressauter la lèvre, et à l'agitation légère du roi, je devine que ce n'est pas la première fois qu'elle le mentionne.

— Mais nous avons aussi assisté à de véritables miracles.

Je peux sentir le poids de la haine conjuguée d'Orione et Trajan m'écraser comme une brindille.

— Le futur souverain des royaumes humains se devra d'être fort. Il se devra aussi d'être humble et généreux. Mais le futur souverain des royaumes humains sera aussi mon époux, et en cela, j'attends de lui qu'il me comprenne et me chérisse. C'est pour cela, mes chers prétendants, que c'est à moi aujourd'hui de décider de la teneur de la dernière épreuve.

J'aurais envie de la croire. De penser qu'il ne s'agit pas là d'une mise en scène, visant à convaincre le peuple qu'elle a le choix. Qu'elle est sincèrement en train de rebattre les cartes et de nous proposer un jeu honnête où nous serions tous trois sur un pied d'égalité.

Seulement je sais que c'est faux, à la manière dont Trajan se pavane discrètement à mes côtés, comme un coq flatté. Je déteste l'assurance tranquille qu'il dégage, la façon qu'il a de plaquer ses mains avec humilité sous son nombril et de relever la tête pour laisser le soleil inonder ses traits disgracieux.

Je redoute ce qui va suivre.

— Je vous donne jusqu'à demain, quand le soleil culminera au-dessus de l'arbre d'or, pour deviner et réaliser mon rêve le plus cher, nous annonce enfin la princesse. Et je vous fais la promesse d'épouser immédiatement celui d'entre vous qui l'aura exaucé.

20

La princesse se paie notre tête, je ne vois pas d'autre option. Pourtant, à l'air impassible qu'elle affiche tel un masque sur son beau visage, je ne crois pas que ce soit le genre de nana à faire des blagues de manière générale. Sans doute encore moins dans un contexte aussi officiel.

— Qu'on devine et réponde à son vœu le plus cher... souffle Devin entre ses dents de soie, sans même nous donner un indice. Elle pourrait tout aussi bien offrir la couronne à Trajan sur un plateau d'argent !

Je ne peux que grogner mon approbation. On est sur du chiqué de niveau solaire. Et comment on va pouvoir deviner ce qui fait palpiter son petit cœur, s'il vous plaît ?

Je soupire.

Vu qu'il est visiblement dans le secret, je pourrais sûrement terroriser le prince pour qu'il me confie la teneur de cette épreuve. Lui invoquer deux-trois slips trop serrés et me faire passer pour un fantôme pourrait suffire à le faire paniquer... Les sanguis sont connus pour avoir une foi inébranlable dans leurs dieux et démons.

Or démon, c'est dans mes cordes.

— Que le meilleur gagne ! lance le roi sous l'arbre aux feuilles d'or.

La foule reprend son souffle, et le brouhaha des discussions ambiantes enfle d'un coup, comme un poisson globe.

— On ferait mieux de déguerpir, je conseille à Devin. Les mignons de Trajan commencent à te fixer.

Il ne se fait pas prier, et nous nous éclipsons silencieusement en suivant le cortège des nobles qui se tenaient derrière nous.

— C'est un désastre, peste-t-il en s'enfonçant entre les arcades sous les jardins suspendus. C'est comme chercher une aiguille dans une botte de foin.

— Dit le sanguis qui a filé une botte de foin en or, je lui rappelle. Fais-moi confiance, les fées ne peuvent pas perdre à ce jeu-là.

— Et comment ? Tu vas m'avouer que tu es capable de lire dans l'esprit des gens, maintenant ?

— Déjà, on va se calmer sur le passif-agressif. Ensuite, non, *moi*, je ne saurais pas comment m'y prendre.

Devin soupire et son voile volette devant son visage, me le révélant une fraction de seconde avant de se plaquer à nouveau sur son menton.

— Donc c'est cuit ? On y va au pif ?

Je décolle de son épaule et me poste face à lui, agacée par son pessimisme.

— Non, espèce de tourte au sel. On va juste trouver une fée plus compétente dans ce domaine et lui demander son aide.

Les sourcils de Devin se froncent, alors que le petit éclat glacial que j'aime tant brille une seconde dans ses yeux noirs.

— Je t'écoute, m'assure-t-il.

— Tu sais où se trouve le puits aux souhaits ?

— Non, bien sûr que non.

— Pas grave, je grogne. Demande-lui, à lui.

J'attrape le col d'un servant d'une pichenette magique et le force à nous rejoindre, lui collant vraisemblablement une trouille d'enfer.

— Ce n'était pas nécessaire... m'enguirlande Devin entre ses dents.

— Demande. Ou je m'en charge.

Le pauvre hère ne se fait pas prier pour nous donner l'information désirée, puis prend la poudre d'escampette comme s'il avait le diable à ses trousses.

— Ça ne fera que rajouter à ton aura de mage terrifiant, je souligne à Devin qui se plaint évidemment de mon manque de doigté et de finesse.

— Si je pouvais éviter de passer pour un despote avant de...

Il s'arrête ; je m'inquiète.

— Avant de quoi ?

— Avant même d'épouser la princesse.

Il fait un drôle de bruit quand il déglutit, comme si sa glotte tentait de se faire la malle en mode grand plongeon final dans sa trachée.

— Navi... soupire-t-il finalement. Est-ce qu'on pourrait parler, tous les deux ?

Aïe.

Aïe aïe aïe.

Je redoutais qu'il tente ça.

Mais hors de question de lui laisser les rênes de ce qui se profile, parce que c'est moi la cheffe dans cette histoire.

— On ne fait que ça, parler.

— Justement, non.

Bravo Navi. La prochaine perche que tu lui tends, essaie de la faire plus courte d'une petite quinzaine de mètres.

— À propos de ce mariage...

Je ne dois pas le laisser terminer.

Il ne le faut pas, surtout pas après ce que vient de m'apprendre Praline. Je ne peux pas prendre le risque de faire dévier mes plans, juste parce que mon corps manque de sucre et me déclenche des palpitations.

Les sentiments sont éphémères. L'amour, je l'ai appris, ne dure qu'un temps. Mon éternité, elle, ne connaîtra de fin que lorsque la dernière pierre des Mondes Brisés disparaîtra dans le ciel.

Alors, je serai libérée de mon fardeau.

Et c'est à moi de décider s'il sera composé de salive et de caries, ou de soierie et de gaufres.

Et si je reste connectée à ma magie, ou si je la perds progressivement...

— Tu épouseras la princesse, je coupe Devin. Je vais m'en assurer, car c'est là le marché que nous avons passé, toi et moi. Et le serment d'une fée ne peut être rompu.

J'exagère à peine le trait.

— Je... Oui, oui, tente-t-il de reprendre. Mais il faut tout de même que je t'avoue quelqu...

Je décolle de son épaule et, ajustant soudain ma taille à la sienne, colle mon visage au sien.

— Il n'y a rien à avouer, Devin. Rien.

Je dégrafe le voile qui lui couvre la bouche et prends ses joues en coupe dans mes mains.

— Toi et moi, ça ne peut pas fonctionner. Je suis une fée. Je vais vivre pour l'éternité, et même au-delà. Tu n'es... Tu ne seras qu'un souffle dans mon existence. Une brise chaude, un souvenir heureux. Je ne peux pas tout risquer, juste pour nous, juste pour toi.

— Mais je ne...

— Non.

Devin m'observe, des étoiles vibrantes dans ses yeux, et jamais nous n'avons passé autant de temps aussi proches sans qu'un seul mot soit prononcé.

Je grave dans mon esprit le moindre détail de son visage, de son grain de beauté sous l'œil jusqu'à la moindre constellation de ses discrètes taches de rousseur. « Un souvenir heureux... » Alors, pourquoi est-ce que ça me fait aussi mal de le regarder ?

Quand il avance la main dans ma direction, mes ailes se déploient de surprise. Mais lui ne sursaute pas, ne recule pas. Il se contente de poser ses doigts sur ma joue, comme je l'ai fait avec lui, et de les laisser glisser dans mes cheveux, doucement, presque douloureusement.

Il soupire.

Puis ferme ses paupières un instant, avant de se détourner sans ajouter un mot.

De solaire, il est devenu glacial.

Et je ne m'explique pas pourquoi il y a plus de larmes dans mes yeux que dans les siens.

21

Le puits aux souhaits se trouve dans le palais, dans un coin reculé d'une cour annexe qui surprend par son manque d'entretien en comparaison du faste du reste du bâtiment.

Mais... Il y a quelque chose de plus fort ici. De plus brut. Entre les pavés sinuent des racines sombres, soulevant certaines tomettes de mosaïque dont on ne distingue plus le motif. Des lianes, lourdes, découpent la lumière du soleil en rais éclaboussant le sol.

Les cris des oiseaux sont plus rauques. Une vigne me tire la langue, et je sursaute quand je réalise qu'il s'agit d'un énorme serpent. Alangui, pas inquiet pour un sou, il nous observe pénétrer son royaume.

Je peux sentir la magie imprégner ces lieux.

— C'est ici ? murmure Devin.

Je l'ignore et m'adapte à sa taille, repliant mes ailes dans mon dos.

Ce sont les premiers mots qu'il daigne m'accorder depuis notre discussion gênante de tout à l'heure. Et si je suis contente que ma mise au point ait fonctionné, j'ai une drôle de petite torsion dans le ventre qui me crie qu'il aurait pu se montrer plus combatif.

Je n'aurais pas été contre quelques cris ravagés au soleil, ou une prière déchirante à ses dieux de pacotille. Mais rien.

Il m'a laissée le repousser, aussi simplement que cela.

Ce qui, en soit, est à tout à son honneur : personne n'aime les forceurs. Mais par le sucre et ce qui est bon, était-ce nécessaire qu'il l'accepte avec tellement d'élégance ?!

Si les rôles étaient inversés, j'aurais sans doute fait exploser le palais.

Et cette certitude me questionne d'autant plus sur le bien-fondé de mon refus initial. Ce baiser avec Devin était incroyable, et je suis à deux doigts de le faire se retourner pour lui rouler un patin qui ne pourrait pas figurer dans un livre de contes pour enfants.

À deux doigts d'envoyer valser mon futur de fée marraine, de choisir la bave, les caries et l'odeur de vieille plomberie POUR LUI.

Un geste, et j'aurais sans doute craqué.

Un regard sur mes lèvres, et je me serais invoqué une salopette bleu marine et une brosse à dents de la taille d'une fourche, prête à affronter mon Destin et les conséquences de mes choix.

Mais il a été plus adulte que moi.

Ce qui, on ne va pas se le cacher, est extrêmement humiliant.

Aussi, je me répète les dernières paroles de Praline pour me rassurer : « Suis la magie. »

Sans quoi, je deviendrai bleue, triste, seule et aigrie comme elle.

Alors que je m'avance dans la cour protégée, l'atmosphère change soudain et me force à me reconcentrer.

Derrière moi, Devin peste, harcelé par des essaims de moustiques. La chaleur est torride, l'humidité si dense qu'on pourrait presque croire qu'on avance dans de l'eau légèrement diluée à l'air.

La fontaine au centre du patio m'attire comme un trou noir. Au milieu de la luxuriante exubérance de vie qui nous entoure, elle est lugubre. Pas une plante ne grimpe sur ses moulures. Pas une lentille d'eau, pas un nénuphar ne viennent perturber le noir de ses eaux.

— C'est là, je murmure.

— Je pensais qu'on cherchait un puits ?

— Licence poétique, je réplique. Un puits, une fontaine, une baignoire ou une bassine... On n'est pas dans une science exacte, là.

— Ah... Et comment on doit s'y prendre ? me questionne Devin en se penchant par-dessus le bassin. Il faut jeter une pièce ?

Je ricane et lui jette un regard désolé.

— Qu'est-ce que tu voudrais qu'une fée fasse d'une *pièce* ? Non, nous allons devoir l'invoquer. Ensuite, nous procéderons à un échange.

Devin se redresse et me fixe, une main rabattant ses cheveux noirs sur son crâne. Il détache le voile qui lui couvre le bas de la figure, ignorant déclencher en moi un petit pincement au cœur que je maîtrise à grand-peine.

— Un échange de quel ordre ?

Un rayon de soleil lui découpe le visage en deux, nimbant sa joue gauche de lumière, forçant l'autre dans la pénombre. À cet instant, il m'apparaît comme une métaphore. Celle du tournant où je me trouve. Coincée entre mes sentiments naissants pour Devin et les révélations de Praline.

Je soupire. Je suis en train de me transformer en héroïne nunuche des romances que je lis par souci professionnel, et ça ne me plaît pas du tout.

— Vu les enjeux, ce que la fée te demandera sera conséquent, je n'en doute pas, j'élude au maximum.

— Je n'ai plus de fortune, me rappelle Devin.

Je me penche et saisis une branche, avec laquelle je touille le fond de l'eau.

— Les fées n'ont que faire de l'argent ou des possessions matérielles. La magie nous offre tout ce dont nous avons besoin.

— Alors, qu'est-ce qui vous intéresse ?

Je jette le bâton, hausse un sourcil quand il se fait absorber sans même une éclaboussure. Eh bien, nous sommes bien en présence d'une méchante fée, et elle est du genre costaud.

Je me tourne vers Devin et croise les bras sur mon torse.

— Je pensais que tu l'avais déjà compris.

— Mes dents ?

Un sourire m'échappe, mais je me reprends rapidement.

— Non. Les fées cherchent le pouvoir.

La réalisation fige de longues secondes les traits du sanguis.

— Et comment lui en procurer ?

— De diverses manières, qui peuvent aller de la promesse de lui confier le Destin de ton premier né, à une faveur que tu t'engages à lui donner. Habituellement, les fées raffolent des histoires, ou des souvenirs.

Nous restons silencieux un moment, bercés par le cri des singes dans la jungle miniature, et par le vol de papillons bleus qui virevoltent au-dessus de la fontaine.

— Tu veux toujours essayer ? je finis par lui demander. Je n'ai pas d'autres solutions à te proposer.

— Oui.

J'accuse le coup.

Quelque chose, comme un éclat métallique dans sa voix, résonne avec mon propre sentiment d'inconfort. J'ai chaud, il fait plus moite que sous une aisselle, et un moustique m'a piquée. Moustique qui n'aurait pas dû me voir. J'ai juste envie de déguerpir.

Et pourtant, je ne peux pas.

D'abord, je dois chanter et invoquer la méchante fée.

Il y a d'autres méthodes pour la faire sortir de son trou, mais ça nécessiterait que je fasse de longues recherches sur les coutumes locales et les mythes régionaux pour trouver celle qu'une créature mortelle utiliserait.

Or nous n'avons pas le temps. Je me racle la gorge en grognant deux-trois fois, me frappe le thorax pour me donner une contenance, et commence à chanter.

Je chante jusqu'à ce que l'eau du bassin s'éclaircisse enfin.

Alors que j'entame le dernier refrain, des bouillons violents éclaboussent à des mètres alentour. Et quand le dernier vers meurt sur mes lèvres, une pression magique à m'aplatir les boucles nous cloue sur place.

Une forme s'élève de l'onde, grotesque et terrifiante.

La fée possède de longues dents de morse qui compressent son impressionnante bedaine, et un appendice nasal qui n'est pas sans rappeler une aubergine qui aurait connu de meilleurs jours. Mais le pire... Le pire, ce sont ses yeux.

Deux billes sombres, d'un noir pétrole. Pas de pupilles, pas d'iris ; juste la nuit, qu'on devine immense derrière son sourire.

— Eh bien, eh bien, grogne-t-elle avant de replonger et nous rejoindre. Qu'avons-nous là ?

Descendant en cascade dans son dos pour aller se perdre à la surface de l'eau, ses cheveux sont comme des algues vertes. Elle pose ses bras sur la margelle de la fontaine et nous observe, visiblement intriguée.

— Une fée des dents. Et un sanguis... Étrange, j'ai du mal à lire ton énergie. C'est comme si tu étais touché par les fées ? Voilà qui est...

— Étrange, oui, je la coupe. Nous avons un vœu à soumettre.

La méchante fée écrase sa joue sur son poing et m'observe, appréciant visiblement de me faire enrager.

— Et qu'est-ce qui pourrait bien te laisser penser que je souhaite aider une gamine tout juste sortie de son cocon, hmm ?

— Ce n'est pas moi qui viens chercher ton aide. C'est lui, j'éclaircis en pointant Devin du pouce.

Elle se laisse tomber dans le bassin, les bras en croix, nous révélant une poitrine en gant de toilette d'une étrange couleur verdâtre.

— Sauf que ce n'est pas lui qui m'a invoquée, petite fée qui rêve d'être marraine. C'est toi.

Mon souffle se coince dans ma gorge, et j'émets un bruit étranglé qui me fait sortir de mes gonds.

— Nous ne sommes pas là pour moi ! je m'emporte. Mais pour lui !

— Ah oui ? Ne me dis pas que tu ne souhaites pas devenir marraine, hein, ma jolie ? Allons, avec tout ce rose... Quelle tristesse que ce palais des dents, non ?

— Et qu'est-ce qui vous fait dire que j'y réside, d'abord ?

— L'odeur, ma jolie. Tu pues la vieille haleine.

J'en reste coite. Impossible ! Je passe mon temps à m'invoquer du parfum et de nouveaux vêtements !

— Moi, je pourrais t'aider, m'assure la fée du puits. Un souhait, et...

Je bats de la main et fronce les sourcils, agacée :

— N'importe quoi. Les marraines sont les meilleures, et j'en suis déjà une. Je n'ai pas besoin de vous.

La méchante fée se laisse couler dans le bassin et ses cheveux recouvrent à présent toute la surface, qui reprend une étrange teinte de pétrole.

— Dans ce cas...

— Attendez ! l'appelle Devin. S'il vous plaît, j'ai un souhait.

— De quelle nature ? demande-t-elle, ses yeux seuls affleurant.

— Nous souhaitons... Enfin, je souhaite connaître le vœu le plus cher de la princesse de ce royaume.

— Et pourquoi cela ?

La bouche de la fée est à nouveau visible ; la curiosité a pris le dessus.

— Parce qu'il s'agit de la dernière épreuve pour obtenir sa main. Parce qu'avec votre aide, je deviendrai roi des hommes.

Il l'a eue. Elle se redresse complètement, jusqu'à passer ses jambes couvertes de vase par-dessus la margelle. Elle est énorme. Tellement énorme que je doute, tout à coup, de faire le poids face à elle si on se retrouvait ennemies.

— Très bien, sourit-elle, la bouche déformée par ses défenses. Que me proposes-tu en échange ?

— Cela restera entre vous et moi ?

Il me jette un regard discret, et la fée acquiesce.

Wouah. OK, c'est toujours agréable de se sentir mise à l'écart comme ça. Pas de souci, je le prends très bien. Très très bien même.

— Oui. Juste entre toi et moi. Alors ? Qu'as-tu à m'offrir ? Attention, ta requête exige une offrande d'importance. Ne cherche pas à te jouer de moi.

— Je vous propose une histoire.

— Et laquelle ?

— La mienne.

— Ne le prends pas mal, petit. Mais tu ne m'as pas l'air si intéressant.

Devin se redresse, et je peux presque voir l'aura du Destin qui l'entoure. Vu le sourire de la méchante fée, elle aussi la perçoit.

— Cette histoire l'est. Et si elle ne vous suffit pas, alors, j'y ajouterai un souvenir de votre choix.

— Je vois qu'on t'a bien préparé.

— C'est l'avantage d'être accompagné de la meilleure fée marraine qui soit.

Je voudrais être fière, mais ça apaise tout juste la douleur de savoir que plus nous avançons, plus Devin et moi nous éloignons. Je lui offre une petite moue appréciatrice, simplement, puis je lui tourne le dos.

La méchante fée rigole.

J'entends un bruit humide et je comprends qu'ils se serrent la main.

— Raconte-moi tout, petit sanguis.

22

Les portes du palais ont été ouvertes pour la dernière épreuve, et la foule est si dense qu'elle a été ceinturée par un bataillon complet de gardes en armure.

Nous nous tenons, le roi, la princesse, les trois concurrents et une poignée de nobles que je suppose triés sur le volet, sur l'îlot de l'arbre d'or. Mon regard ne parvient pas à quitter le flot des humains qui se massent sur la place en vagues colorées et bruyantes, jusqu'à se perdre au-delà des portes. Dans le ciel, de grands cerfs-volants ont pris d'assaut les nuages, et je ne peux que m'incliner devant la capacité des humains à créer.

C'est là que réside leur grande force en comparaison des sanguis. Nous nous contentons d'être. De prendre les règles qu'on nous donne, de les apprendre, de les appliquer. L'art est codifié, car majoritairement à portée théologique, et la création est chez nous instrumentalisée.

Mais créer pour créer ?

Gaspiller parfois des vies entières pour se laisser aller à des plaisirs somme toute éphémères ?

Combien de temps ont passé les artisans sur certaines des pièces les plus ambitieuses qui flottent dans le ciel ? Comme ce dragon, tenu par une douzaine de lignes, qui paresse dans le vent chaud caressant la ville, aussi large que la cour du palais. Ou comme cette girafe, plus loin. Ou ce navire. Ou ce soleil en papier de soie.

La voilà, la force des humains : le rêve.

Leur vie est courte, trop courte. Mais ils la brûlent par tous les bouts.

Je me questionne.

D'un côté, je sais que cette mode humaine, que cette liberté insolente menace notre empire. Menace ma sœur, ses enfants et les miens un jour si les dieux m'en jugent digne. Et que tout ce que je m'apprête à réaliser a pour but de sauver les sanguis.

Pourtant, en m'alliant à une fée, et en laissant éclore d'une collaboration mutuellement bénéfique des sentiments... N'ai-je pas été aussi humain qu'il est possible de l'être ?

Navi n'est pas avec moi ; dès qu'elle est apparue sur mon épaule, comme à son habitude, ses yeux se sont mis à pétiller et ses ailes à frétiller. Elle a invoqué un drôle de sac tressé sur son dos, des gants dans une matière collante qu'elle a fait claquer sur ses avant-bras, puis elle est partie en disant, je cite : « C'est le moment de ramasser toutes les dents que je peux, histoire de leur faire le sillon interfessier, à ces râleuses de fées. »

J'ai pu suivre sa progression pendant une ou deux minutes, pendant lesquelles j'ai observé les spectateurs les plus collés aux gardes se plaquer soudain la main sur la bouche, choqués tout à coup d'y trouver un trou qui n'y était pas une seconde plus tôt.

Je me demande combien de personnes elle édentera aujourd'hui.

Et je m'interroge sur la puissance des fées, parce que, oui, c'est apparemment le jour où mon cerveau fonctionne toutes voiles dehors.

Navi n'a pas l'air de se rendre compte du pouvoir qu'elle manipule. Elle ne cesse de me parler du Destin, du rôle de ses pairs, de son envie d'être reconnue. Or, elle pourrait faire absolument tout si elle le souhaitait. Rien ni personne ne pourrait lui résister.

Quand nous avons traversé la forêt après qu'elle a arraché les dents des gardes sanguis, je lui ai demandé si elle ne risquait pas d'avoir des problèmes. En m'aidant, en agressant des gens. Elle a simplement ri, puis m'a balancé avec une étonnante décontraction que non, bien sûr que non, car une fée jamais ne s'éloigne des rangs, et qu'elles étaient de toute façon trop peu nombreuses pour se fliquer entre elles.

Ce qui laissait là deux options.

La première : Navi se voile la face en s'imaginant être la seule marginale à vivre comme elle l'entend, et je frémis d'imaginer ces petits bouts de femmes surpuissantes cachées à la vue de tous, et capables de provoquer merveilles comme désastres au gré de leurs envies.

La seconde : Navi est un électron libre, et en cela nous nous ressemblons énormément. Comme moi, elle a vécu sa vie sous le joug d'un ensemble de règles contraignantes, et elle découvre petit à petit comment en distendre les limites au maximum.

Si j'avais le quart de son pouvoir à ma disposition...

L'orchestre massé derrière l'arbre d'or cesse soudain son vacarme, et la foule s'agite, fébrile, alors qu'elle devine le dénouement qui approche.

— Peuple d'Huwinat, s'exclame le roi.

Le silence se fait immédiatement ; Navi me rejoint et se pose sur mon épaule.

Mon regard se porte sur Bruccha, et un frisson me traverse la colonne quand je remarque qu'elle fixe Trajan. Avec colère, voire... dégoût ?

Elle ne veut pas être là. Elle n'a aucune envie d'épouser qui que ce soit, et encore moins un sanguis. Je la comprends, oh, ce que je la comprends. Moi non plus, à sa place, je ne le souhaiterais pas. Surtout pas après...

— C'est au tour de nos braves prétendants de courtiser notre princesse ! s'exclame le roi. Orione, prince de la province d'Uhil, avance-toi, et prie que ma fille accepte ton présent.

Le dernier humain en lice s'exécute prestement. Il jette dans son dos sa grande cape blanche en un geste parfaitement maîtrisé, révélant un torse glabre musculeux et huilé. Heureusement que le soleil ne tape pas trop fort, sans quoi il serait déjà en train de griller.

— Votre Altesse, tonne-t-il d'une voix trop grave et profonde pour ne pas m'agacer. Nul dans notre royaume n'ignore les raisons de votre mélancolie. En tant que prince d'une province déchirée par la guerre, je ne peux que partager votre peine. S'il m'est impossible de vous rendre votre sœur, permettez-moi, ô bourgeon d'or, de vous offrir la mienne. Elle sera pour vous une amie fidèle, une confidente sûre et un guide avisé.

D'un claquement de doigts, il appelle une jeune fille frêle et voûtée à le rejoindre, et mon mépris pour lui augmente d'un cran ; la pauvre est à peine sortie de l'enfance.

— Il lui offre *sa frangine* ?! s'exclame Navi. Mais il est fou ?

— Ça se fait dans certains royaumes humains, je murmure. Seul l'aîné compte. Le reste de la fratrie a pour unique rôle de servir ses desseins et l'ascension de la famille.

— C'est glauque.

Je ne réponds pas. C'est l'une des rares traditions humaines qui rejoint celle des sanguis.

— Je vous remercie, Orione, prince de la province d'Uhil, récite Bruccha. J'accueille avec joie et humilité votre sœur dans ma cour, et espère que nous deviendrons bonnes amies.

Un geste, à nouveau, et la petite est congédiée. Elle a tout juste le temps de faire une révérence qu'elle est happée par une femme, et guidée loin des yeux, loin du faste. Le moment le plus excitant de la vie de cette enfant aura été aussi court que décevant.

— Jeune sanguis inconnu, à la magie puissante, avance-toi, et prie que la princesse accepte ton présent, m'appelle alors le roi.

Navi glousse comme une dinde sur mon épaule, et je la sens sautiller, surexcitée.

Je prends une inspiration et avance de deux petits pas, pour m'incliner face au souverain et sa fille. Depuis que nous sommes arrivés à Huwinat, c'est la première fois que je me trouve aussi proche d'elle et de son père, et je ne suis pas à mon aise.

— Princesse, je me lance avec fermeté. Loin de moi l'impudence de prétendre savoir ce qui anime votre cœur. Si je n'ai pas perdu de sœur, je pleure un frère et une mère. Je connais les souffrances qu'engendrent ces tragédies. Aussi, ayant entendu que votre benjamine était malade, j'ai pris l'initiative de concocter pour elle un remède.

Je sors tranquillement de ma poche une fiole, minuscule mais splendidement ouvragée par Navi.

— Dans ce flacon, vous trouverez quelques gouttes de mon sang.

Des exclamations outrées me parviennent de la suite de Trajan, massée dans mon dos, et le murmure qui enfle dans la foule menace de nous submerger.

Notre sang peut tout soigner, selon les croyances des Mondes Brisés. Mais il est aussi rare que précieux, car une fois hors de nos veines, il se détériore rapidement et perd de ses qualités médicinales.

Offrir son sang pour un sanguis équivaut presque à un don de l'âme chez les humains.

J'ai déjà dû le faire par le passé pour survivre. Je pense d'ailleurs que c'est lorsque j'ai offert la première goutte à Eledine en échange du sien que j'ai cessé de réfléchir comme l'un des miens.

J'ai pu faire ce sacrifice pour manger ; je peux y consentir à nouveau pour sauver l'empire sanguis et mon peuple.

— Je l'ai enchanté, je reprends, afin qu'il conserve ses propriétés médicinales sur des années. Et avec moi à vos côtés, ma princesse, vous ne craindrez plus de perdre aucun de vos êtres chers.

Quand je termine mon discours, je m'avance et pose la fiole dans les mains tendues de Bruccha, qui tremble des pieds à la tête. Ses yeux sont rivés sur la bouteille, dans laquelle quelques gouttes d'un rouge profond s'agitent.

J'ose un regard sur son visage : elle pleure.

— Bien joué, murmure Navi.

Je me recule, toujours courbé dans une révérence qui n'a pour objectif que de me soustraire au regard incisif du roi et à celui de sa fille, que je redoute.

Nous sommes trop proches du but pour que tout s'écroule maintenant.

— Prince Trajan, appelle enfin le roi Xandier, imperturbable. Fils de l'Impérator, héritier du trône et maître des armées sanguis, avance-toi, et prie que la princesse accepte ton présent.

La foule, de plus en plus agitée, ne s'intéresse plus du tout à ce qui se déroule sous l'arbre d'or. Je retiens un sourire quand je repère les premiers signes d'agacement de la part de Trajan : ses mâchoires qui claquent alors qu'il fait grincer ses dents, sa veine qui enfle, son front qui sue.

Mais il se reprend rapidement, rejetant sa lourde cape rouge de velours derrière lui. Son armure d'apparat est absolument clinquante, et il y a suspendu un nombre si indécent de dagues et d'épées que le boucan qu'il déclenche quand il se déplace suffit à calmer les spectateurs les plus proches.

— Ma princesse, bêle-t-il, brisant l'illusion de force et d'élégance qui le nimbait. Nos dieux et les vôtres sont frères et sœurs, et se partagent aussi bien les royaumes du ciel et de la terre, que le plaisir de lire dans vos rêves. Mes augures ont partagé avec moi la raison de votre chagrin, aussi voici le présent qui saura soigner votre mélancolie.

D'un geste aussi élégant que grandiloquent, Trajan sort une minuscule boîte de sous sa cape.

— Ma princesse, reprend-il. Jamais aucun geste, aucune parole ne pourra effacer les horreurs perpétrées par les miens. Mais voici ce que je vous offre : les dents du sanguis responsable de votre malheur. Et avec celles-ci, l'assurance, ma promise, qu'il a souffert mille morts avant de passer de vie à trépas.

J'en perds toute ma morgue et le monde se met à tanguer autour de moi.

Car, entre ses doigts gantés, ce sont mes canines qu'il exhibe.

Mes canines, moi qui ai tué toute la troupe d'émissaires humains.

Mes canines, arrachées pour avoir rendu justice à mon frère, tué par ces chiens.

Mes canines, moi qui ai laissé la vie sauve à la princesse humaine pour qu'elle prévienne les siens qu'aucune trêve ne sera jamais conclue entre son peuple et le mien.

Mes canines.

23

Mes canines.

Trajan les a conservées.

Du coin de l'œil, je devine le roi intervenir et haranguer la foule.

Je vois la princesse serrer la fiole contre son cœur.

Elle s'approche de moi et annonce à la face du monde que je serai son époux. Mais je ne l'entends que de loin.

Quand sa main s'empare de la mienne, ses doigts sont glacés.

Ou peut-être que ce sont les miens ? Le chaos est si intense dans le palais, dans ma poitrine et dans tout mon être que je flotte dans un état de semi-conscience douloureux.

Tout ce que je sais, c'est que Trajan brandit toujours mes canines. Mais que son sourire et sa suffisance, eux, ont disparu.

Mon esprit ne peut s'empêcher de noter qu'il a la même mine déçue que lorsque nous étions petits ; quand je brillais et que lui devait se contenter d'exister dans mon ombre, protégé par le nom de son père.

Il a adoré m'arracher les canines, alors.

Comme il a adoré les exposer, aujourd'hui.

Machinalement, je passe ma langue sur les dents de soie offertes par ma fée. Elles sont mieux, tellement mieux.

Mes canines...

La suite se passe comme dans un rêve.

La foule s'agite, une partie célébrant l'union de la princesse et du « sorcier sanguis », l'autre refusant à grands cris sa simple perspective.

Pour ces raisons, à n'en point douter, le mariage est célébré immédiatement.

Sur mon épaule, Navi jubile. Ou plutôt jubilait. Je remarque qu'elle a disparu depuis quelques minutes, ou une éternité, je ne saurais le dire, et sa présence agaçante et réconfortante me manque.

Un prêtre humain et un augure sanguis nous rejoignent sous l'arbre d'or. Je réalise alors que les autres personnes présentes ont reculé.

Les liturgies des croyants s'enchaînent.

Je cogite.

Si proche du but.

J'y suis, enfin.

— Nous vous déclarons à présent mari et femme. Vous pouvez dévoiler votre visage, jeune sanguis, et nous dicter votre nom afin qu'il soit gravé près de celui de la princesse comme celui de l'héritier consort.

Je pense à ma mère.

Je pense à mon frère.

Je pense à ma sœur, surtout, que je vais bientôt pouvoir sauver.

Quand je retire mon voile, je plante mon regard dans celui de Bruccha, ne ratant rien de l'horreur qui y prend ses quartiers.

— Je m'appelle Devin Abéus, je souffle. Et j'accepte le rôle d'héritier consort du Grand Roi Xandier.

Les cris parmi les sanguis sont à peine couverts par celui de la princesse.

— Toi... ! s'étrangle-t-elle.

— Je t'avais dit qu'il n'y avait pas de paix possible.

Je lui souris.

Elle s'évanouit.

24

Ils doivent être unis, à l'heure qu'il est.

Et traitez-moi d'ignorante ou d'imbécile, mais je ne m'attendais pas à ce que tout se passe aussi vite. Dans les guides du mariage parfait qu'on nous distribuait lors de nos classes sont évoqués la préparation de la cérémonie, le choix du gâteau, les drames des demoiselles d'honneur, les affaires sordides des garçons d'honneur.

Et le rôle prépondérant de la fée marraine, qui doit toujours rester près de sa princesse pour s'assurer qu'elle traverse cette période tumultueuse sans encombre.

Sauf que, dans le cas de Devin, il n'y a pas eu de gâteaux (ce qui était déjà une déception suffisante en soit), ni aucune préparation.

Voilà.

Et ceci bouclé, je ne sers maintenant plus à rien, ce qui me fait drôlement bizarre.

Ne me reste plus qu'à... patienter ? Que le nœud du Destin se défasse, et qu'on vienne me féliciter pour mon travail d'orfèvre hautement efficace ?

Mais que suis-je supposée faire en attendant ?

Je ronchonne, voletant dans Huwinat.

Les festivités battent leur plein et la nuit est tombée, délicate comme un pétale, étouffant doucement les derniers rayons du soleil. Aux fenêtres, des guirlandes de fleurs ont été suspendues en l'honneur du mariage princier. Ça sent les pâtisseries dans toutes les rues. Ça danse sur les places. Ça crie dans les échoppes.

Ma mauvaise humeur fait tache.

Est-ce que Devin a scellé leur union en embrassant Bruchha ?

Sinon, ce n'est que partie remise... Je veux dire, ils sont mariés. Bien sûr qu'ils s'embrasseront. Voire...

Tout mon corps frémit de colère.

Du sucre. Il me faut du sucre.

Je vais me poser sur une table chargée de douceurs et règle son sort au buffet. Je prends une poignée énorme de choux dans une pièce montée gigantesque et l'enfourne d'un coup, pour recommencer aussi sec.

J'aurais peut-être dû lui dire au revoir. L'abandonner sur l'autel, c'était peut-être un peu trop dramatico-dépressif. Sauf que, je dois me rendre à l'évidence, je me suis trop attachée à ma princesse. Plus qu'une marraine n'est supposée le faire. Ce qui n'est ni bien ni sain : les fées n'ont pas d'autres sentiments que la satisfaction du travail bien fait. À part de petites crises égotiques qui nous permettent parfois d'être très efficaces.

Mais l'amour ?

Non. L'amour est réservé aux créatures mortelles.

Dont je suis loin, n'étant ni créature ni mortelle.

Et surtout pas amoureuse.

Tout ce sucre n'a pas réussi à me faire oublier les yeux exorbités et brillants d'émotion de Devin alors que la princesse le choisissait.

Il a le droit au bonheur ; il l'a mérité.

Je suis pour ma part un peu frustrée, certes, de n'avoir pu entendre l'histoire qu'il a offerte à la vieille fée noire, mais tant pis. Je peux vivre avec ça, tant que je récupère ma baguette qui doit souffrir mille morts entre les mains incompétentes de Tiana.

Je m'ébroue, faisant voleter un nuage de sucre glace autour de moi, et décide de rentrer au palais des dents pour y attendre la suite des événements.

Sans compter que je dois toujours tirer les vers du nez à Praline et m'assurer que je ne terminerai pas comme elle, à perdre ma couleur et ma destinée.

Je me téléporte donc après un soupir.

La fraîcheur de l'air me surprend comme toujours, avant qu'une vilaine nausée me submerge quand les fumets malodorants me frappent.

C'est pour cela que je ne repère pas de suite le curieux attroupement devant l'enceinte. Je ne suis qu'à quelques pas quand mes camarades me repèrent :

— La voilà ! crie Praline.

Je m'arrête, relève la tête, mes doigts comprimant mes narines.

Autour d'elle se tiennent deux fées à la stature impressionnante.

L'une, toute de blanc vêtue, me détaille avec colère : la doyenne de l'école.

L'autre, en revanche, sautille d'excitation et sourit si fort que je crains que le bas de son visage ne se détache du reste.

Dans son dos se dresse une longue baguette, et ses cheveux, roses comme les miens, ne me laissent pas de doute quant à son identité.

Une fée marraine.

Enfin...

* * *

C'est la première fois que je mets les pieds dans le palais des fées marraines, et pourtant, c'est comme si je rentrais à la maison. Tout est beau ici, luxueux. Et ça sent BON. Soit l'exact opposé de celui des dents en forme de molaire toute moche et de ses vieux relents d'haleine moisie.

Le hall d'entrée est une merveille d'architecture. La coupole s'élève si haut que les nuages s'insinuent à l'intérieur du bâtiment, passant au travers de grandes arches ouvertes directement sur l'extérieur. Des carreaux de marbre rose et blanc se donnent la réplique sur les murs, formant de merveilleuses fresques géométriques d'une finesse à filer des complexes à un chou romanesco.

En plus, les fées sont là pour m'accueillir.

OK. Peut-être pas précisément pour m'accueillir, mais en tout cas, mon arrivée ne passe pas inaperçue. Des dizaines de marraines, regroupées par grappes, surveillent mon passage dans les couloirs, certaines visiblement enthousiastes, d'autres carrément en colère.

Je ne suis pas certaine de savoir quoi penser de cette situation, et me contente donc de profiter du moment présent. On va me faire marraine. Forcément ! Sinon, pourquoi m'emmener ici ?

La doyenne de l'école et la fée rose m'entraînent vers un grand escalier de marbre blanc, et je me retiens *in extremis* de déployer mes ailes (parce que bon, les escaliers, quand on peut voler, c'est surtout esthétique, non ?), puis je remarque que les autres entament l'ascension à pied.

Allons donc.

Je leur emboîte le pas, ronchonnant contre cette excentricité inutile, et alors que je peste intérieurement de me retrouver à devoir faire du sport, le décor change. C'est comme si toute la salle basculait autour de nous, comme une énorme boule montée sur un axe qui ne serait autre que ces marches. J'en ai la tête qui tourne, et une mini nausée me saisit.

Et puis, aussi rapidement qu'il est venu, l'étrange phénomène disparaît.

Je me tiens dans une nouvelle salle, hermétiquement close et dorée du sol jusqu'au plafond, qui s'enfonce dans les ténèbres.

Ténèbres où s'agitent les fils du Destin. Le Grand Canevas.

Plus beau, plus gros, plus grand, plus détaillé que la version que nous a présentée la doyenne lors de notre remise de diplôme.

— Avance, m'ordonne la doyenne avec colère.

Je m'exécute, perdue dans sa contemplation, avant de repérer le conciliabule qui se tient dessous.

Huit fées.

Et impossible de les confondre avec d'autres : ce sont des Anciennes. Les représentantes des branches féeriques principales.

Je reconnais ma matrone, toute de bleu vêtue, pour la magie des dents.

La marraine qui m'a accompagnée me fait un signe encourageant de la main.

La doyenne de l'école, représentante de la féerie traditionnelle, me dépasse pour aller prendre place, non sans m'écraser de son mépris.

Une fée en jaune, pour les fées ouvrières.

Une fée en vert, pour la nature et les récoltes.

Une fée vert d'eau pour les océans et les ruisseaux.

Une fée toute dorée pour les tisserandes de la destinée.

Et...

— Vous ? je m'étonne.

— Salut, ma belle.

La méchante fée du puits, vautrée dans un siège, ricane en me fixant, avec un amusement feint qui ne trompe personne.

— Vous êtes une Ancienne ?

— Tout juste.

— Et je vous ai invoquée dans un puits ?

La doyenne et la fée ouvrière se tournent vers elle, outrées.

— Macia ! s'écrie mon ancienne professeure. Tu étais au courant de ce que Navi mijotait ?!

— Au courant, au courant... c'est un bien grand mot.

— Pourquoi as-tu répondu à son chant ? Pourquoi n'as-tu pas laissé une de tes filles le faire ?

— Parce que j'étais curieuse.

— Curieuse de quoi ? je demande.

— Curieuse de voir si tu allais détruire le monde, ou le sauver.

Je fais une grimace malgré moi, surprise par la solennité de sa réponse.

— Et quel est ton verdict ? l'interpelle l'Ancienne marraine.

— J'hésite encore.

— Est-ce que nous pourrions nous concentrer deux minutes ? s'exclame la fée verte. Je vous rappelle que nous sommes ici pour une raison précise.

— Très juste, très juste, acquiesce la doyenne. Navi, assieds-toi, je te prie.

D'un petit mouvement de la main, elle invoque une chaise de bois toute simple, à l'air aussi fragile qu'inconfortable, pile sous le Grand Canevas, autour de laquelle les Anciennes prennent place naturellement.

Je me sens blêmir.

— C'est un procès ? je lance.

— Oui, me confirme la doyenne.

Je sens mes joues fondre de l'intérieur alors qu'une vague de stress gigantesque me dévore le ventre. Un procès ? Carrément ? Ça me semble un brin excessif, au vu de la situation.

— Navi, de la huitième couvée de l'ordre des Vermères, sous l'œil bienveillant de la Fata, nous sommes ici pour parler de tes infractions aux codes féeriques. Reconnais-tu ces faits ?

Mes infractions ?

Soudain, le stress s'évapore pour laisser place à une saine colère.

D'un geste de la main, je fais disparaître la chaise maladroite et la remplace par un fauteuil rose rembourré et piqué de velours, aux pieds d'or soigneusement travaillés.

J'y prends place, puisant de la force dans le regard de la marraine qui m'encourage d'un clin d'œil appréciateur.

— Je reconnais mon nom. Pour le reste, je réfute les accusations.

— Oh, vraiment ? grince la doyenne. Tu vas nous dire que ce n'est pas toi qui aurais arrangé les épousailles de la princesse Bruccha d'Huwinat et de Devin Abéus, un sanguis condamné à l'extraction de ses canines ?

— Si, ça, c'est moi.

— Or tu n'es pas une fée marraine.

— Et alors ?

La doyenne me fixe la bouche ouverte, outrée que j'ose lui répondre.

— Alors, intervient la fée toute d'or vêtue, arranger des unions ne fait pas partie des prérogatives des fées des dents.

Je la fixe un long moment. Et n'arrive pas à la cerner ; certaines des Anciennes présentes me sont clairement hostiles, comme la doyenne, la fée verte ou ma matrone. D'autres, visiblement, approuvent mon projet, notamment la marraine, la fée jaune et la fée vert d'eau. Mais la fée d'or et la fée noire ne semblent pas encore décidées.

— J'admets qu'organiser des mariages ne figure pas dans mes prérogatives, j'accorde à mon instigatrice.

— Ah ah ! jubile la doyenne.

— Mais rien ne me l'interdit non plus.

Sa bouche se ferme avec un gros *glop* qui résonne dans la pièce. J'en rirais presque, si je ne craignais que ce manque de respect ne déclenche l'inimitié de celles plutôt sujettes à la clémence.

— Est-ce vrai, intervient la fée verte, que vous vous présentez comme une fée marraine ?

— Absolument pas. Je dis que je souhaite le devenir, c'est différent.

— Pourtant, vous vous habillez de rose.

— À nouveau, est-ce que c'est interdit ?

Elle garde le silence.

— D'ailleurs, intervient la fée rose, même si elle se présentait en tant que marraine, notre palais n'y verrait pas d'inconvénient. Il suffit de la voir pour comprendre qu'elle en est une. Elle est aussi fuchsia que mes consœurs de plusieurs siècles, sa légitimité à rejoindre nos rangs n'est pas à prouver. Il n'y a aucune raison plausible pour que la Fata l'ait envoyée vers un autre destin, si ce n'est...

— Oh, mais arrêtez avec cela ! s'énerve la fée dorée. Nul ne peut interpréter Sa volonté !

— Ce n'est pas cela que j'interprète, réplique la marraine. Mais le Grand Canevas. Ce même Canevas que, depuis des millénaires, nous, marraines, avons le don de lire.

— Vous savez que les interprétations sont souvent trompeuses, lui rappelle la fée dorée.

— Évidemment. Mais je sais aussi que nous ne nous sommes jamais trouvées face à un nœud de cette envergure.

Nous levons la tête dans un ensemble parfait, observant les fils mouvants du Destin au-dessus de nous. Et je suis saisie d'un profond malaise à la vue du puzzle inextricable qu'ils forment : tous sans exception, soit des millions de brins, sont tendus et aspirés par cette horrible masse mouvante.

— Navi, m'appelle la fée marraine. Qu'en penses-tu ?

— Il a l'air d'avoir mal, je réponds sans prendre le temps de réfléchir.

Une des Anciennes laisse échapper un glapissement, brisant le charme. Je quitte le Grand Canevas du regard et me reconcentre sur les fées qui m'entourent.

Elles échangent des regards lourds, inquiets.

— Mais... je reprends. Il ne peut pas avoir mal, n'est-ce pas ? C'est... ce n'est pas une entité, si ?

Une crispation fait se tordre les fils si fort que certains craquent et se dissolvent, saupoudrant mes cheveux comme autant de paillettes. Que vient-il de se passer ?

— C'est la magie, m'explique la méchante fée. Elle...

— Macia ! hurle la doyenne, tentant de la réduire au silence.

— Oh, la ferme Fadra. À qui veux-tu qu'elle le dise, de toute façon ? Cette fée n'a pas d'amies.

— Hé ! je m'énerve.

— Quoi ? s'agace Macia. Je mens, peut-être ?

Je garde le silence. Que je me retrouve *un peu* solitaire maintenant ne signifie pas que je n'ai pas d'amies. C'est juste que ce n'est pas ma priorité, voilà tout. J'ai des siècles pour lier des amitiés. Pour devenir fée marraine, en revanche, la fenêtre est bien plus courte.

— Nous préférerions tout de même garder cette information pour les Anciennes.

— Tu sais, Fadra, roucoule Macia en caressant l'une de ses défenses. Ta sale manie de parler pour nous toutes commence à doucement m'ennuyer, aussi je t'invite à réviser tes méthodes d'intimidation.

La doyenne grince si fort des dents que je l'entends de mon fauteuil, mais elle ne rétorque rien. Intéressant.

— Je disais donc, reprend la méchante fée, qu'il s'agit de la magie.

— Et qu'est-ce qu'elle a ?

— Elle s'amenuise.

Je jette un regard vers la nébuleuse au-dessus de nous.

— Je soupçonne que, pour qu'on se retrouve avec un entrelacs de cette taille, c'est que ça fait quelque temps qu'aucun nœud mineur n'a été démêlé ? je demande.

Un silence lourd me répond, et je jette un regard vers Macia qui m'observe, comme si je représentais la plus intrigante des énigmes qu'elle ait jamais croisée.

— Détrompe-toi. Nombre d'entre eux ont été démêlés, mais... sans apporter de gain de magie pour les fées.

— C'est impossible, je rétorque.

— Et pourtant... Nous avons toutes senti une très forte diminution de notre jauge de pouvoir.

Les Anciennes acquiescent et je me sens soudain très mal à l'aise.

— Sauf toi, lâche avec rage la doyenne. Tu as absorbé plus de magie à toi seule que toutes les autres fées de la couvée.

— Et ? je m'énerve. Vous allez me dire que, ça aussi, c'est interdit ?

La marraine éclate de rire, et volette jusqu'à me rejoindre.

— Je réitère ma demande initiale. Je souhaite que Navi rejoigne mon palais, et qu'on la laisse terminer ce qu'elle a entamé.

— La Fata l'a placée sous ma responsabilité ! s'emporte soudain la matrone des fées des dents. C'est hors de question, elle restera avec nous !

— Ne sois pas ridicule, s'énerve l'autre. Tu sais très bien que tes fées ne feront jamais le poids contre elle.

— Parce que tes marraines la protègent.

— Elles me quoi ? je demande, perplexe.

— J'ai effectivement prié mes filles de s'assurer que tu aies le champ libre dans tes projets, m'explique la fée rose. Savais-tu que cette chère matrone des caries te faisait suivre depuis que tu as rejoint son palais ?

— Pardon ?!

— Tu es sous ma juridiction ! s'énerve la matrone. Et tu ramènes des poignées de dents de sanguis ? Des wagons de dents humaines ? Évidemment que je t'ai fait surveiller.

— Mais... mais vous n'avez pas le droit ! je m'insurge.

— Tu m'appartiens ! vocifère ma patronne.

— Je revendique son matronage ! conteste la marraine. Et en voici le symbole.

Elle place dans mes mains une baguette magique avec la délicatesse d'un bœuf sur des patins. J'ai envie de m'émerveiller. J'aurais envie de m'émerveiller.

Mais les vociférations autour de moi ne font qu'enfler, alors que les deux camps de fées anciennes se font maintenant face, s'échangeant imprécations, menaces et insultes.

Et puis, je le sens avant toutes les autres.

Comme un claquement dans l'air, un grincement dans la matière même du monde.

Je lève la tête une fraction de seconde avant les Anciennes et assiste, impuissante, à la contraction ultime du Grand Canevas.

La pelote emmêlée absorbe à elle les derniers fils qui lui échappaient encore, dévorant le moindre Destin. Elle se contracte, se contracte, se contracte, jusqu'à devenir minuscule et douloureuse, diffusant des vagues noires et rouges de colère.

Prête à exploser.

— Les jeux sont faits, soupire la doyenne. Il n'y a plus de retour en arrière possible.

25

On m'a installé dans des appartements qui ouvrent directement sur le dernier étage des jardins suspendus. La vue y est splendide.

Depuis le couvert des bougainvilliers, j'observe Huwinat qui s'étend à mes pieds. « S'étend »... s'écouler lui convient mieux, comme une flaque de mélasse, sinueuse, entre les bras du delta qu'elle décore de mille ponts, de mille barques. Au détour des bâtiments désordonnés explosent parfois des oasis de verdure, qui donnent à la cité des allures de feux d'artifice.

De là où je me trouve, impossible de voir la marée humaine qui y grouille. Tout a l'air calme. Simple.

J'inspire et souris quand l'odeur entêtante de l'arbuste engloutit tous mes sens. Quand on m'a proposé ces appartements, j'ai immédiatement été conquis par la couleur tape-à-l'œil des fleurs et des plantes installées devant les grandes ouvertures.

Rose.

Je me suis empressé d'accepter, puis je me suis posé, libéré de mon voile, sur la terrasse. Et j'ai attendu. Une journée entière, que Navi me revienne.

Elle s'était éclipsée de la cérémonie sans que je m'en aperçoive.

Trop obnubilé par mes dents soudain réapparues, par la colère qui me rongeait, j'avais peut-être gâché ces derniers instants avec ma fée sans le savoir.

Quel intérêt aurait-elle à revenir me voir, à présent que je suis marié à la princesse d'Huwinat ? Elle a réussi ; elle a fait de moi, qui n'étais qu'un repris de justice, le futur roi des humains.

Un tour de force phénoménal.

Comme l'a fait remarquer Trajan quand mon voile est tombé, en hurlant à ses gardes de m'arrêter. Heureusement, le roi Xandier a été plus rapide. Il a immédiatement fait escorter le prince sanguis et sa suite dans leurs appartements, le temps de régler l'incident diplomatique que représentait le choix de la princesse.

Je soupire.

Le plus simple est fait. Il me reste à mettre en branle la suite de mon plan, ce qui ne devrait plus tarder. Quelques jours, encore, au maximum, avant que...

Un bruit dans mon dos, comme le claquement de clochettes énervées, me fait me retourner.

Elle est là.

Je pose mon verre contre le muret, inquiet de sentir un sourire éclore sur mon visage sans pouvoir le maîtriser. Je suis mordu de cette fée.

— Navi, je l'accueille. Je me demandais si je te reverrais.

Elle époussette sa robe, grincheuse comme elle seule sait l'être.

— Oh bah, on ne se débarrasse pas de moi aussi facilement, tu sais.

— Tu m'as manqué, je lui lance sans pouvoir me retenir.

Elle roule des yeux.

— Je ne suis partie que quelques heures.

— Tu sais très bien ce que je veux dire.

Elle m'ignore et se grandit soudain, avant de se poser près du bougainvillier dont elle saisit une fleur pour la sentir.

— Waouh, quelle merveille, s'extasie-t-elle.

Je la fixe, la gorge nouée. Oui, merveilleuse. Des paillettes se détachent de ses grandes ailes translucides, et ses cheveux scintillent toujours de magie. J'ai remarqué que, depuis que je la connais, elle porte des robes moins complexes, plus délicates. Aujourd'hui, c'est un ensemble de soieries brodées de fleurs des champs qui s'échancre sur ses bras roses, et coule sur son dos comme une cape.

Je cueille une corolle et la coince dans ses cheveux, juste au-dessus de son oreille.

— Une fleur pour ma fée.

Son nez se plisse, et ses grands yeux s'étirent avant qu'elle explose de rire.

— Ce que tu peux être vieux jeu, se moque-t-elle. J'en ai eu des frissons.

Elle caresse tout de même les pétales du doigt, et me demande d'une petite voix :

— Alors ? Comment s'est passée la cérémonie ?

— Rapidement.

Elle pouffe.

— Pourquoi tu es partie ?

Je prie pour qu'elle m'avoue n'avoir pas supporté l'émotion de me voir épouser une étrangère.

— J'ai été convoquée par les fées.

La déception que je ressens est immense.

Je suis un idiot. Alors qu'elle a été très claire : je ne suis qu'un souffle dans son éternité.

Rien de plus.

J'aurais pu tout abandonner pour elle, mais la réciproque n'est pas vraie. Et il faut que je m'y fasse.

— Et alors ? Tu as eu ce que tu voulais ?

J'ai été plus acide que je ne le souhaitais initialement, mais Navi ne semble pas le remarquer.

— Oui... et non. En fait, c'était plutôt étrange.

Elle tire de son dos une longue tige qu'elle gardait cachée sous ses cheveux, et l'agite devant elle.

— Est-ce que c'est...

— Ma baguette, oui. Je suis officiellement marraine !

— Bravo ! C'est merveilleux, tu as réussi.

Elle ne parvient pas à sourire. À la place, elle secoue son instrument, et me pointe du doigt une portion de vide face à elle.

— Est-ce que tu vois quelque chose ici ? me demande-t-elle.

— Comment ça ?

— Là, juste devant nous. Comme une grosse pelote dorée ?

— Non, rien du tout. Pourquoi ?

Elle grogne.

— Tant pis...

— Navi ? Qu'est-ce qu'il y a ?

— Je ne suis pas sûre, souffle-t-elle. Je crois qu'il y a un problème avec la magie.

— C'est-à-dire ?

— Ça, je dois encore le découvrir.

On reste un instant silencieux tous les deux, à regarder le soleil se coucher derrière la ville, à humer les fleurs et à profiter de la présence de l'autre. Navi invoque des biscuits et des jus de fruits dont je ne connaissais même pas l'existence, on s'extasie devant un oiseau bleu qui vient s'ébrouer dans une fontaine.

— C'est un au revoir, n'est-ce pas ?

La question m'a échappé tandis que la conversation se tarissait.

Nous sommes tous les deux installés sur la margelle du jardin suspendu, et Navi me donne un coup d'épaule si costaud que je manque passer par-dessus bord.

— Je crois, oui.

— Je te reverrai ?

— Peut-être. J'espère.

Je me tourne pour l'observer, à quelques centimètres de moi. Son visage est illuminé par les derniers rayons du soleil, et des mèches folles viennent lui caresser la joue. Elle a un air triste, presque résigné, qui me fait mal. Navi ne se résigne pas. Si elle devait se trouver un jour face à une avalanche, elle serait capable de faire faire demi-tour à la neige.

— Moi aussi, je murmure.

Je me demande si je peux, ou même si je devrais l'embrasser, là, tout de suite.

Mais l'opportunité nous échappe, quand un garde débarque soudain dans le jardin.

— Prince consort Devin ! Prince consort Devin !

Je me redresse et lui fais signe de s'avancer, si bien qu'il se lance dans un dernier sprint pour me rejoindre.

— Prince consort Devin ! reprend-il une nouvelle fois, complètement essoufflé. Je suis désolé de vous déranger à une heure si tardive.

— Que se passe-t-il ?

— C'est la princesse, mon prince consort. Il y a eu un accident.

Je soupire.

Ça y est.

On va pouvoir commencer.

26

Cela fait trois jours maintenant que la princesse Bruccha est dans le coma, et trois jours que je n'ai pas vu Devin. Pendant ce temps, le sujet de mon arrivée a fait des gorges chaudes dans le réfectoire des marraines.

Ce matin, je me suis invoqué une robe de mousseline vaporeuse, et j'ai fixé la fleur de bougainvillier juste au-dessus de la base de la natte qui tape dans mon dos. Je sens bon, je suis belle, puissante, et pourtant... Quand je rentre dans la grande pièce pour prendre mon petit déjeuner, les regards que je récolte sont au mieux méprisant, au pire insultant.

Être une marraine a ses avantages.

Par exemple : au revoir les dortoirs qui puent la vieille bouche à partager avec toutes les autres fées du palais, bonjour la vaste chambre avec une salle de bain ravissante réservée à mon usage personnel.

Plus besoin non plus d'enfiler une salopette bleue réglementaire pour travailler sur les chaînes de contrôle des dents. À la place, on se lève quand on veut, on s'habille du mieux possible et on passe beaucoup de temps à déjeuner et papoter.

Un inconvénient que je n'ai pas anticipé, c'est que mes nouvelles collègues aimeraient à ce point parler politique et économie. Et qu'elles seraient aussi accueillantes que le cul d'une oie.

J'empile un tas de gaufres sur mon assiette et vais m'installer à la table centrale, refusant de jouer leur jeu en me cachant dans le fond de la pièce. Oui, je suis arrivée après une première assignation foireuse. Et alors ?! Ça pue la jalousie, tout ça.

Rassérénée par cette pensée, je prends une grande bouchée recouverte de crème fouettée. Les yeux fermés, je profite de la délicatesse des saveurs qui caressent mon palais quand un gros bruit, très proche, me fait sursauter.

Une marraine inconnue au bataillon se tient face à moi, son plateau en désordre sur la table. J'en déduis qu'elle l'a lâché pour attirer mon attention.

— Je peux t'aider ? je lui demande.

— C'est toi, le mariage du sanguis et de la princesse humaine ?

Je redresse mes épaules et me retiens de sourire.

— Absolument.

— On peut savoir ce qui t'a pris ?

Ma fierté mute en un profond sentiment d'agacement et d'injustice.

— Pourquoi ? Tu vas me dire que t'étais sur le coup ?

Elle s'assied face à moi, les bras croisés sur la table et l'air mauvais.

— Non, *personne* n'était sur le coup. Parce que la question du mariage était réglée. La princesse devait épouser le prince sanguis, et ça nous aurait démêlé ce foutu nœud qui nous bloque depuis des mois.

Je l'observe de bas en haut, pas impressionnée pour un sucre. Elle est à peine plus épaisse et rose qu'un porcelet, et se permet de critiquer mon travail ? Mon analyse ne lui échappe pas et elle se trémousse, mal à l'aise.

Bien. On ne joue clairement pas dans la même cour, elle et moi.

— Intéressant, je me contente de répondre. Ce n'est pourtant pas ce que m'a dit l'Ancienne quand elle m'a offert une baguette et une place dans son palais. Mais je suppose que tu maîtrises mieux le sujet qu'elle ?

Une autre fée s'incruste dans la discussion, voletant de la table juste à côté pour nous rejoindre.

— Anebelle, laisse tomber, elle est protégée.

Le regard chargé de mépris qu'elle me lance par-dessus son épaule me fait voir rouge et, d'un geste de la main, je les enrobe de magie et les force à se rasseoir face à moi.

— Mais tu es salée ?! me crie la dénommée Anebelle. Tu oses utiliser de la magie sur nous ?

L'air de rien, je prends une nouvelle becquée de gaufre et souris de voir les deux gigoter pour se libérer de mon sort.

— Absolument, je lui confirme. Et la Fata ne m'a pas foudroyée sur place, donc...

Je désigne le réfectoire d'un geste de ma fourchette, attirant leur attention sur le silence qui s'est emparé des lieux et sur les regards des fées tournées vers nous.

— Vous allez m'expliquer où se situe le problème. Et peut-être qu'après je vous laisserai retourner travailler. Ou vous invoquer de nouvelles robes, celles-ci sont hideuses.

— Qu'est-ce que...

— C'est. Quoi. Votre. Problème ?

Anebelle est rouge de rage et c'est l'autre qui décide de répondre.

— Nous n'avons plus de travail, après ton coup d'éclat.

— Et qu'est-ce qui vous dit que c'est ma faute ?

— Nous ne sommes pas stupides. Nous avons fait nos recherches. Le Grand Canevas s'est définitivement emmêlé juste après que ton sanguis a dit oui.

— L'Ancienne a l'air de penser que c'est une bonne chose.

— L'Ancienne perd la boule !

Et moi, j'en perds mon morceau de gaufre qui s'écrase au fond de mon assiette dans un bruit spongieux. D'un geste de la main, je les libère de mon sortilège. Pour qu'elle crie cela à voix haute, au milieu de tout le monde, c'est qu'elle n'est pas aussi lâche que je le pensais.

— Ce n'était pas la seule Ancienne présente à approuver mon initiative, je leur réplique.

— Et qui d'autre ?

Je me retiens de dévoiler que la méchante fée semblait voir tout ça d'un bon œil. M'est avis que cela ne servirait pas mon cas.

— Vous leur demanderez de vous inviter la prochaine fois. En attendant... je vous laisse retourner bouder. Maintenant que je sais quelle dent vous avez contre moi...

Je recentre mon attention sur mon assiette, feignant un ennui que je suis loin, très loin, de ressentir. Non pas que ça m'embête qu'on ne m'aime pas, mais c'est la première fois que je me retrouve dans une situation dans laquelle j'y suis confrontée de manière aussi... directe ?

— Attention !

Un cri au-dessus de ma tête me sort de mes pensées, et j'évite de justesse un jet de magie qui m'arrivait pile entre les yeux. Grâce à mes réflexes de lynx, la boule de paillettes me frôle tout juste et s'en va frapper Anebelle qui vole plusieurs mètres plus loin, s'écroulant dans les pâtisseries.

Je me retourne, surprise, pour découvrir...

— Tiana ?

Elle fronce les sourcils, l'œil noir toujours rivé sur Anebelle qui se redresse, couverte de meringues et de crème fouettée.

— Elle allait te balancer son assiette au visage, m'explique mon amie.

— Je me serais nettoyée, pas la peine de la jouer dramatique.

Et puis, j'aurais envoyé mon agresseuse si loin dans les nuages qu'elle aurait pu se targuer d'être la première fée spationaute de la création. Mais ça, elle n'a pas besoin de le savoir.

Tiana m'ignore, puis tire la chaise face à moi et s'installe, les mains jointes devant elle comme si on se trouvait en contrôle de bienséance.

— Qu'est-ce que tu me veux ? je grogne.

— M'excuser.

— Très bien. Vas-y, et après tu m'exposeras la vraie raison de ta présence.

Un voile traverse son visage et je m'en veux un instant de l'avoir blessée. Mais c'est elle qui a commencé, elle qui m'a avoué ne m'avoir jamais supportée pendant nos années de colocation, d'école, d'amitié.

— Je suis navrée d'avoir été aussi vache à ton égard lors de notre dernière rencontre. Tu ne le méritais pas, j'étais juste en colère de voir que tu avais assisté à... tu sais.

— Ton humiliation ? je demande, histoire de bien retourner le couteau dans la plaie.

— Oui. Mon humiliation.

Je m'essuie le coin de la bouche.

— Très bien. Donc j'en déduis que, comme tu me vois installée ici, avec une magnifique baguette, tu as compris que tu allais devoir « subir mon ombre à nouveau », et tu as donc trouvé plus sage de venir t'excuser avant que je te le fasse payer.

Elle ne dit rien. Je soupire.

— Pas de souci, Tiana. J'accepte tes excuses, tu peux respirer à nouveau et retourner prendre des cours de couture.

Je me lève la première, jetant ma serviette sur la table.

— Navi, attends...

Je fais volte-face, surprise par le ton suppliant de ma camarade.

— Je sais que tu n'as aucune raison de me croire, mais... ton sanguis. Tu le connais bien ?

— Pose-moi ta vraie question.

— Nous avons fait des recherches avec les autres fées pour estimer un peu son rôle dans le Destin...

— Et ?

— Et il est au cœur du nœud qui pourrit le Grand Canevas.

— Comme toutes les créatures vivantes sur les Mondes Brisés, oui.

— Non, Navi. Au centre. *Vraiment* au centre... Tu ne t'es pas renseignée sur lui, avant de te lancer ?

— Et comment j'aurais pu ? je peste. Les archives du Grand Canevas ne sont pas ouvertes aux fées hors de ce palais.

— Tu as remarqué qu'on lui avait arraché les canines, tout de même ?

Je me rengorge, agacée qu'elle me prenne à défaut et de haut à la fois.

— Il va falloir que tu arrêtes très vite de me prendre pour une idiote, je gronde, parce que ça va mal se goupiller entre toi et moi si tu continues à me parler de cette manière...

Tiana se décompose, mais persiste.

— Il n'y a que pour des crimes extrêmement graves qu'on inflige une telle punition, tu le sais.

Je repose ma fourchette lentement et me penche vers elle.

— Je le sais. Je sais aussi qu'il y a crime et crime. Et que, chez les humains, on aime que les hommes dirigent et les femmes obéissent. Je sais que parfois on fait payer aux gens leurs rêves de liberté, parce que ce sont les puissants qui dirigent. Que parfois les règles sont injustes. Que selon le côté de la barrière où on se trouve, un assassin devient un héros. Ou un héros, un envahisseur. Je ne suis pas idiote, Tiana !

— Alors sur quoi t'es-tu basée pour le choisir comme Princesse Potentielle ?

— Le Destin.

Sa bouche reste ouverte un instant.

— Le Destin ? souffle-t-elle. Mais qu'est-ce que tu...

— Il m'a parlé, voilà ! Je l'ai su, quand j'ai parlé à Devin. Je l'ai senti. C'était une évidence, mais tu ne peux pas comprendre.

— Navi...

— Tu ne peux pas comprendre, c'est tout. Tu es... tu es toi. Tu ne sais même pas invoquer un lé de jute, et c'est tout juste si tu arrives à voler droit.

Je regrette immédiatement ces paroles quand je vois mon amie accuser le coup. Mais c'est hors de question que je m'excuse.

— Je n'ai pas de comptes à te rendre, Tiana.

— Non. Tu as raison. Mais sais-tu au moins quel crime il a commis ?

— Non.

— Navi...

D'un battement d'ailes, je me colle à elle, appréciant l'effet de mon ombre lui dévorant le visage.

— Tu n'es personne, je lui balance en lui rappelant ses paroles à mon égard. Et tu ne le seras jamais. Ne te mets plus jamais en travers de mon chemin, ou je te le ferai payer.

Quand je m'éloigne, elle tremble comme une feuille.

Pour autant, je ne l'ai pas suffisamment effrayée, car quand je quitte le réfectoire, son cri ose à nouveau résonner :

— Est-ce que tu sais pourquoi il a été condamné ?

* * *

C'est une mauvaise idée.

Une très mauvaise idée.

Clairement, l'invective de Tiana ne me sert que d'excuse pour aller voir Devin, qui me manque terriblement. Rien d'autre. Quoi d'autre, en fait ?

Et pourtant, quand je pénètre dans le palais d'Huwinat, l'ambiance a changé. Plus lourde, peut-être ? Ou alors, ce n'est que le reflet du climat, qui est littéralement explosif.

Le ciel est noir, chargé de tempête, et la pression est si forte que mes tympans sifflent. Il fait chaud à en suer son âme, aussi je m'invoque rapidement une nouvelle robe plus légère, plus adaptée.

Localiser Devin m'est plus difficile que les fois précédentes. Son sang nourri du mien me servait jusqu'ici de balise, or notre lien se fait plus ténu. Plus léger.

Ça me fend le cœur. Et j'envisage de lui proposer une nouvelle fois de le nourrir. Pour lui, pas pour moi, évidemment.

Je ne le trouve pas dans la chambre où nous nous étions vus la dernière fois, ni sur le balcon aux bougainvilliers. Le vent chargé de sable a d'ailleurs fait sa fête à l'arbuste, et les pétales détruits tournoient au sol, comme annonciateurs de tempête.

J'ai un sale pressentiment.

Du genre très sale.

Comme pour me le confirmer, un éclair fend le ciel, le coupant un instant en deux. L'impact est d'une violence inouïe et, en réponse, des cris retentissent partout dans le palais.

Je me sens comme saisie d'une drôle d'urgence. D'un besoin vital de dénicher Devin avant...

Avant quoi, espèce de tourte au sel ? Tout va bien, par le sucre et tout ce qui est bon.

Je tire un maximum sur notre lien et manque m'évanouir de soulagement quand, enfin, je tombe sur mon sanguis au détour d'un couloir.

— Devin ! je l'appelle tandis qu'il sort d'une pièce.

Un nouvel éclair ; je jurerais voir autre chose que de la surprise sur son visage, pendant la fraction de seconde où il m'apparaît.

Mais je n'ai pas le temps de l'analyser, car il me sourit chaleureusement en refermant derrière lui.

— Tu es blessé ? je m'inquiète.

Il s'essuie les mains sur un chiffon blanc, souillé de nombreuses traces de sang.

— Ce n'est pas le mien, ne t'inquiète pas. Comment vas-tu, Navi ?

— Pas le tien ? Mais qu'est-ce qui se passe ?

Devin pose sa paume sur la porte close, espérant sans doute m'en bloquer l'accès. Ça me fait rire, mais le genre de rire qui gratte un peu, parce qu'il y a beaucoup de colère dessous.

— Tu penses sincèrement m'empêcher d'aller voir où ça me chante ?

Il roule des yeux.

— Je t'empêche de rien, triple buse. Juste... je te le déconseille.

— Pourquoi ?

— Parce qu'on m'a demandé de trouver celui qui a attenté à la vie de la princesse.

— Et alors ?

— Alors j'ai dû interroger du monde.

Je regarde ses mains. Son visage. Ses mains. La porte. Ses mains.

— C'est barbare.

— C'était nécessaire. Il s'agit de ma femme.

Ouch, le coup me prend en traître.

— Comment va-t-elle ?

Devin se met en marche, me faisant signe de le suivre. Les couloirs sont déserts, mis à part quelques serviteurs qui accélèrent lorsque nous les croisons. C'est terrible, c'est comme si le palais était en deuil.

— Toujours dans le coma. Le roi perd la tête... ses deux filles sont maintenant endormies, hors d'atteinte. Je plains le vieil homme.

— Tu es sûr ?

Je ne sais même pas ce que je demande, mais mon instinct m'assure que c'était la question à poser.

Devin me fixe, surpris, et fait une grimace à la frontière entre le sourire et le tic nerveux.

— En voilà, une drôle de réflexion. Bien sûr qu'il me fait de la peine.

— Tu as essayé de donner ton sang à la princesse ?

— Oui.

Il a mis au moins un quart de millionième de seconde à me répondre.

— Tu mens, j'assène. Pourquoi tu me mens ?

Devin retient sa respiration un instant, puis soupire profondément.

— Désolé, Navi. Je ne saurais même pas te le dire. Peut-être que je me sens coupable ? Je ne sais pas. Elle n'est pas en danger de mort immédiate, mais nous gardons cette information pour nous. Et je crains qu'en la guérissant maintenant, avant de mettre la main sur celui qui attente à sa vie, je ne lui mette une cible plus grosse sur la tête.

— C'est étrange que son père n'utilise pas la fiole que tu as offerte pour sa sœur.

— Nous ne savons pas où elle l'a rangée. C'est d'ailleurs pour cela que les soupçons portent sur la délégation sanguis ; ils l'auront sans doute subtilisée, refusant que mon « sang sacré » serve à guérir un simple humain.

— Parce que ce sont les sanguis que tu interrogeais ?

Il hoche la tête.

— Tu me poses beaucoup de questions d'un coup, Navi. Tout va bien ? Tu m'inquiètes.

Non, tout ne va pas bien.

Je tombe sur son épaule, minuscule, et me laisse bercer par sa marche tranquille. Un nouvel éclair nous prend par surprise, puis la pluie tombe enfin, torrentielle et providentielle.

— Je ne sais pas, je soupire. J'ai l'impression d'avoir mis les doigts dans un très gros engrenage. Et maintenant... maintenant, plein de fées me détestent. Et je ne sais pas trop comment gérer ça.

— Ah, alors, on est deux.

— Comment ça ?

Il ricane et me montre du menton une servante qui, à notre vue, s'enfuit quasiment en courant.

— Je suis le prince consort d'un royaume qui me hait.

Je hoche la tête. Effectivement...

— Au moins, la vue est belle ? je tente de le consoler.

Il rit sincèrement et se poste face à une grande arcade, laissant la pluie et le vent ébouriffer nos cheveux.

— Tu m'as vraiment manqué, Navi.

27

Quand Navi s'échappe, la nuit est tombée depuis longtemps.

Dehors, la tempête fait rage et les larges arches du palais laissent passer les rafales agressives, transformant les couloirs en patinoires mortelles.

Huwinat, comme la majeure partie des Mondes Brisés, n'est pas conçue pour gérer un tel déchaînement des éléments. Mais j'apprécie la touche dramatique que cela ajoute à mon jeu.

J'étais sincèrement heureux de revoir Navi, mais elle a sans doute choisi le pire moment pour m'apparaître, et je n'ai jamais dû de ma vie mentir aussi éhontément à qui que ce soit. Je me sens sale, et ma culpabilité me tord l'estomac qui m'envoie, en représailles, des vagues acides.

Quand je rentre dans mes appartements, mes yeux sont immédiatement attirés par le bougainvillier, dont il ne reste guère plus que des branches et quelques pétales coriaces. Tous les autres sont venus se perdre sur le sol de ma chambre, sur mes draps, comme des traces de sang, des blessures béantes.

Un éclair frappe non loin ; je me dirige vers un vaisselier, qui dissimule la porte vers la chambrette que devrait occuper mon page si j'en avais un.

À sa place se tient Trajan, les mains suspendues au-dessus de sa tête tuméfiée, son corps épuisé vautré sur la couchette.

Même ainsi, sa stature reste impressionnante.

Et comme toujours, je l'ai battu. Depuis notre plus tendre enfance, il n'y a pas un seul jeu auquel je ne l'ai pas mis à terre. Aujourd'hui ne change pas de d'habitude.

— Relâche-moi, grogne-t-il, et je saurai me montrer clément.

— En m'accordant une mort rapide, j'imagine ? je réplique en tirant un tabouret avant de m'installer face à lui.

— En t'accordant la mort, tout court. N'en demande pas trop.

J'éclate d'un rire sauvage et apprécie de voir le visage de mon prince se voiler quand il repère mes deux canines de soie.

Je les tapote de l'index, appréciant leur merveilleuse douceur.

— Oh, ça te tue de ne pas savoir comment je m'y suis pris, n'est-ce pas ?

— Tes dents ne te serviront à rien une fois que tu seras mort.

— Je te trouve bien courageux de dire cela, alors que tu ignores quel sort j'ai réservé à ta suite et à tes hommes.

Trajan pâlit.

— Après tout, je continue, avec tellement de sang de sanguis à disposition... je pourrais me faire de précieux alliés parmi les humains.

— À quoi tu joues, Devin ? Tu les hais plus que nous tous réunis.

Je prends un air faussement offensé, une main plaquée sur le torse.

— Les haïr, moi ? Allons, ce ne sont pourtant pas eux qui m'ont condamné aux travaux forcés et à la mort.

— Alors c'est ça ? ricane Trajan. Une simple vengeance ?

— Il n'y a rien de simple dans ce que j'accomplis. Il n'y a rien de simple dans la vengeance.

— Bien sûr que si. Tu es persuadé d'être un génie incompris, mais tu es transparent comme de l'eau de roche.

— Ah oui ?

Trajan se redresse sur la couchette en rotin tressé et relève le menton fièrement. L'effet pourrait être impressionnant si un œil au beurre noir de la taille d'un pamplemousse ne lui dévorait pas la moitié du visage.

— Tu ne vis que pour le chaos.

J'explose de rire.

— Bordel, Trajan... Tu tournes en boucle là-dessus depuis que nous sommes enfants. Je sais que ça t'a toujours perturbé de ne pas réussir à me suivre, mais tout de même.

— C'est cela que tu penses ? Que je suis en compétition avec toi ?

— Et quoi, sinon ?

Je croise mes bras sur ma poitrine, amusé malgré moi.

— Devin. Nous n'avons jamais été en compétition, toi et moi. Je suis le fils de l'Impérator, je suis l'avenir de notre peuple. Jamais je n'ai cherché à te dépasser en quoi que ce soit ; je suis né meilleur que toi. Par contre, je te surveille.

— Oh, tu es né meilleur que moi. Rien que ça.

— Oui.

— Et en quoi, je te prie ?

— En tout.

— Mais encore ?

— En caractère.

— Ah, ça je veux bien te l'accorder. Tu es mou comme un oreiller trop rembourré.

— Et toi, tranchant comme une lame de rasoir. Tu te fiches de savoir qui tu blesses, ou comment. Ta mère, par exemple.

Ma main cingle sa joue, violente, sans même que je ne me souvienne m'être levé.

Trajan titille le coin de sa lèvre avec sa langue et laisse échapper un reniflement amusé.

— Ah, j'ai touché un point sensible, je crois.

— C'est ton père qui a tué ma mère, je gronde.

— Oh, vraiment ? Je pensais qu'il s'agissait de ta f...

La rage enfle en moi, dangereuse, brûlante.

— Fais très attention à ce que tu vas dire, Trajan. Ça pourrait être les derniers mots que tu prononces.

— Tu as détruit ta famille.

Le sang bat dans mes oreilles, et je peux sentir en moi la vague brûlante remonter doucement de ma gorge jusque dans mes joues, mes oreilles, l'arrière de ma nuque.

— Mon frère et ma mère sont morts à cause de ton père.

— À CAUSE DE TOI !

Le cri de Trajan éclate en même temps qu'un éclair frappe plus loin dans la cité. Tous les murs tremblent, et nous nous observons un instant, les yeux fous, la rage pulsant dans nos veines.

— C'est à cause de toi ! À cause de toi et de ton stupide complexe de supériorité ! Attaquer la délégation officielle des humains ? Les exterminer, alors que nous venions de négocier la paix avec eux ? Ils ont eu tellement peur après ton massacre que le roi Xandier nous a déclaré la guerre, Devin ! L'armée des huit royaumes contre celle de l'Impérator ! Dans l'état dans lequel se trouvaient nos forces, nous risquions l'éradication, purement et simplement !

— Mieux vaut se battre que de se laisser absorber. Nous sommes des sanguis – nous ne plions pas le genou devant du bétail, Trajan !

— Et pourtant, te voilà mari d'une vache. Qu'est-ce que cela te fait ?

— Je te rappelle que tu t'es également donné beaucoup de mal pour tenter de l'épouser, non ?

— J'ai dû me prêter au jeu humiliant de ces épreuves pour réparer tes erreurs, Devin. Moi, je voulais épouser ta sœur.

Je reste interdit quelques instants, ma voix coincée en boule dans ma gorge.

— Mais à cause de toi, je n'ai pas eu le choix. Et elle a épousé mon père.

— Je ne te crois pas.

— Que veux-tu que cela me fasse ? Tout ce que tu touches, tu le casses. Depuis que nous sommes petits.

— Je t'interdis de dire ça...

— N'est-ce pas ce que ton frère te disait tout le temps ? Je ne te pardonnerai jamais de m'avoir fait perdre mon meilleur ami. De m'avoir éloigné de l'amour de ma vie, désormais au bras de mon père. Tu m'as tout volé, Devin. Tout. Mon avenir. Mon bonheur. Et maintenant, ma chance de sauver notre peuple. Tu as gagné.

Il se laisse aller contre le mur, l'éclat dans ses yeux éteint. Mais je refuse. Je refuse que ce soit lui qui décide de la fin de notre discussion.

— Je vais sauver notre peuple. Je vais lui rendre sa force d'antan.

— Et comment cela ? Avec tes tours de magie ?

— Avec ma nouvelle armée.

Le flegme de Trajan s'évapore, et une lueur inquiète vibre dans ses pupilles.

— Quoi que tu aies en tête, ne le fais pas.

— Tu as vu Huwinat comme moi, Trajan. Tu as vu les humains. Combien ils sont, comment ils nous regardent. La vitesse à laquelle ils avancent. Et nous, dans tout ça ? Nous faisons du surplace. Depuis des siècles, nous faisons du surplace, alors que les humains progressent à toute vitesse. Pourquoi ? Pourquoi n'avons-nous rien fait pour les en empêcher ?

— Et qui sommes-nous pour prétendre à cela ?

— Leurs prédateurs, Trajan. Voici ce que nous sommes : leurs supérieurs dans la chaîne alimentaire. Leurs supérieurs en espérance de vie, en agilité, en force, en dextérité, en intelligence, en tout !

— Et pourtant... les voici qui nous dépassent, soupire le prisonnier. Encore. Quelle conclusion tires-tu de cela ?

— Que nous avons laissé le troupeau s'égarer. Qu'à partir du moment où les humains se sont mis à tuer les nôtres, nous aurions dû réagir.

— Fais ton deuil, Devin. Nous avons tous perdu des gens qui nous étaient chers. Personne n'a déclaré de guerre pour autant.

— Je n'ai pas déclaré de guerre. Il n'y aura pas de guerre.

— Par le sang ! s'énerve le prince. Tu as démembré à toi tout seul toute la délégation humaine de la princesse quand elle est venue au palais de l'Impérator ! Mon père a dû déployer des trésors de diplomatie pour éviter notre extermination, d'où ma présence ici !

— J'ai vengé ma famille !

— Tu t'es vengé tout seul et, si tu penses le contraire, alors tu es un idiot !

Le mot me frappe plus durement que je ne le pensais et je me rapproche de Trajan, pesant le pour et le contre quant à l'envie de le dépecer vivant, là, tout de suite.

— Ta famille, je lui susurre à l'oreille, n'est qu'un ramassis de lâches et de veules. Vous ne valez plus rien, et ce depuis des siècles. Je n'ai pas agi seul : une grande partie du conseil de ton père était derrière moi, tous d'accord avec la vision que j'ai de notre futur.

— Tu n'es plus rien, Devin. Tout juste le jouet du roi Xandier, et le pion de paix entre deux peuples déchirés par des guerres centenaires.

— Détrompe-toi.

— Ah. C'est le moment où le grand Devin Abéus m'explique qu'il a un plan ?

— Absolument. Et deux options s'offrent à toi, Trajan.

Il ne répond rien, mais ses épaules se tendent discrètement, m'indiquant qu'il est tout ouïe.

D'une poche de ma toge, j'extirpe mes deux canines que j'ai récupérées dans sa suite quand je l'y ai arrêté. Elles sont froides, glaciales entre mes doigts : les vestiges d'un passé qui n'est plus, d'un Devin disparu.

— Soit tu retournes auprès de ton père et tu lui délivres le message que je vais te donner, soit tu meurs, ici, dans le palais des humains, comme la honte à notre race que tu es.

Trajan s'enflamme et tire sur ses chaînes dans un vain espoir de se détacher et de me mettre une raclée.

— Je t'écoute, gronde-t-il.

Je me penche vers lui, joueur, et pose presque ma joue contre la sienne, avant de lui murmurer à l'oreille.

— Dis-lui que j'arrive.

Puis je jette mes anciennes canines au sol et les broie sous mes pieds.

28

Je tourne.

Me retourne.

Tourne une fois de plus.

Je n'arrive pas à trouver le sommeil.

Et ça, je n'aime pas du tout. Quel est l'intérêt de vivre presque éternellement et de pouvoir m'invoquer à l'envie des draps de soie si c'est pour tournebouler comme une saucisse mal cuite sur une plaque chaude pendant des heures ?

Du sommeil.

C'est tout ce que je demande, par la Fata ! Ça ne devrait pas être si compliqué ?!

Je regarde le plafond comme s'il essayait personnellement de me nuire.

Pourquoi je n'arrive pas à dormir ? Ça me tue. Je sens que quelque chose bute, dans un coin de ma tête. Quelque chose qui se démène pour sortir. Mais plus j'essaie de trouver ce qui cloche, moins je parviens à le saisir.

— Je vais devenir chèvre, je grommelle en me redressant.

Quand la couverture glisse, je frissonne.

Je n'ai peut-être pas sommeil, mais mon corps, lui, est clairement en mode récupération.

D'un claquement de doigts, j'allume les nombreuses veilleuses qui habillent la pièce. Je l'ai décorée à mon goût. Une tapisserie rose, des moulures au plafond, des grandes tentures de brocart (rose), des coussins, des poufs, des sièges, un piano à queue laqué (rose), des plumes, de la soie, des fleurs de bougainvilliers.

Soudain, j'étouffe.

Mais hors de question de tout faire disparaître sur un coup de tête, j'ai mis des heures à agencer mes appartements à la perfection. Je refuse de devoir recommencer à zéro parce que je suis « fatiguée ».

Avec un soupir plein de colère et de résignation, je me laisse tomber hors de mon lit baldaquin et m'invoque une robe de chambre doublée de fourrure, qui glisse agréablement sur ma nuisette en soie.

Prendre l'air.

Quitter cette pièce étouffante.

Voilà ce qu'il me faut.

Pendant un instant, j'hésite à me rendre à Huwinat, mais ce « quelque chose » m'en empêche. C'est une première piste. Ce qui me sort du sommeil est lié à Devin. Sans surprise, c'est donc lui qui m'empêche de dormir.

J'erre dans le palais des marraines, cherchant à tout prix à soumettre ma foutue cervelle pour, qu'enfin, elle me délivre son message. Et alors que je passe devant le réfectoire, où j'espérais me prendre une petite part de cake nocturne, je réalise que s'y trouve déjà quelqu'un.

Je pousse la porte doucement, curieuse de voir qui d'autre cherche à fuir ses démons dans une orgie de sucre, et me renfrogne quand je repère la paire d'ailes que je reconnaîtrais entre mille.

Une grande aile. Et une plus petite, atrophiée.

— Qu'est-ce que tu fais là, Tiana ?

Elle sursaute et s'envole de quelques centimètres au-dessus de sa chaise, puis semble rassurée quand elle me reconnaît. Ce qui ne me plaît pas. Je préférerais qu'elle ait peur de moi.

— Ah ! Salut, Navi. Pardon, j'allais partir...

Elle ramasse une série de papiers qu'elle a étalés sur la table, où trônent aussi les restes de son goûter.

— Reste, je me surprends à lui dire. Je venais juste me chercher quelque chose à manger.

— Le gâteau aux carottes est délicieux, me conseille-t-elle.

Je lui jette un regard méprisant. Je viens chercher une douceur, pas une salade qui cherche à se la péter.

— Alors, je la relance en longeant le buffet magique, toujours alimenté de mille délices. Tu ne m'as pas dit ce que tu faisais là.

— Oh, je... je travaille.

Une montagne de cannelés sur mon assiette, je vais m'installer à ses côtés. Devant elle : des rapports généalogiques, des cartes, des graphiques, des extraits de journaux et pléthore d'autres informations trop ennuyeuses pour que je m'y intéresse.

— Mais ça a l'air assommant à mourir, tout ça.

Tiana se tend un peu et me jette un regard, visiblement hésitante sur la marche à suivre.

— C'est... du travail de marraine.

Je hausse les épaules.

— Les marraines travaillent à l'instinct, c'est la professeure qui nous l'a dit.

— L'instinct rentre en ligne de compte, certes, mais les implications d'un mariage sont vraiment trop complexes pour ne pas prendre la peine de faire des recherches en amont.

— Tu te prends trop le chou. Laisse-moi deviner : tu fais des heures sup' tous les jours depuis que tu es marraine, n'est-ce pas ?

— Bien sûr. C'est une chance inespérée que j'ai eue d'être assignée ici, je ne compte pas bâcler le travail.

— Enfin un point sur lequel on est d'accord, toi et moi. Le fait que tu n'aurais jamais dû être là, je précise.

Tiana roule des yeux et retourne à la contemplation de ses notes.

— Tu vérifies quoi ? je demande, curieuse.

— On m'a confié la charge d'un mariage mineur. Un nobliau, dans l'un des huit royaumes humains. Spécialiste dans le négoce du vin.

— Tout ça pour un mariage mineur ? Eh ben...

— Et toi ? attaque-t-elle. Qu'est-ce que tu fais ici ?

J'enfourne un cannelé en une bouchée et me concentre sur ma mastication. Mais si cela m'empêche de répondre, cela laisse malheureusement le temps à Tiana de s'improviser psychologue.

— J'en déduis que ce qu'on t'a dit hier t'a un peu chamboulée.

— Ce qu'il faut pas entendre, je grogne en postillonnant des morceaux de gâteau partout.

— Allons donc. Et qu'est-ce qui te tient éveillée, alors ?

— La faim.

— Tu mens.

— Possible.

Tiana retourne à ses documents, visiblement peu encline à me tirer les vers du nez. Et je ne sais pas pourquoi, mais ça m'énerve. Ça m'énerve parce qu'on était amies, toutes les deux, ou tout du moins elle était mon amie. Et je me sens seule.

— Je crois que je suis tombée amoureuse, je lui lâche comme un énorme rocher dans une petite flaque.

Le résultat est immédiat : les yeux de Tiana ne sont pas loin de sortir de leurs orbites alors qu'elle plaque ses mains sur la table et se retourne vers moi en un seul et même geste d'une fluidité flippante.

— Tu *quoi* ?!

— En fait... en fait, j'en sais rien. Mais je crois que j'ai tous les symptômes cliniques.

— Mais... mais les fées ne tombent pas amoureuses, enfin !

— Bah, je ne sais pas. C'est compliqué les sentiments, non ?

— Pas l'amour. Pas pour nous.

— Et pourquoi pas ? Parce que moi, je t'aimais avant.

Ma remarque fait mourir sa réponse sur ses lèvres et ses sourcils se rejoignent au centre de son visage, lui marquant des rides de tristesse aux coins des yeux.

— Moi aussi, soupire-t-elle.

— Alors, tu vois. On peut être amoureuses.

— Ça n'est pas pareil. Tu dois bien le sentir.

— Bien sûr que je le sens, triple andouille. Mais je ne m'explique pas pourquoi de tout le panel des sentiments, celui-ci serait le seul que nous ne pourrions pas ressentir.

— C'est ainsi que la Fata nous a faites.

— Tu sais quoi ? J'en doute.

— Navi !

— Je ne doute pas de Sa puissante et de Sa sagacité, je la rassure. Juste... de l'interprétation qui a été faite de Son plan, pour nous.

— Tu ne devrais pas dire ça.

— Et pourquoi pas ? On sait que la moitié de ces histoires sont justes des guides de moralité... « La discrétion chez les fées est mère de sûreté » : sûreté de quoi ? Nous sommes immortelles ! « Si tu te comportes mal, Mabd viendra te prendre dans ton sommeil », « la Fata récompense les fées assidues »... Vraiment, Tiana, tu y crois à tout ça ?

— Je crois en Elle. Je crois en Son existence, au Destin qui nous guide. Pas toi ?

— Je ne sais pas... Peut-être.

Tiana retourne à l'étude de ses papiers et, moi, je me renfrogne, noyant ma frustration dans le sucre. Tout ça est bien beau, mais ça ne m'explique pas pourquoi je reste éveillée.

— Ça fait quoi ? me demande-t-elle soudain, sans me regarder.

— Quoi ?

— L'amour.

Je suspends l'ascension du gâteau vers ma bouche et je prends le temps de réfléchir avant de répondre. Je ne sais pas pourquoi, mais je sens que c'est important. Crucial, même.

— C'est un peu comme rester trop longtemps au soleil, tu vois l'idée ? C'est agréable, les premières minutes, mais ça finit par brûler. Puis étrangement, dès que tu vas te mettre à l'ombre, tu trembles et tu as besoin de plus.

— C'est une jolie métaphore.

— Elle est de moi.

Tiana ne peut retenir un petit rire qui me réchauffe le cœur.

— Et c'est pour ça que tu es debout ? me questionne-t-elle. Elle te manque ?

— *Il*, je la corrige.

— Oh, je pensais qu'il s'agissait d'une fée.

Je nie d'une secousse de la tête, aux premières loges pour observer celle de Tiana se transformer quand elle comprend enfin.

— Le sanguis ? Le sanguis marié à la princesse humaine ? Ce sanguis ?

Je grogne un « oui » et Tiana se plaque la main sur la bouche.

— Navi ! s'offusque-t-elle. C'est... c'est scandaleux !

— Oh, mais de quoi ? De toute façon, je l'ai repoussé.

— Parce qu'il t'aime aussi ?

— Oui. Enfin, je crois... je lui ai intimé de se taire lorsqu'il allait l'avouer.

— Mais... pourquoi tu as fait ça ?

— Parce que l'amour, c'est difficile, Tiana.

Un petit sourire narquois flotte sur son visage, et j'ai autant envie de me réjouir que de l'effacer à grands coups d'insultes. Je décide de ne rien en faire.

— Et c'est pour ça que tu ne dors pas ? conclut Tiana.

— Absolument pas ! je réfute, véhémente. C'est... Rah, ça m'énerve. Quelque chose que j'ai entendu, je crois, qui me chiffonne.

— Quoi donc ?

— Si je m'en souvenais, je ne serais pas là, en train de vider le buffet et de te faire la causette !

— Et la Fata seule sait comme cela m'aurait manqué... Heureusement que les cuisines du palais sont enchantées, sinon on ne tiendrait pas deux jours sans être à court de nourriture avec tes raids nocturnes.

Je me redresse soudain, sans vraiment savoir ce qui me prend.

— Quoi ? s'inquiète Tiana.

— Répète ce que tu as dit ?

— Je plaisantais, ne le prends pas...

— Répète ce que tu as dit !

— Qu'avec tes raids nocturnes, on allait être à court de nourriture ?

— Mais non, avant, triple meule salée !

— Que les cuisines du palais sont enchantées ?

Bingo.

— Suis-moi ! j'ordonne à Tiana en lui attrapant la main.

Elle décolle de sa chaise, ses ailes battant frénétiquement dans les airs.

— Où on va ?

— À Huwinat. Vérifier une hypothèse.

29

— Rappelle-moi ce que je fais ici ?

Je ne sais pas quoi répondre à Tiana. Alors, je me tais et me contente de la guider dans les couloirs sombres du palais.

Palais qui grouille de monde, et dans lequel règne une toute nouvelle tension que je n'ai encore jamais sentie.

— Foutresel ! s'exclame-t-elle. C'est moi, ou ce gars conduisait des chèvres dans le couloir ?

Absolument. Un humain accompagné d'un chien vient de faire passer un troupeau juste devant nous, avant de rentrer en collision avec une dizaine de servants occupés à transporter de lourdes malles dans la direction opposée.

— C'est fou, continue Tiana. C'est sûrement parce que je travaille sur des mariages mineurs, mais je n'avais encore jamais réalisé à quel point les humains sont... pressés ?

— C'est parce que ce n'est pas normal.

— Ah bon ?

Comme pour souligner mes dires, un groupe de soldats débarque dans le couloir bondé et commence à gérer le trafic, prenant les opérations en main.

J'attrape ma camarade et décide de couper par les jardins. Toute cette foule et cette agitation, sans même que je comprenne de quoi il s'agit, commence à me mettre la rate au court-bouillon.

Il ne nous faut qu'une quinzaine de minutes (le temps que je me perde quelques fois) pour repérer la cour que je recherche depuis les cieux.

— Euh... s'inquiète Tiana. Je n'aime pas trop cette énergie, Navi. Où est-ce qu'on est ?

Je me pose à terre et range mes ailes. La cour du puits aux vœux me semble encore plus sauvage que lors de notre précédente visite, mais peut-être est-ce simplement dû à l'orage de la dernière fois. De nombreuses plantes gisent au sol, déchiquetées tandis que, dans les feuillages, des animaux feulent, colériques.

J'ignore Tiana qui roucoule de peur comme le plus mal attifé des pigeons de la création, et je m'avance vers la fontaine...

Vide.

Seule la marque nette, verdâtre, sur les rebords de marbre blanc, indique qu'il y a peu stagnait encore ici une eau croupie.

— Triste, n'est-ce pas ?

— Oui...

Je sursaute quand je réalise que ce n'est pas Tiana qui parle. Non, à côté de moi se tient la méchante fée – Macia, celle qui a accordé son vœu à Devin. Elle passe une main songeuse sur l'une de ses gigantesques défenses, l'œil en colère mais la mine défaite.

Dans son dos, mon amie se tient le cœur, la bouche grande ouverte et la panique transpirant par tous les pores. Oh. Donc elle a reconnu l'Ancienne... J'ai un peu honte de ne pas avoir été capable d'en faire autant quand je l'ai croisée la première fois.

Il faut dire que, contrairement à Tiana, je savais parfaitement où j'étais destinée à aller, je n'ai donc, à aucun moment, fait l'effort de m'intéresser aux autres branches féeriques. Ça m'apprendra ; cela dit, j'ai toute l'éternité pour me rattraper.

— Que s'est-il passé ? je lui demande.

— C'est lui qui l'a fait assécher.

Je n'ai même pas besoin de lui faire préciser de qui elle parle, je le sais déjà.

— Pourquoi ?

— Tu t'en doutes, non ?

Non. Comment le pourrais-je ? Si ce n'est qu'une drôle de sensation enfle dans ma poitrine depuis quelques jours, et que j'ai naïvement tout mis sur le compte d'un stupide amour naissant.

Alors que c'était peut-être mon instinct qui se déchaînait du fin fond de mes boyaux.

— Qui est-il ? je demande à Macia.

Elle s'installe sur la margelle de son ancienne fontaine, glissant un doigt plein de nostalgie dans les traces de vase. Son regard se perd un instant dans la frondaison de la jungle que sa puissance a su créer le temps de sa présence, et elle soupire, enfin.

— Je ne peux pas te donner cette information. Du moins, pas aussi simplement.

Je ne saisis pas. Ou plutôt, parce que je ne suis pas bête, je refuse de saisir.

— Il faut que tu fasses un vœu, me chuchote Tiana dans l'oreille.

Je sursaute, j'ai carrément oublié qu'elle était là.

— Je n'en ai pas envie.

— Oh, bien sûr que si, m'encourage la fée noire. Bien sûr que tu le veux, sinon tu ne serais pas venue ici. Dis-moi voir, qu'est-ce qui a fini par te mettre la puce à l'oreille ?

— Les filles du roi. Endormies, toutes les deux. Comme dans les contes...

— Je ne suis pour rien dans le sommeil qui frappe la puînée.

— Mais bien dans celui de la princesse Bruccha.

Elle garde le silence.

— Devin est revenu vous voir après mon départ, n'est-ce pas ? Et a exprimé un second vœu ?

— Je ne te dirai rien de plus sans qu'un vœu soit prononcé.

J'échange un regard avec Tiana, qui semble elle aussi inquiète. Et que Macia se trouve sur place, à nous attendre, ne me dit rien qui vaille.

— Très bien, je soupire. Je souhaite savoir ce que Devin vous a demandé.

— Et que m'offres-tu en échange ?

— Qu'ai-je à vous offrir que vous ne possédiez déjà ?

— Propose.

— Des histoires sur les fées ?

— Je les connais.

— Des confidences de Devin ?

— Inutiles.

— Les souvenirs d'une fée amoureuse ?

Le regard de la fée noire se voile un instant, puis elle soupire.

— Tu titilles ma curiosité... Mais non. C'est trop peu, en comparaison de ce que je pourrais te divulguer.

— C'est si important que cela ?

— Capital. Mais si je peux me permettre une suggestion... souhaite plutôt de sauver la princesse.

Je tique.

— Pourquoi ?

— Fais-moi confiance.

Je garde pour moi que faire confiance à une méchante fée quand on est soi-même une marraine, c'est sans doute la chose la plus stupide à faire. Mais... Ai-je un autre choix ? Et d'une certaine manière, je trouve cette fée du puits sympathique. C'était d'ailleurs sans doute la moins agressive des Anciennes qui m'ont nommée marraine.

— Offre-moi ta baguette, exige Macia.

J'éclate de rire, incapable de me retenir. Tiana, dans mon dos, semble prête à décoller à la première respiration suspecte de notre hôte.

— Vous vous moquez de moi ? je m'esclaffe. Ça fonctionne vraiment, ce genre de procédé ?

— Crois-moi. Le marché que je te propose est honnête.

Je la détaille des pieds à la tête, me traitant de tous les noms en mon for intérieur. Vraiment... vraiment. Comment est-ce que j'ai pu laisser quelques sous-entendus et un groupe de fées effarouchées me faire douter de Devin ?

C'est parfaitement ridicule.

Depuis le début, Macia ne cherchait qu'à récupérer ma baguette. Certainement pour faire enrager la marraine en chef et me faire passer pour une tourte au passage. Or, ça ne prendra pas.

— Je me suis trompée, j'assène à Tiana en lui attrapant la main. Rentrons, on se prendra quelques gaufres pour nous remettre de nos émotions.

Mon amie semble hésiter, aussi je la tracte derrière moi, ce qui n'est pas compliqué vu qu'elle n'est pas plus lourde qu'un flocon.

— Attendez ! nous crie Macia. Attendez.

Je m'immobilise, risquant un œil par-dessus mon épaule.

L'ancienne fée est défaite, mais elle lâche un profond soupir avant de nous faire signe de nous approcher.

— Je vous soumets un contrat en or. J'exauce votre vœu en premier lieu, et vous n'aurez qu'à me payer si vous considérez que le jeu en vaut la chandelle.

— Qu'est-ce que vous y gagnez ? s'étonne Tiana alors que je tente également de renifler le piège en décortiquant sa proposition.

— Tu le comprendras très vite, petite fée. Très vite...

Les yeux noirs de nuit de Macia plongent dans les miens et, plus que son marché inédit ou que ses promesses, c'est la tristesse qu'ils dégagent qui me convainc.

— D'accord, je souffle. Je souhaite savoir ce qui s'est passé et sauver la princesse de son sommeil. Si le résultat me convient, je vous offrirai ma baguette en retour.

Alors.

Le monde.

Bascule.

30

Voilà qui est inattendu.

Tout comme le long hurlement de Tiana à mes côtés, alors que nous chutons dans un tourbillon de fumée noire qui nous agresse les poumons.

La vitesse est si intense que je sens mes joues blobloter derrière moi, et mes ailes sifflent en tranchant les airs comme le feraient deux couteaux de boucher. Dans les ombres, des formes commencent à se dessiner, et mon premier instinct est de me rouler en boule pour me protéger de la collision inévitable avec un objet volant non identifié.

— Regarde ! m'ordonne la voix de Macia.

Je passe un œil par-dessus mon coude et repère la méchante fée dans les nuages qui tourbillonnent autour.

— Regarde ! souffle-t-elle à nouveau.

La main de Tiana saisit la mienne, et nous parvenons à réduire la vitesse de notre chute en nous redressant, comme couchées dans le ciel.

— Ce sont des visages ? me questionne mon amie.

J'observe, trop fascinée pour lui répondre.

Oui, des visages, mais aussi des voix, des scènes, des cris.

— Où sommes-nous ? je hurle quand une cuillère géante chargée de purée avance droit sur nous et qu'une voix spectrale glousse « tchouuuuuuuuuu le bateau ».

— Dans les souvenirs de la princesse, nous murmure la méchante fée. Regarde.

Nous passons les premières années de sa vie à toute vitesse. Sa jeunesse au palais ; ses courses avec son chien dans les jardins suspendus ; ses cours d'escrime, de tir à l'arc ; la chasse à courre ; l'équitation ; le chant ; la broderie ; son premier baiser, timide, avec un garçon de courses ; la colère de son père ; ses pleurs, enfermée dans sa chambre ; ses sorties avec ses frères ; la distance de dix pas qu'elle devait toujours conserver avec eux lors des sorties officielles ; sa peur des sanguis ; l'annonce de la mort de sa mère en couches ; l'arrivée de sa petite sœur ; la mort de son premier frère ; la guerre avec les sanguis ; les armées qui quittent le palais ; le sourire de son père qui disparaît ; le retour de son second frère ; sa mort ; le deuil...

— On y arrive... nous souffle Macia.

Sa main nous saisit soudain, et elle nous tire dans le souvenir sans prêter attention à nos hurlements de terreur. Mais quand nous nous réceptionnons sur un sol couvert de brume, pas de douleurs à déplorer. À dire vrai, je n'ai absolument rien senti.

— C'est... c'est flippant, frissonne Tiana.

— Vous voici dans le premier souvenir d'importance de la princesse, nous explique alors la méchante fée en se matérialisant depuis une volute de fumée face à nous. Suivez-moi.

Tiana ne se fait pas prier ; moi, je suis un peu plus sceptique.

— Je peux savoir ce qu'on fait dans sa tête ? je demande. Ça me semble très limite, niveau éthique.

— J'y ai été invitée.

— Par Devin ?

— Je n'ai pas le droit de divulguer le détail de mes contrats, tu le sais bien.

— Je prends ça pour un oui. Et c'est toujours pas tip-top niveau éthique.

— Pourquoi y avez-vous été invitée ? s'étonne mon amie.

— Afin de la plonger dans un sommeil sans repos et m'assurer que la culpabilité la ronge pour toujours.

— Eh bah, il aura pas fait long feu le « Je n'ai pas le droit de divulguer le détail de mes contrats »... je ronchonne.

— La culpabilité ? insiste Tiana, m'ignorant complètement.

— Vous allez voir.

Les brumes au sol tourbillonnent et prennent des formes de branches, de troncs et d'herbes mouvantes. Je devine une ombre qui saute au sol, recouverte de grands bois noirs : un cerf.

Dans notre dos résonne, étrangement déformé, le son d'un cor.

— Je n'aime pas la chasse, frémit Tiana. Je ne comprends pas l'attrait des vivants pour les tueries.

— Ce n'est pas la tuerie qui les attire, je la corrige. Mais la sensation de pouvoir.

— Garde bien ça en tête pour la suite, acquiesce la méchante fée.

Nous volons derrière le cerf, le suivant alors qu'il bondit par-dessus des branches spectrales, slalome entre les fanions brumeux des arbres du souvenir. Puis, soudain, nous les voyons : Bruccha et deux gardes sur leurs belles montures.

Alors que la princesse glisse une flèche à son arc, retenant son souffle, tout s'accélère. Des formes sombres sautent des fourrés, plongeant sur les chevaux et sur les soldats, les dévorant vivants. Le décor se teinte de rouge, rouge sang, alors que les fumées noires se lancent à la poursuite de la jeune femme qui part en trombe dans la forêt. Partout autour, des ombres surgissent d'entre les arbres.

Nous décollons pour la suivre.

— Que se passe-t-il ? crie Tiana, peinant à tenir la cadence.

— Je crois qu'on tente d'enlever la princesse, je comprends.

Les ombres sont de plus en plus nombreuses. La distance avec Bruccha, de plus en plus courte. L'odeur du sang, omniprésente. Mais son cheval parvient à distancier ses assaillants, et bientôt il n'y en a plus qu'un à ses trousses.

La chasse semble durer une éternité, et plus rien n'est net, si ce ne sont les yeux exorbités de la princesse et ceux de sa monture, terrorisée. La respiration sifflante de la bête qui les course me terrifie, et je ne peux retenir un cri quand le cheval bute soudain sur une roche, s'effondrant au sol.

Il suffit d'un bond pour que l'ombre recouvre la jeune femme en fuite, avant même qu'elle puisse se redresser. Et nous sommes aspirées, Macia, Tiana et moi, dans le maelström de rage sombre qui étouffe tous ses sens.

Une griffe se plante dans sa joue, elle répond d'un coup dans le visage, des doigts s'agrippent à sa gorge, et serrent, serrent...

Alors, elle se saisit de la lame qu'elle porte à sa ceinture et, dans un geste désespéré, la plante jusqu'à la garde dans le flanc de son assaillant.

Les ombres noires se calment soudain, nous dévoilant le visage qui s'y cache, toutes canines dehors, les yeux vides.

— Devin ? je souffle.

— Non, me rassure Macia. Il s'agit de son frère. Enfin, s'agissait...

Le temps se fige dans le souvenir, qui se délite en nappes des fumées grises, s'effritant sur les bords comme une pâte feuilletée, rognant petit à petit la forêt.

— Je ne comprends pas, marmonne Tiana.

— La princesse a tué le frère de Devin, je synthétise pour elle.

— La princesse s'est défendue contre un agresseur, me corrige mon amie. C'était de la légitime défense, pure et dure.

Je ne dis rien.

Je ne dis rien, parce qu'elle a raison. Je ne dis rien, parce que mon premier réflexe a été de me mettre dans la peau de Devin, et non dans celle de la réelle victime de cette attaque. Je ne dis rien, parce que les billes noires plantées dans la face de crapaud de Macia me fixent comme si elles pouvaient lire en moi. Comme si elles pouvaient voir la fine ligne de désespoir sur laquelle je titube alors que je commence à saisir l'ampleur de ma bêtise.

J'acquiesce doucement.

— Montrez-nous la suite.

Elle ne se fait pas prier.

Le sol se dérobe à nouveau sous nos pieds et nous nous retrouvons cul par-dessus tête, comme trois boulets de canon dodus (enfin, presque dodu pour Tiana) à traverser le brouillard de la mémoire de Bruccha.

S'ensuit une nouvelle série de souvenirs en pagaille, qui me filent le mal de mer ainsi qu'un pincement au cœur.

Son retour au palais.

Les humains sur le pied de guerre.

Ses insomnies.

Ses pleurs quand elle se frotte les mains jusqu'au sang pour oublier ce qu'elle a fait.

Puis la force dont elle a fait preuve quand elle a accepté l'offre de son père de se rendre en pays sanguis pour sauver la paix.

Pour épouser le fils de l'Impérator, et mettre un terme à l'escalade de violence entre les peuples.

— Ici.

Macia nous tire à nouveau hors du maelström et nous stabilise sur un instant bien particulier.

Nous sommes... Où sommes-nous ?

— C'est... très carré ? ne peut s'empêcher de remarquer Tiana.

Et comment.

Autour de nous, les ombres forment des bâtiments tellement symétriques qu'on se croirait jetées dans un échiquier. Même les arbres sont taillés, certainement pour s'éviter la honte d'avoir une feuille qui dépasse. Des bassins carrés côtoient des parterres de fleurs aux motifs géométriques, et des banderoles pointues et agressives planent par-dessus la ville, comme pour marquer le rythme d'une progression militaire. Tout est tiré au cordeau, mathématique, froid. Jusqu'à la foule, immense, silencieuse et fière qui attend plantée au sol et observe derrière mon dos.

— Oh, s'exclame mon amie. La princesse !

Je me tourne pour suivre son doigt et repère à mon tour l'humaine et sa délégation. Ils sont un petit groupe d'une trentaine d'individus, montés sur des chevaux, portant drapeaux et étendards avec fierté, à traverser la gigantesque artère qui balafre la ville.

— On dirait une procession funéraire... gémit Tiana. Tu as vu comme ils ont l'air sérieux ?

Les ombres qui constituent le souvenir accentuent les traits tirés de la suite de l'héritière, qui n'aurait sans doute pas l'air moins enthousiaste s'ils se préparaient à l'abattre au bout de l'avenue.

— Ça ne sera plus très long... marmonne Macia.

À peine ai-je le temps de me tourner vers elle que le monde explose.

Les ombres s'agitent soudain, se tordent et se contractent comme en prise à une violente crise de foie. La foule disparaît, remplacée par une masse noire compacte qui s'affole autour de nous, alors que les humains sur leurs chevaux tombent les uns après les autres.

Je ne parviens pas à saisir ce qu'il se passe, les détails m'échappent.

Du sang gicle en ondées noires, tout n'est que flou et cri.

Seul le visage de la princesse m'apparaît, immobile, terrorisé.

Et quand enfin la tempête se calme, je mesure l'ampleur du massacre.

De la délégation humaine ne reste plus que Bruccha.

Et face à elle, le corps couvert de sang du menton jusqu'à l'ourlet de sa toge, se tient Devin.

31

L'armée humaine est impressionnante.

Évidemment, j'en ai souvent entendu parler durant mes classes dans l'infanterie de l'Impérator, mais je n'ai jamais pris la mesure de ce que ces chiffres balancés par nos instructeurs pouvaient bien représenter.

Des dizaines de milliers d'âmes, alignées dans le désert face à la ville en ébullition pour la préparation de la campagne. Plus de soldats que notre empire ne compte de sanguis, tous âges, sexes et éducations confondus.

Bien plus.

Pendant une fraction de seconde, je laisse la faiblesse m'envahir : comment pourrons-nous jamais les vaincre ? Mais je m'ébroue et chasse cette pensée parasite de mon esprit.

C'est comme cela que pense l'Impérator.

Comme cela que nous en sommes arrivés à la situation actuelle, avec un rapport de force inversé entre les sanguis et les humains. Jamais, jamais nous n'aurions dû les laisser autant se développer. Tout occupé à administrer un empire vieillissant et rongé par les comploteurs et les politiciens, l'Impérator a oublié de regarder à l'Ouest et a laissé nos inférieurs proliférer.

Tant et si bien qu'ils représentent la menace la plus évidente pour notre espèce. Pire que le monde qui s'étiole, pire que notre faible natalité. Ce sont les humains.

Enfin. Ça, c'était ce que je pensais avant de connaître les fées. J'ai encore du mal à les cerner et à comprendre leur rôle... Mais la puissance de Navi m'assure que face à elles, ni humains ni sanguis ne pourraient rivaliser. Nous serions comme des fétus de paille, perdus dans le vent de leur colère.

Aujourd'hui, c'est grâce à elles que je sais que je peux gagner. Grâce à Navi et ce qu'elle m'a appris.

Cette rencontre m'aura coûté mon cœur.

Mais elle me permettra de sauver mon peuple.

J'observe l'armée humaine depuis le haut des remparts, mes mains gantées dans une armure de plates que le roi a fait forger à mon intention. La céramique bleue est fraîche sous ma peau et je me surprends à en apprécier la douceur, à louer la créativité et l'ingéniosité humaines.

— Alors ? me questionne Xandier. Impressionnant, n'est-ce pas ?

Je hoche la tête, conservant le masque impassible que je m'efforce de porter en sa présence.

— Tu ne redoutes pas de retourner chez toi ?

Je m'autorise un sourire.

— Avec votre armée derrière moi, je ne crains plus grand-chose.

La main du roi se pose sur mon épaule, protectrice.

— Je ne suis pas pour un conflit ouvert avec l'Impérator, mais l'attaque de ma fille ne peut rester impunie. Je lui ai déjà cédé les morts de mes deux fils... Il n'aura pas ma Bruccha.

Xandier n'a eu aucune peine à me croire quand je lui ai affirmé que la délégation sanguis était responsable de l'attaque contre sa fille. Quand je suis arrivé, couvert de sang, je l'ai informé que Trajan s'était enfui pour prévenir son père que leur plan avait à nouveau échoué. J'ai instrumentalisé tous les doutes et toutes les peines du roi pour qu'il me donne ce dont j'ai besoin.

Son armée.

La douleur du vieil homme devrait me serrer le cœur d'empathie, mais tout ce qu'elle réveille, c'est mon deuil en écho. Deuil que je n'ai jamais fait, n'ayant jamais accepté la mort de mon frère.

Tué des mains de la princesse.

Mon frère, ce bel imbécile. « Fougueux » était l'adjectif qu'utilisait ma mère pour le décrire, comme s'il s'agissait d'un animal sauvage qu'on ne pouvait ni dompter ni comprendre. Sauf qu'il n'avait rien d'une bête hors de contrôle ; nous étions tous deux persuadés que nous pouvions inverser le rapport de force entre les humains et les sanguis, en frappant nos ennemis en plein cœur.

Raison pour laquelle il s'est porté volontaire pour capturer la princesse humaine et forcer le roi Xandier à accorder une entrevue à l'Impérator. Nous aurions alors exigé la soumission des deux premiers royaumes à notre empereur, nous assurant la servitude des humains.

La mission a été un échec.

Je n'en connais pas les détails.

Mais je sais juste que l'Impérator et mon père ont chacun perdu un fils dans l'attaque – moi, un frère – et que le roi Xandier, mesurant la gravité de l'événement, a proposé une alliance entre l'Impérator et les humains.

Un mariage.

Entre la meurtrière de mon frère et le second fils idiot de l'Impérator, le prince Trajan.

Niant, à ma famille et à celle des autres victimes, notre droit du Sang. C'est notre loi la plus sacrée et la plus inaliénable que d'exiger le sang de ceux qui nous ont blessés en paiement d'une dette. La tête de la princesse me revenait.

Je savais qu'elle était hors de portée. Que si je touchais un seul de ses cheveux, je serais sacrifié sur l'autel humiliant de la paix.

Je ne l'ai pas touchée.

Quand j'ai appris que l'Impérator invitait une délégation humaine à Primus Sanguis pour annoncer les fiançailles de Trajan et de la meurtrière, j'ai décidé de ne pas laisser passer l'affront.

Je suis capable de prendre sur moi, d'accepter que le bien de la majorité l'emporte sur celui de ma famille. Mais la voir défiler dans nos rues, acclamée ? Portée aux nues et installée sur notre trône ?

Jamais.

Et je n'étais pas le seul à penser ainsi, comme me l'a confirmé la procession de sénateurs dans la villa familiale, exhortant mon père à modérer les souhaits impériaux et à faire entendre leurs voix.

Mais c'est là que j'ai découvert les abysses de lâcheté dans lesquelles il s'est noyé. Il soutenait l'Impérator et son fantasme de paix entre nos deux peuples. Il acceptait que celle qui avait tué son fils devienne sa prochaine Impératrice.

Il abandonnait son droit du Sang et souillait ainsi la mémoire de mon frère.

Ma mère en a perdu le sommeil, et la maison s'est emplie de cris et de pleurs. Elle refusait la couardise de son mari, ainsi que sa soumission à l'empire dont le pouvoir vacillait. Elle a tout tenté pour le motiver à renverser le Sénat, à arrêter cette mascarade.

Les humains et les sanguis ne sont pas égaux.

Nous sommes, par nature, meilleurs. Plus fort, plus puissants, plus résistants. C'était idiot de vouloir nous mettre sur un même pied d'égalité.

Il n'a rien voulu entendre.

Alors, ma mère et moi avons minutieusement organisé notre attaque sur la délégation humaine, avec l'aide du Sénat, et en infiltrant nos hommes dans la foule.

Quand la princesse Bruccha a pénétré dans la ville, nous sommes passés à l'action. Protégés par les nôtres, nous avons anéanti les humains de la suite royale en l'espace de quelques instants. J'ai mordu plus de gorges en moins d'une minute que tout le mois précédent, et ma toge blanche de deuil est devenue rouge, couleur de justice.

La princesse est restée stoïque, comme face à un fantôme.

Il faut dire que mon frère et moi nous ressemblions énormément, et j'ai trouvé un certain réconfort à savoir qu'elle reconnaissait son visage sur le mien. Qu'elle comprenait la raison de mon geste. Qu'elle a su qu'elle allait payer ce jour les conséquences de ses actes.

Puis la garde de l'Impérator a percé les défenses de nos partisans.

Nous avons été arrêtés.

Le reste... le reste s'est déroulé comme dans un mauvais rêve.

À l'excitation de la victoire s'est substituée l'amertume de la réalité... Notre coup n'a pas pris.

Mon père n'a rien fait pour nous défendre face à l'Impérator. Et si ma mère a été excusée, en regard de la longue amitié qui liait ma famille à notre dirigeant, il n'a pas eu la même magnanimité à mon égard.

On a forcé ma mère à être présente le jour où mes canines m'ont été arrachées pour sédition et meurtres. Elle m'a vu mettre le voile de la servitude alors que mes gencives pleuraient du sang.

Elle est morte quelques jours plus tard. De chagrin, ou de honte, je ne sais pas. Et je n'ai pas pu assister à ses funérailles.

Quand j'y repense, la rage me monte à la gorge et renforce une fois de plus ma motivation à aller jusqu'au bout.

Pour mon frère, à qui on a refusé la justice.

Pour ma mère, qui en est morte.

Pour ma sœur, qui n'a pas à payer pour la folie des siens.

Je redonnerai à l'empire sanguis et à tous les miens la place qui nous est due.

Et ma mère sera fière de moi.

— Je vous promets de la venger, j'affirme au roi.

Il me sourit, persuadé que je parle de sa fille.

— Je ne comprends pas comment Trajan a pu s'enfuir du palais, soupire-t-il. Sans lui, nous n'avons plus de levier de négociation avec l'Impérator.

Je me retiens de grogner. Pourquoi tous les dirigeants des Mondes Brisés se montrent-ils aussi prompts à la négociation ? Pourquoi aucun d'entre eux ne voit ce que moi, ce que tout le monde a déjà remarqué ? Que nos deux espèces ne peuvent pas cohabiter ?

Je garde ma colère pour moi.

— L'Impérator acceptera de négocier avec moi, grâce au soutien de votre armée. C'est une sacrée force de dissuasion.

— Je l'espère...

Heureusement, la princesse n'a pas eu le temps de révéler mon identité à son père avant que je la plonge dans un sommeil profond, avec l'aide de la méchante fée.

J'ai eu du mal à retrouver les paroles du chant entonné par Navi quand nous nous y sommes rendus la première fois. Principalement parce que j'avais l'impression de la tromper, à utiliser ainsi les connaissances qu'elle m'a offertes sans le savoir.

Mais elle a dit elle-même que j'étais touché par le Destin. Que j'avais « quelque chose » à accomplir. Et je ne pouvais plus en douter.

De presque mort, je me retrouve à présent héritier du trône de mes ennemis jurés, à la tête de leur armée, en route pour tuer le responsable de tous mes maux et sauver mon empire.

Oui.

Moi aussi, je commence à croire que le Destin m'a choisi.

32

— Elle va se réveiller, vous êtes sûre ?

Je devine que la méchante fée hoche la tête au soupir que pousse Tiana, rassurée. Nous sommes de retour dans le vrai monde, aux côtés de la princesse endormie, avec des ombres normales qui ne se changent pas en souvenir spectral glaçant. Et pourtant, je suis terrorisée.

Ce que j'ai vu...

— Il nous manque des informations, j'assène soudain. Ce n'est pas possible autrement. Le Devin que je connais ne commettrait pas de meurtres de sang-froid.

— Navi.

— Nous n'avons qu'une version de l'histoire. Il y a toujours deux faces à une même pièce, et...

— Navi.

— ... de ce que nous savons, la princesse a tué son frère. Il...

— Il s'est fait justice, Navi.

C'est Macia qui m'interrompt cette fois, et je n'ai pas le courage de la rembarrer ou de l'ignorer.

— Non.

— Pour une aspirante fée marraine...

— Une fée marraine, je la corrige. Tout court.

— Pour une fée marraine tout court, rectifie-t-elle, tu manques cruellement de culture générale, ma petite.

— Je ne vois pas le rapport. Tout ce que je dis, c'est que je ne peux pas croire que Devin ait fait... ce qu'on l'a vu faire, sur la base d'un souvenir à peine plus tangible qu'un pet dans l'eau.

— Connais-tu la loi du Sang, Navi ? me demande Tiana d'une voix toute douce.

— Non.

Je la défie du regard de continuer.

Et cette tourte le relève haut la main.

— « Une vie pour une vie. La justice par le sang. L'honneur par la mort. »

— Ça veut tout et rien dire.

— Il s'est fait justice, Navi. Et c'est pour cela qu'on lui a arraché ses canines.

Je rayonne soudain, ravie de trouver la faille grosse comme une pastèque dans leur raisonnement à la noix.

— Ah ! Ah, ah ! Tu viens de dire « une vie pour une vie », et pourtant Devin est toujours vivant que je sache ! S'il avait vraiment commis les atrocités que nous avons vues, il serait six pieds sous terre.

— Non, m'assure Macia. Parce qu'il a désobéi à l'Impérator et à son père en agissant de la sorte, il a été puni par un châtiment pire que la mort. Perdre ses canines, pour un sanguis, est le déshonneur ultime.

Je garde le silence, hésitant entre les envoyer valser dans le décor ou m'effondrer au sol.

— J'espère que les chevaux vont bien... chuchote Tiana d'un air inquiet.

Je me redresse, désarçonnée par sa réflexion.

— Tu espères que les *chevaux* vont bien ? je répète, incrédule.

Mon amie se dandine, tirant devant elle sa natte de cheveux blond paille pour les triturer nerveusement.

— Bah… Les souvenirs étaient assez flous en ce qui les concernait.

Je n'en reviens pas.

On parle d'un événement crucial. Potentiellement dramatique pour le futur des Mondes Brisés. D'une guerre que j'ai peut-être contribué à faire démarrer. D'un sanguis avide de vengeance et de sang que j'aurais fait entrer dans le palais humain comme dans une bergerie.

Et Tiana.

S'inquiète.

Pour les chevaux.

J'explose de rire, incapable de supporter la pression plus longtemps. La fraîche naïveté de mon amie m'a manquée et, à dire vrai, j'aime bien sa façon de faire fi des variables les plus ennuyeuses et complexes de l'équation que nous devons résoudre.

— On fait quoi, maintenant ? demande-t-elle quand mon rire se tarit enfin.

— Moi, je ne fais rien du tout, grogne la méchante fée. Je vous ai offert ce que vous souhaitiez, maintenant, il est temps de me payer.

Les dernières gouttes d'hilarité s'assèchent aussi sec, et je réalise soudain l'ampleur personnelle du marché.

Ma baguette.

Je vais devoir lui filer ma baguette !

— La princesse n'est pas encore réveillée, je tente, afin de gagner du temps.

La gourde choisit ce moment précis pour gémir dans son sommeil et se retourner dans son lit.

— J'ai exaucé ton souhait, Navi, me rappelle Macia, avec un sourire en coin.

— Mais... mais comment est-ce que je vais pouvoir régler quoi que ce soit sans ma baguette ?

— Donc tu nous crois, maintenant ?

Mon mauvais caractère décide de prendre le contrôle.

— Quand est-ce que j'ai dit ça ?

Macia rit et se caresse la défense avec un regard appréciateur.

— Tu aurais fait une méchante fée formidable, ma jolie. Quel dommage que tu aies jeté ton dévolu sur le tulle et les froufrous.

— Je n'ai jeté mon dévolu sur rien du tout, et certainement pas sur du tulle. C'est le Destin qui m'a choisie.

— Ah oui ? s'amuse l'Ancienne.

Je n'aime pas la manière dont elle m'observe. Tellement que je me décide finalement à dégainer son dû et à l'observer un instant.

Elle est si belle... toute fine, argentée, pleine de paillettes et de poussière de fée.

Je soupire et tends ma baguette à Macia.

— Qu'on ne dise pas que Navi manque à sa parole.

— Bien, apprécie la méchante fée en s'en emparant. Sur ce, je rentre chez moi. Bonne chance pour la suite.

— Vous nous abandonnez ?!

Mon ton est plus effaré que je l'aurais voulu, mais je m'en fiche royalement. J'ai besoin de crier sur quelqu'un, et elle me semble plus solide que Tiana et sa robe mal invoquée.

— Bien sûr. J'ai rempli ma part du marché, ma grande.

— Et ça vous suffit ?

Elle ricane, avant de se gratter le dos avec ma baguette, me tirant une exclamation indignée.

— N'essaie même pas d'argumenter avec moi là-dessus, glousse-t-elle. Le puits est fermé, mesdemoiselles. À plus jamais, je suppose.

Et elle disparaît.

Comme ça.

Sans même me laisser l'opportunité de déverser ma colère à grands coups de cris, d'éructations enragées et de menaces. Elle sait vraiment, vraiment y faire.

— Navi... m'appelle Tiana. Est-ce que tu veux bien m'expliquer ce qu'il se passe ?

Je jette un œil vers le ciel. Au-dessus du château passe un gigantesque morceau de terre, qui s'effrite doucement dans le bleu verdâtre de la fin de journée. La poussière sature l'atmosphère, recouvre les meubles et les sols, infiltre les poumons de tous les êtres vivants.

Les Mondes Brisés sont au bord de la rupture.

Et j'en suis peut-être un peu responsable.

33

Primus Sanguis est tombée. Si vite que je ne sais même plus si le terme est approprié ; nous avons toqué, ils nous ont ouvert la porte. Fin de la partie.

« Primus Sanguis s'est offerte » sonne finalement plus juste.

Je ne sais pas si je suis déçu ou rassuré. Je pensais que les sanguis résisteraient un peu, qu'une flamme patriote brûlait encore au plus profond des miens. Le roi Xandier a bien prévenu ses troupes : aucune mort chez les sanguis ne serait tolérée. Nous avions pour mission de négocier avec l'Impérator, pas de soumettre son peuple par la force.

J'ai rongé mon frein quand le roi a usé de trésors de diplomatie pour faire passer ses consignes à ses généraux qui pestaient comme des enfants gâtés, renâclant à l'idée de ne pouvoir tuer personne.

Le voyage a été long. Pas tant d'un point de vue géographique ; les Mondes Brisés rétrécissent de plus en plus et la capitale sanguis ne se trouve finalement qu'à deux jours de marche. Non. C'est d'un point de vue moral que le voyage m'a semblé ne jamais prendre fin.

Devoir supporter ces humains bouffis par leur propre suffisance et par la nourriture riche qu'ils affectionnent tant m'est insupportable. D'autant que j'ai à présent compris comment nous sauver...

Quand nous sommes arrivés devant Primus Sanguis, le roi Xandier nous a ordonné d'y monter notre camp, arguant que voir une armée s'installer devant ses murs laisserait le temps à l'Impérator de réaliser l'étendue de la puissance humaine.

Il n'avait pas forcément tort. Mais comme cela n'avait aucune importance au vu de ce que je m'apprêtais à faire, j'ai passé la nuit à tourner en rond.

Le sommeil ne m'a fauché qu'une seule et unique fois, et une odeur douce, sucrée m'en a tiré presque aussi vite. Je me suis redressé sur ma couche comme un clown dans sa boîte, persuadé de trouver Navi à mes côtés, ricanant de me voir ainsi assoupi.

Mais rien.

Rien que ces idiots d'humains réchauffant leurs stupides gâteaux sur un feu de camp, de l'autre côté du fin tissu de ma tente. Entre ça et les tonnes de sucre dont ils assaisonnent leur eau aux plantes, je ne suis pas surpris que Navi se plaigne autant de la masse de caries qu'elle doit poncer.

Quand le matin nous a accueillis avec ses lumières timides, le ciel nimbé de pastel rose, bleu et jaune, j'étais déjà prêt. J'ai laissé mon armure de plates dans ma tente et opté à la place pour la tenue de soie invoquée par Navi pour la troisième épreuve avec la princesse. Un vrai chef-d'œuvre, si juste dans le respect de la tradition sanguis que j'en suis resté pantois.

Si juste que j'ai enfin compris que les fées nous observaient depuis bien plus longtemps que je ne pouvais l'imaginer.

Si juste, que j'ai compris qu'elles faisaient partie intégrante de nos vies et de nos mythes.

Et que j'allais m'en servir.

Le roi Xandier me rejoint avec sa garde rapprochée, et nous poussons nos chevaux au petit trot jusqu'aux portes de Primus Sanguis, qui nous attendent grandes ouvertes.

Derrière, les sanguis sont alignés le long de la gigantesque avenue, et je ne peux m'empêcher de comparer la froide austérité pratique de ma ville à la chaleur foisonnante d'Huwinat. De comparer la perfection immaculée de notre avenue de la victoire, bordée de parcs sans fantaisie, à la place du marché vibrante que j'ai traversée avec Navi, où se pressaient la foule, les chanteurs et les danseurs.

Mais là où les humains sentent la sueur et l'alcool rance, les sanguis, eux, brillent par leur élégance et leur dignité. Les femmes sont drapées dans de gigantesques toges chamarrées qu'elles glissent par-dessus leurs coiffures, leurs bras et gorges couverts des bijoux les plus fins. Les hommes se tiennent le torse bombé, la tête haute, les mollets brillants sous leurs toges brodées de fils d'or.

Je souris.

Oui, les portes nous ont été ouvertes.

Mais je sens la colère gronder dans chacun des regards que je croise sur ma route, dans chacun des jurons murmurés entre les dents à mon égard quand on me reconnaît, quand mon histoire glisse d'une oreille à l'autre.

Le fils d'Abéus, le grand général de l'Impérator. De retour... avec les humains ? Ça n'a aucun sens.

Et ils ont bien raison.

Mais si je joue bien mon jeu, toute l'armée humaine stationnée dehors ne sera bientôt plus qu'un lointain souvenir.

Alors je serai un héros pour mon peuple.

34

Foutu monde qui part en morceaux !

Je viens de me téléporter droit dans une pierre et je crois bien que je saigne du nez, pour ne rien arranger. D'un grand coup de magie pure, je fais exploser le caillou qui a eu l'outrecuidance de s'en prendre à ma personne. Je vais lui apprendre, moi, à s'attaquer à une fée marraine trahie, en colère et passablement sur les nerfs !

Des gravillons flottent autour de moi, aspirés dans les cieux par cette force qu'on n'explique pas, et je me sens un chouia coupable. Je me suis promis de ne pas me laisser emporter par ma rage, il y a genre moins de cinq minutes.

Et je viens déjà de déflagrer un truc.

Heureusement pour Devin, ma boussole magique est cassée. Parce que ça pourrait être sa tête qui flotte à côté de moi, là.

Calme, Navi. Tu es le calme incarné. Tu es si calme que tu te balances dans la brise. Tu es...

Je grogne. Je suis méga en colère, oui ! Je lisse ma robe du plat de la main, puis me frotte sous le nez, décidée à retrouver Devin aussi rapidement que possible pour qu'il m'explique ce qu'il se passe. Parce que si je peux atomiser un caillou, je ne m'interdis pas de réitérer l'expérience sur quelque chose de plus précieux. Genre un nez. Un doigt. Un pied. Je ne sais pas, j'improviserai... Après tout, ce ne sont pas les appendices qui manquent, chez les sanguis.

Je jette un regard au paysage qui s'étend devant moi. Le soleil s'est levé depuis peu et caresse la plaine chaotique de rayons obliques dorés. Sous mes pieds, à plusieurs dizaines de mètres, serpente une route entre de nombreuses formations rocheuses qui longent une falaise plongeant à pic dans le grand vide.

La mer de nuages, tout juste effleurée par la lueur matinale, engloutit aussi une cascade un peu plus loin. Plusieurs énormes cailloux ne sont plus accrochés au continent que par de minuscules bras de pierres, qui ne demandent qu'à lâcher. Des roches, par dizaines, s'élèvent doucement dans les airs, comme si la gravité avait dit « crotte » et était rentrée chez elle.

Je zigzague entre ces parcelles de vie, en vol pour leur dernier voyage, et me rapproche de la route.

Elle m'a l'air d'avoir été fraîchement tracée par le pas de milliers de chevaux, qui en ont profité pour fertiliser le coin à coup de crottins par centaines qui fument doucement dans la fraîcheur ambiante.

— Ils ne sont pas loin, je murmure, soulagée.

J'ai l'impression de m'être amputée d'une partie de moi-même, en donnant ma baguette à Macia. Je ne sais toujours pas ce qui m'a pris de formuler ce souhait, d'ailleurs. Mais sur le moment, j'ai compris que c'était important. Le truc à faire. Genre... pour le bien de tous, ou une imbécillité du style. J'ai immédiatement regretté mes paroles, mais je suis malheureusement trop fière et j'ai préféré fermer ma grande bouche et assumer que de dire : « Nan, vous savez quoi ? Je m'en fiche, hop *ciao.* »

Idiote.

Sombre, sombre idiote.

Tout ce qu'il me reste, c'est la besace à dents que je n'ai pas rendue à la matrone pour une raison qui m'échappe, et que j'ai invoquée comme un doudou réconfortant dans mon dos.

Ce qui est ridicule.

Je suis bien trop puissante pour avoir besoin d'être réconfortée.

C'est la force de l'habitude, je me rassure.

Mais le souci quand on se ment à soi-même, c'est que c'est difficile d'ignorer le petit regard entendu qu'on se lance dans notre tête, en mode « mais oui, bien sûr ».

Je suis la route de l'armée humaine, me téléportant de quelques centaines de mètres à chaque fois, et ne déplore qu'une quasi-collision avec un lapin. Pour m'excuser de la terreur que je lui ai occasionnée, je lui invoque tout un champ de pissenlits qui semble le ravir. Pour preuve, quand je m'éloigne, plein de petites fesses touffues sortent de terre pour se joindre au banquet.

La bouffe. Ce qui nous lie, toutes espèces confondues.

Et enfin, après quatre sauts plus ou moins approximatifs, je touche au but.

Une ville, grande et bizarrement structurée, devant laquelle se trouve installé un drôle de camping. Vu le nombre de chevaux paissant tranquillement dans des enclos de fortune – et le nombre de fanions arborant un lion noir sur fond bleu flottant dans les airs –, je comprends que j'ai face à moi l'armée humaine.

La vache.

Si je louche assez, on dirait presque une fourmilière tellement ils sont nombreux. Je me glisse dans le campement, voletant entre les tentes, de feu de camp en feu de camp, de discussion en discussion.

J'apprends tout un tas de choses intéressantes, vraiment.

Que Melmor aime laver ses caleçons tous les jours, et les étend au-dessus de son lit, ce qui insupporte son camarade de tente.

Que la bière chaude sent un peu la pisse rance, mais qu'une fois qu'on y fait fondre des drôles de caramels mous, c'est comme boire du sirop.

Que Belzoruht espère bien pouvoir épouser son amour d'enfance une fois qu'il se sera couvert de gloire dans la bataille à venir.

Et que Mamfret, son meilleur ami, pense qu'il a autant de chance que cela arrive que les terres envolées de revenir gentiment en place.

C'est bon enfant, tout ça, pour une armée sur le pied de guerre.

Mais je comprends, quand je me faufile tranquillou dans la tente des généraux, qu'il y a une bonne raison à cela :

— Nous devons rester vigilants, assène l'un des hommes présents autour de la table couverte de cartes, de petits bonshommes taillés et de drapeaux plantés dans des boules de liège. Tout cela ne me dit rien qui vaille...

— Ce sont les directives du roi.

— Peut-être que nous n'en aurons plus ce soir, de roi ! Et il convient déjà de nous préparer à l'après.

— « Il convient » de rien du tout, tempête un énorme humain, si gros qu'il me ferait presque concurrence. Les sanguis ont ouvert les portes. Il n'y a aucune troupe à des kilomètres à la ronde. La ville est à nous, ne soyez pas ridicule.

— Vous avez vu ce que ce petit sanguis a été capable de faire avec de la paille, gronde le belliqueux. Imaginez seulement que leur armée compte une centaine de ces mages...

Un silence inquiet pèse soudain sur l'assemblée, qui échange des regards paniqués. Moi, je roule des yeux. Devin, un mage... s'ils savaient !

— Nous n'aurions jamais dû laisser le roi Xandier entrer dans la ville.

— Et sous quelle autorité auriez-vous pu l'en empêcher, je vous prie ?

— Celle de sa sécurité ! Nous avons été imprudents, cela pourrait être un piège.

— Sans doute. Mais il n'est pas seul, son gendre est avec lui.

Le gros monsieur plaque ses mains sur la table, faisant tomber plusieurs drapeaux qu'un général s'empresse de redresser et de remettre en place.

— Comment peut-il lui faire confiance, sans même le connaître ?

Parfait, j'ai l'info que je suis venue chercher, et je sais à présent où trouver Devin ! Je quitte aussitôt la lourde tente de tissu bleu pour m'envoler vers le ciel, d'où je peux observer la cité.

Qui a visiblement été tracée avec une règle, une équerre et un penchant malsain pour les angles droits. Je pense qu'on pourrait sans souci dire à quelqu'un : « Je suis à l'intersection de la troisième rue depuis l'entrée sur la droite », qu'on nous trouverait tranquille.

Ça ne me plaît pas.

Non pas que je sois contre faciliter un peu la vie des gens, hein. Mais j'aime quand il y a un peu de chaos, de spontanéité, d'instinct, dans ce que je fais. Là, j'ai la sensation de me balader dans un théorème mathématique qui se serait pris d'amour pour la maçonnerie. OK, je suis marraine et l'amour est supposé être mon fonds de commerce. Mais certaines choses ne devraient jamais se rencontrer, comme un surplus d'angles droits et le génie civil.

Cela dit, le point positif est que je repère parfaitement la délégation humaine qui se dirige vers le palais, plantée comme une grosse épine au centre d'une colline parfaitement concentrique.

J'en suis à me demander s'ils ont raboté cette dernière pour satisfaire leur drôle de besoin de symétrie, quand je me téléporte en plein milieu des cavaliers. Et la première chose qui me frappe, c'est le silence.

Mis à part le cataclop des chevaux sur le sol dallé et le cliquetis irritant des armures de plates, pas une parole ne rompt les lèvres scellées des sanguis massés le long de l'avenue, ni des humains entourant le roi Xandier.

Le vieil homme, drapé dans une gigantesque cape d'or, a le dos si droit qu'il ferait sans doute se pâmer un ingénieur sanguis. Mais je me désintéresse vite de lui, parce que la boule de rage qui s'est endormie au fond de mon estomac refait soudain surface, plus grosse que jamais, quand je repère Devin, chevauchant tranquillement à ses côtés.

Le bougre est beau. Beaucoup, beaucoup trop beau, et quand je réalise qu'il porte les vêtements que je lui ai confectionnés, mon cœur se pince. C'est injuste, vraiment. Je l'observe, invisible, les sentiments en ébullition dans ma tête et dans mon corps.

Ses cheveux sombres tressautent au rythme de son cheval, alors que le carré de sa mâchoire dépose une ombre sur sa gorge pâle. Il se tourne légèrement pour observer les sanguis alignés au bord de la longue route rectiligne à en mourir d'ennui, et je soupire quand ses longs cils se découpent, infinis, sur ses joues.

Ses yeux sont noirs. Si noirs, si profonds... que je ne vois aucune chaleur à l'intérieur, aucun éclat de rire comme ceux qu'il m'offre quand je suis seule avec lui. J'y vois des chiffres. Des plans. Des stratégies. Et de la colère, beaucoup de colère.

C'est bien. Ça nous fait un point commun.

Je me secoue et me plante face à lui, prête à le confronter.

— Navi ! s'exclame-t-il quand je me révèle.

Il tressaille et observe le roi Xandier à ses côtés ainsi que les gardes autour. Ce qui a le don de m'agacer.

— Je te l'ai déjà expliqué cent fois... Personne ne peut te voir me parler, leurs cerveaux le refusent, tant que je choisis de rester cachée.

— Je sais, sourit-il. C'est juste toujours aussi incroyable à croire.

— Oh, c'est bien que tu abordes le sujet des choses incroyables à croire. Parce que je viens de libérer la princesse Bruccha de son sommeil, c'est drôle, tu ne trouves pas ?

Oui, bon, la subtilité ne fait pas trop partie de mon arsenal de base. Eh oui, je brode un peu avec la réalité ici. La princesse est certes réveillée, mais elle n'a pas encore totalement repris ses esprits. Quand j'ai quitté son chevet, Tiana lui épongeait le front – après avoir manqué la noyer en tentant d'user de la magie pour le faire.

Selon mon amie, j'aurais dû attendre qu'elle revienne à elle avant de partir confronter Devin. Mais pour quoi faire ? Les souvenirs de Bruccha m'ont montré tout ce que j'avais à connaître de « sa » version.

Je ne voulais pas perdre un temps précieux.

Ou alors, tu fuis parce que tu es lâche...

J'ignore ma petite voix intérieure et me concentre sur mon sanguis dont le sourire se fige. D'une drôle de manière, sans la moindre onde de contrition. D'ailleurs, c'est tout juste s'il ne soupire pas de soulagement.

— Je ne l'aurais pas laissée endormie pour toujours, je te rassure, me répond-il simplement. J'en déduis que tu as parlé à la fée du puits ?

— Elle s'appelle Macia. Et je lui ai parlé, oui. J'ai passé un marché avec elle.

Ah. Enfin, il a l'air surpris.

— Navi... souffle-t-il. Pourquoi as-tu fait ça ?

— Parce que j'avais besoin de comprendre !

— Comprendre quoi ?

— Toi.

Ses sourcils se froncent, et ses yeux se transforment en deux zones de tempête.

— Tu aurais pu m'interroger.

— Oh ? Vraiment ? Très bien alors : m'as-tu utilisée pour te venger ?

Je me sens presque honteuse de formuler cette question, dont je refuse pourtant de voir la réponse en face depuis des heures.

Il ne dit rien.

Foutresel, il ne dit rien !!!

Le silence s'étire entre nous, et Devin reprend enfin la parole quand l'ombre angoissante du palais nous engouffre.

— Je n'avais pas prévu que les choses se passeraient comme cela, finit-il par lâcher.

— Tu vas devoir être plus explicite, si tu ne veux pas que je te fasse exploser la tête, je le menace.

Il sourit. Un vrai grand sourire, un peu triste sur les coins qui tiraillent entre le haut et le bas, mais dans ses yeux brûle enfin cet éclat de joie que j'aime tant y voir.

— Tu veux bien te grandir pour moi, Navi ?

J'hésite une fraction de seconde, puis j'obtempère. Non pas pour lui. Mais pour moi. Car là, tout de suite, je veux être puissante et en colère. Et j'ai quand même l'air plus effrayante si je peux le toiser de toute ma splendeur.

— Je suis désolé, me murmure-t-il en m'attrapant la main alors que je volette à ses côtés. Sincèrement désolé.

Je ressens la chaleur brûlante de ses doigts contre ma paume. Comme s'il avait troqué ses phalanges contre de petits tisonniers.

— Et de quoi ? je demande sans me dégager.

— Je suis désolé de ne pas t'avoir révélé mon plan plus tôt.

— Alors, fais-le maintenant, je me contente de dire. Que cherchais-tu en te rapprochant de la meurtrière de ton frère ?

Devin me lâche la main, l'éclat dans ses yeux s'éteint et je me calfeutre le cœur pour ne pas me sentir coupable.

— Je veux redonner aux sanguis leur gloire originelle, et leur insuffler l'espoir.

J'observe autour de moi. Les maisons propres, les gens propres, la ville propre. Les arbres géométriques.

— Elle m'a l'air déjà bien glorieuse, cette ville carrée.

— Nous nous mourons, Navi.

— Amusant de la part de quelqu'un qui respire, de soutenir ça sans broncher.

— Notre culture s'éteint. Nous ne sommes plus que quelques centaines de milliers, contre les millions que nous étions. Contre des millions d'humains. Nos territoires s'amoindrissent d'année en année, nos naissances aussi. Nous sommes une civilisation sur le déclin.

— Et c'est si grave ?

Enfin, j'arrive à lui déclencher une réaction. Il se redresse sur sa monture, choqué par ma question.

— Bien sûr que c'est grave ! Ne penses-tu pas que nous méritons de survivre ? Les humains nous haïssent, Navi. Et bientôt, quand ils réaliseront que nous n'avons plus les moyens de nous battre, ils nous écraseront.

Je pars d'un rire nerveux, qui le prend par surprise.

— Pardon, je m'esclaffe, mauvaise. On peut dire que tu leur as facilité la tâche, tu ne crois pas ? À faire stationner l'armée de tes ennemis juste devant les portes de votre capitale. J'étais dans la tente des généraux quand je te cherchais. Ils ont tous remarqué qu'aucune armée, qu'aucune défense ne les a accueillis.

La mâchoire de Devin se crispe, et une ombre passe sur son visage, me le rendant encore plus beau si jamais c'était possible. J'aime la détermination chez les gens, c'est un trait de caractère que j'ai toujours trouvé fascinant.

— Ce n'est pas un problème, je vais tout arranger.

— Tout arranger ?

Il m'ignore et la délégation pose pied à terre.

Face à nous se trouve l'entrée gigantesque du palais sanguis ; son ogive, vertigineuse, est décorée de centaines de sculptures délicates, taillées dans la pierre blanche. Devin échange un regard entendu avec le roi Xandier et ouvre la marche. Alors que nous pénétrons dans la tour, il me saisit à nouveau la main et je le sens trembler.

— Devin, je l'appelle en tirant pour le faire s'arrêter. Qu'est-ce que tu vas faire ?

— Nous sauver, Navi.

— Qui « nous » ?

Il ne me répond pas.

— Devin, je ne peux pas te laisser faire.

Il laisse échapper un aboiement, entre le rire et le râle, et me fixe, un sourire en coin dévoilant l'une de ses canines de soie. Derrière lui, des vitraux le nimbent de myriades de tâches colorées.

— Tu me l'as dit toi-même. Le Destin nous a choisis... ce n'est pas ça ?

Je fais la grimace. Voilà qu'on l'a contaminé, moi et ma foutue assurance !

— Je crois qu'il y a un problème avec le Grand Canevas, je lui assène. J'ai vu ses fils se tordre de douleur. Il n'y a plus qu'un seul et unique nœud, Devin. Ça n'est pas bon.

— Tu es sûre de toi ? Est-ce que les fées sont sûres d'elles ?

— ...

— C'est bien ce que je pensais.

Nous marchons quelques instants, jusqu'à rejoindre une grande salle où se trouvent massées des centaines de sanguis en costume d'apparat. Et sur l'estrade, un homme plus grand que les autres. D'une beauté confondante, hors d'âge, hors du temps. L'Impérator.

Je suis saisie d'une affreuse intuition. Comme si le poids du Destin entier me tombait soudain sur les épaules, j'ai le cœur qui palpite si fort dans la poitrine qu'il menace de me sortir par les oreilles.

— Navi ? m'appelle Devin, sa voix comme lointaine alors qu'il se trouve à quelques centimètres de moi. Navi, qu'est-ce qu'il y a ?

— Ne... ne fais pas ce que tu as prévu. J'ai un mauvais pressentiment.

Sa main vient se poser en coupe sur ma joue, et son pouce caresse ma pommette avec tellement de délicatesse que je ne peux m'empêcher d'y presser mon visage.

— Je suis allé trop loin pour m'arrêter maintenant. Tu pourrais venir avec moi, tu sais.

— Venir avec toi ?

— Nous sommes à la fin, Navi. À la toute fin. Je t'aime de tout mon cœur, sincèrement. Je te voudrais à mes côtés pour l'après. Pour sauver le monde.

Je me redresse, quittant la chaleur réconfortante de sa paume.

— Tu as la folie des grandeurs. On ne sauve pas le monde, on y vit, simplement, en faisant de son mieux.

— Ah oui ? Ce n'est pas ce que ma bonne fée m'a appris.

— Je suis une idiote ! je lui crie au visage. Une idiote, Devin. S'il te plaît, quoi que tu aies prévu, ne va pas plus loin.

— Est-ce que tu vas m'en empêcher ?

Je ne réponds pas.

— Est-ce que tu m'aimes ?

Je ne réponds toujours pas.

Alors, Devin pose délicatement ses lèvres sur les miennes, avant de plonger sa main dans mes cheveux. J'ai envie de le repousser, et de le manger tout en même temps. Notre baiser est plus salé que la dernière fois, et je réalise que c'est le goût de nos larmes qui m'irrite le palais.

Mais ce n'est pas grave.

Pour lui, je suis prête à me passer tout le corps à la saumure.

Quand il fait mine de s'éloigner, je le rattrape par la nuque et le force à rester, son front contre le mien.

— Ne pars pas, je souffle. Ne pars pas, Devin. J'aurais dû t'écouter, j'aurais dû...

Il se dégage de mon emprise, les yeux rougis.

— C'est trop tard, Navi. Si je te suis maintenant, je laisse mon peuple à la merci des humains.

— Devin... Je...

Je ne sais pas quoi dire.

Il attrape doucement ma main, la porte à son visage pour y déposer un tendre baiser, furtif, brûlant, mais qui me laisse glacée quand mon bras retombe le long de mon corps.

— Tu as été et resteras à jamais mon unique amour, Navi.

Il a chuchoté ces mots si bas que je doute même de les avoir entendus.

Puis, il me tourne le dos et pénètre dans la salle du trône.

35

Je m'avance dans la salle, feignant l'assurance.

Mais je sens encore le goût de la peau de Navi sur mes lèvres, et j'ai une boule de la taille d'un chat dans la gorge qui menace de me faire pleurer.

C'était un adieu. Je le sais. Elle le sait.

Je n'aurais jamais dû tomber amoureux. Et elle, qui n'a pas osé m'avouer ses sentiments, vient me supplier de rester. Je sens son émotion lorsqu'elle me regarde, depuis la première fois où je l'ai mordue.

Il s'est passé quelque chose ce jour-là, dans cette ruelle. Un déclic, une surprise, un éclair qui nous a pris tous les deux au dépourvu.

Pourtant Navi a fait son choix, et moi le mien.

Et comme elle l'a si bien souligné, je ne peux plus faire demi-tour sans laisser mon peuple à la merci de l'armée humaine. Si je fais machine arrière maintenant... c'en serait fini, pour de bon, et par ma faute.

Je ne peux pas faire ça à ma mère, à mon frère, ni à ma sœur qui me fixe, les yeux larmoyants, derrière le siège de l'Impérator. Elle a beau être perdue parmi la masse de ses concubines, je la repère immédiatement.

La présence de Trajan à ses côtés n'y est pas pour rien.

Un sanglot la secoue et elle pose prestement la main sur ses lèvres. Quand le prince à ses côtés la soutient, je souris. Et c'est comme si le soleil se posait sur son visage.

Heureux, je me retourne une dernière fois, espérant voir Navi. Mais près de la porte où nous nous tenions il y a de cela quelques secondes à peine, ne se trouve plus qu'un nuage de paillettes se dissipant en volutes légères.

Elle est partie.

Elle a choisi.

Je prends une grande inspiration et croise le regard du roi Xandier à mes côtés, qui m'encourage d'un hochement de tête.

Quel dommage, vraiment, qu'il soit humain. Ces quelques jours avec lui, ces quelques jours parmi les humains me les ont rendus presque sympathiques.

Ils ont quelque chose... de plus que les sanguis.

Non, je me corrige immédiatement. *De différent, voilà tout.*

Mais c'est lui ou moi. Eux ou nous.

On va jouer le tout pour le tout.

— Devin Abéus, gronde l'Impérator quand je rejoins les marches au sommet desquelles siège le trône. Explique-toi.

Je l'ignore.

Je l'ignore, car mon regard est attiré par ce que j'ai toujours considéré comme une marotte architecturale.

Un bassin.

J'ai failli m'y noyer, plus jeune, quand Trajan a trouvé amusant de me faire payer l'un des tours de mon frère en m'y envoyant tête la première.

Je suis revenu à la mort de mon frère, offrir des pièces d'or par centaine à tous nos dieux, les suppliant de me le rendre.

Exprimant le *souhait* de le retrouver.

Je sors ma lame de son fourreau – celle que j'ai volée au prince sanguis lors de la première épreuve – et souris de plus belle quand j'entends toute l'assemblée retenir son souffle.

Mais je fais signe aux gardes que tout va bien et laisse tomber l'arme ouvragée dans l'eau sombre, noire, opaque.

Qui l'absorbe sans même qu'une ondée ne vienne briser sa surface.

Un puits aux souhaits.

Je le savais.

Alors, je chante.

36

Moi, triste ?

Et puis quoi encore !

Si je renifle, c'est juste que la concentration de pollen dans cette ville est aussi violente que si je me baladais la truffe plantée dans le cul d'une marguerite.

Et rien d'autre.

Ce n'est certainement pas parce que Devin m'a tourné le dos. Je suis une fée immortelle, chargée de plus de magie que cet imbécile de sanguis ne pourrait même le concevoir.

C'est lui qui devrait pleurer, pas moi. Enfin, non pas que je pleure, mais vous me comprenez. Figure de style, licence poétique, image ; choisissez ce que vous préférez, tant que vous notez bien que *je ne pleure pas.*

Il ne manquerait plus que ça.

J'observe la ville depuis le clocher où je me suis installée. Enfin, clocher... il faudrait déjà qu'il y ait une cloche pour le qualifier ainsi. Mais c'est une grande tour, qui se dresse dans un quartier de la ville, avec un simple escalier en son centre. Bon, et quelques centaines de statues installées dans des alcôves quand on monte les marches, mais comme je me suis téléportée au sommet, je n'en ai pas trop profité.

Sûrement un truc religieux. Les vivants aiment bien la religion, et c'est marrant parce qu'ils sont complètement nuls à ce sujet. Ils inventent mille histoires, mille contes, supposés les éduquer sur la création de l'univers par leurs prétendus dieux.

Alors qu'ils n'existent pas ; seules la Fata et sa sœur Mabd sont réelles.

Les idiots.

Insulter mentalement les croyances séculaires de tout un peuple me fait bizarrement du bien au moral et je me redresse, un peu revigorée.

Bon. J'ai en gros une chance sur deux, à ce stade. Vu la tête des fils du Destin, soit le plan de Devin nous sauve tous – et en défaisant tous les nœuds, on s'assure un festin de magie –, soit il nous achève une bonne fois pour toutes.

Je prie très fort pour que ce soit la première option, parce que je suis beaucoup trop jeune pour me retrouver à devoir marier des gens dans un monde en ruine. Encore plus en ruine, je veux dire.

Mais j'ai pris mon parti, je n'interviendrai plus dans la vie de Devin. Même si l'avoir vu préférer sa vengeance à moi m'a davantage remué l'estomac que notre concours de la plus grosse mangeuse de fondue au chocolat ma deuxième année à l'école.

C'est idiot, quand on y pense. Parce que j'ai fait le même choix, il n'y a pas si longtemps que ça. Quand nous sommes allés trouver Macia pour la première fois avec Devin, et qu'il a souhaité me parler, j'ai lu dans son regard, dans ses mains, dans son souffle erratique, ce qu'il souhaitait me confier : « Arrêtons tout. Pas de mariage, pas de plan, juste nous. »

Et je l'ai silencié.

Trop inquiétée par le passé de Praline, par la peur de finir en fée bleue malodorante, collectionneuse folle de vieilles dents. Je me suis choisie moi plutôt que nous.

Et je lui en veux aujourd'hui de faire de même.

Je m'ébroue.

C'est trop concret, trop réel tout ça. Je suis une fée, je ne tombe pas amoureuse ; je m'arrange pour que les autres le fassent. Ça peut sembler injuste, mais moi, j'ai un palais magique avec un buffet à volonté en compensation, pour une petite éternité. Alors l'un dans l'autre, je leur laisse les bisous baveux et les crises d'arthrose, et je vais rentrer fissa me préparer un goûter qui restera dans les annales.

Je visualise une montagne de gaufres, avec un océan de sirop d'érable, une armada de beurre et des kilos de crème fouettée. Ça devrait me requinquer.

Je lisse ma robe, contente de m'être trouvé un but noble et altruiste, et me prépare à me téléporter au palais des marraines quand...

Quand...

Comment décrire cela ?

Imaginez que vous êtes en train de bâiller et que d'un coup, *pouf !*, l'air disparaît tout simplement de la pièce...

Eh bien, c'est ce qui m'arrive, sauf que, là, c'est avec la magie.

— Nonnonnonnonnonnonnonnon...

Je ne parviens pas à retenir le cri étouffé dans ma gorge alors que je sens tout mon corps s'aplatir sur le parapet au sommet de la tour. Je chancelle et me rattrape *in extremis* à la structure en ogive de pierre blanche. Et le sol, à qui je n'ai jamais jeté qu'un regard vaguement intéressé, me paraît soudain très lointain.

Je me laisse tomber sur les fesses et je m'éloigne du bord aussi vite que possible m'aidant de mes mains et de mes pieds pour me mettre en sécurité alors que ma tête tourne. Je me sens lourde. Terriblement, terriblement lourde. Et aussi paradoxalement très vide, ce qui n'a aucun sens vu que je goûte pour la première fois à la gravité terrestre.

Concept absolument dégueulasse, au demeurant. Je préfère largement voler tranquillement et faire flotter mes cheveux dans les airs plutôt que de les sentir me rentrer dans les narines et me coller au front, comme à présent.

— Par le sucre et tout ce qui est bon, je grommelle en me redressant. Qu'est-ce que ce sanguis a encore bien pu faire ?!

Parce que c'est lui.

C'est forcément lui, bien sûr.

Mes yeux peinent à se focaliser quand je me retrouve assise, et je cligne très fort des paupières une fois, deux fois, trois fois, avant de me rendre à l'évidence : la tour sur laquelle je me trouve décolle.

Et ce n'est pas le seul bâtiment de la ville qui se fait la belle : face à moi, des quartiers complets se détachent pour s'envoler paresseusement dans le ciel. C'est seulement à ce moment-là que je prête attention aux hurlements.

Partout, dans la cité, des cris s'élèvent. De peur, surtout. Et on peut dire qu'elle est contagieuse, parce que la frousse me traverse le corps en un long et unique frisson, et elle est suffisamment motivante pour que je trouve la force de me mettre debout.

La première chose que je fais, c'est abandonner mes petites chaussures à talons en verre, parce qu'elles me font terriblement mal et que je ne suis pas venue pour souffrir.

Ensuite, descendre de là.

Enfin, retrouver Devin.

Je ne suis pas encore très au clair sur la dernière étape de ce plan, mais il y aura sûrement une collision brutale entre ma main et sa joue, voire mon poing et son nez selon mon niveau d'enthousiasme. Je me laisse la liberté de choisir.

Si je parviens à quitter la tour.

Si je parviens à quitter l'îlot de terre flottant sur laquelle elle se trouve.

Si je parviens à rejoindre le palais.

Ça fait beaucoup de si, même pour une reine de l'improvisation comme moi.

— Une chose à la fois, Navi.

Je me dirige vers l'escalier, très fière d'avoir réussi à garder le contrôle sur ma peur, quand une vague de magie d'une puissance folle comme je n'en ai jamais goûté me cueille.

Je n'ai même pas le temps de comprendre ce qu'il se passe que des vagues lumineuses, dorées, vertes, bleues, rouges, orange et roses me chopent sous la robe comme une montgolfière et me font valdinguer dans le ciel, cul par-dessus tête.

Mes ailes se déploient immédiatement, mes cheveux me libèrent enfin la vue et mon corps reprend sa juste place dans le monde : massif, beau, aérien.

C'est même pire que ça. J'ai l'impression de goûter à une magie d'une force qui ne devrait pas m'être offerte. Comme... comme... je suis à court de métaphore, alors je vous invite à en trouver une tout seul.

Mais ça ne m'a pas l'air légal, et si mes collègues me détestaient déjà d'être balaise avant, elles risquent de loucher quand elles verront les éclairs de magie pure crépiter sur mon bras.

Trop concentrée sur ma soudaine transformation en étoile de magie, je ne réalise que quelques secondes plus tard d'où elle provient.

Et je me sens alors toute, toute, touuuute petite.

Parce que du toit éventré du palais de l'Impérator s'extirpe une forme noire dont on me ressasse les histoires depuis ma plus tendre enfance.

Mabd, la sœur de la Fata.

Mabd, la nuit.

Mabd, la fin de tout.

Bon.

Je crois que j'ai ma réponse concernant ma chance sur deux...

37

Le toit du palais s'est effondré, et la masse fumante de la fée du puits s'en extirpe en poussant des cris de joie si forts, si rauques, qu'ils m'enrobent comme la houle d'une mer déchaînée.

Je me tiens en équilibre sur le bord de la fontaine, miraculeusement rescapé des chutes de pierre de plusieurs tonnes qui ont fracassé les précieuses mosaïques millénaires de la salle du trône. Ma première pensée va à ma sœur, et la panique m'étreint le cœur alors que le talon géant de la fée me frôle le visage.

— Alix ?! je crie. Alix ?

— Je suis là !

Son cri étouffé me parvient depuis une zone sombre sur ma gauche qui semble avoir été épargnée par les dégâts. Je m'y précipite, sautant par-dessus les décombres et les corps inanimés, et me fige un instant face à une fenêtre.

Dehors, la ville s'est brisée. Fractionnée. Fissurée. Des pans complets de la capitale s'élèvent doucement dans les cieux, des incendies se sont déclarés dans plusieurs quartiers et des sanguis hurlent dans les rues, courant sans but.

Mais ce n'est pas le pire, non.

La ville qui part en lambeaux, les restes qui se font ronger par les flammes...

Non.

Non, le pire, c'est l'armée humaine qui s'est mise en branle et que je vois marcher vers les portes de Primus Sanguis.

— Devin ?

Ma sœur pose sa main sur mon épaule, et je sursaute tellement fort qu'elle recule de stupeur.

— Tu vas bien ? me demande-t-elle après un instant de battement.

Je hoche la tête, incapable de comprendre ce qui se passe.

J'ai chanté, j'en suis certain.

Une fée est apparue.

Mais je ne me souviens plus de quoi nous avons parlé. Tout est un peu flou, dans ma tête. Je sais l'avoir prié de redonner aux sanguis leur place légitime dans le monde, et qu'elle nous sauve de l'effondrement civilisationnel qui nous guettait. Et ce que je lui ai donné en échange...

— Il faut qu'on sorte d'ici, me presse Alix en me secouant. Le reste de la coupole peut s'effondrer d'un moment à l'autre, suis-moi.

Je la regarde, hébété, puis lui pointe du doigt l'armée humaine qui déferle sur la ville. La main de ma sœur retombe, molle, contre son corps et ses yeux se remplissent de larmes.

— Qu'est-ce que...

— C'est ma faute, je réalise. Je... Je ne savais pas que cette fée serait...

— Cette quoi ?

— Cette fée. Elle est immense. Tellement immense...

— C'est comme ça que cette créature s'appelle ? Eh bien, fuyons-la avant qu'elle nous écrase. Allez, Devin ! Dépêche-toi !

Sa main se glisse dans la mienne et je sursaute : ses doigts sont glacés. Et ça me rappelle une autre présence, chaude et sucrée.

— Où est l'Impérator ? demande Alix aux autres femmes qui nous entourent.

— Là-bas, sanglote l'une d'elles.

Elle pointe d'un doigt tremblant le piédestal du trône, où siège à présent un rocher aussi gros qu'une petite maison. Impossible qu'il ait survécu à cela... Ma mère est vengée. Ce qui devrait me réjouir, selon toute vraisemblance. Alors pourquoi je me sens aussi vide ?

— Alix ! s'écrie Trajan en sortant de derrière les décombres.

— Traj !

Le soulagement de ma sœur est si évident que j'en perds mon souffle. Elle se précipite vers lui et se jette dans ses bras, sanglotant dans le creux de son épaule, des particules de poussière voletant autour d'eux, tels des amants maudits dans les ruines de leurs palais.

Qu'est-ce que j'ai fait ?

Les yeux du prince se posent enfin sur moi, la colère transformant son visage et il amorce un geste dans ma direction quand le bâtiment se met à trembler, déclenchant des cris de détresse parmi les survivants.

— Fuyez, je leur ordonne. Fuyez avant que tout ne s'effondre !

— Comment ça, « fuyez » ? s'insurge Alix en m'attrapant les poignets. Tu viens avec nous !

Mais je la repousse doucement. Son visage se ferme, et elle plaque ses lèvres si fort l'une contre l'autre qu'elles ne forment plus qu'une ligne sévère. Et colérique, comme me le confirment les éclairs que m'envoient ses yeux vert d'eau.

— Tu rigoles, j'espère ? gronde-t-elle. Tu comptes rester ici ?

Nous échangeons un dernier regard avec Trajan, qui passe son bras autour de la taille de ma sœur et acquiesce doucement. Il la fera sortir d'ici. Il en mourra, s'il le faut. Et je me surprends à espérer qu'il n'aura pas à aller jusqu'à cette extrémité pour la mettre en lieu sûr.

— Je dois terminer ce que j'ai commencé, Alix. Il le faut.

Je fais demi-tour, mais elle me lance une ultime question qui me force à m'arrêter.

— Qu'est-ce que tu as commencé ?

Je ne me retourne pas pour lui répondre. Je préfère la laisser dans l'ignorance, car je ne sais pas encore à quel sacrifice elle sera confrontée dans les heures à venir. Quand ce sera terminé, je lui raconterai tout. Absolument tout.

Je me poste au bord du bassin et lève les yeux vers le plafond éventré d'où s'échappe la fée du puits.

— VOUS ! je crie. NOUS AVONS PASSÉ UN MARCHÉ !

Les cris rauques cessent, et c'est comme si ma tête retrouvait enfin sa place sur mes épaules. Je n'ai même pas remarqué la migraine qui me martelait les tempes avant qu'elle disparaisse...

À ma décharge, je ne suis plus que courbatures, blessures et désespoir. Alors, un peu plus ou un peu moins...

La forme noire se contracte soudain et se transforme en une fumée opaque et épaisse qui se précipite au sol, à mes pieds, déclenchant des bourrasques si fortes que je dois planter mes ongles entre les dalles pour ne pas me faire projeter au loin.

Je ne saurais dire si cela dure une éternité ou quelques instants seulement, mais toujours est-il que le vent retombe comme il est arrivé, et que je me retrouve soudain face à une fée ravissante, bien différente de celle invoquée à Huwinat.

Elle est ronde comme la lune et des cheveux d'un noir profond flottent en mille boucles soyeuses autour de son visage bleu roi. Ses pupilles sont d'un violet inédit et, quand sa langue passe sur ses lèvres noires, je tique, surpris face à cet éclat rose inattendu.

Ses ailes se déploient dans son dos, translucides comme celles d'une libellule et elle se déplace vers moi sans effort, sa robe de dentelle, de soie et de voiles noirs flottant autour d'elle en autant de vagues hypnotiques.

— Tu as raison, Devin, roucoule-t-elle une fois à ma hauteur. Nous avons passé un marché.

Elle secoue mollement une main aux longs ongles manucurés, puis flotte dans les airs, visiblement très satisfaite.

— Je ne comprends pas, je grogne, aux aguets.

— Oh, laisse le temps à ma magie de s'infuser. Ce ne sera pas long, tu vas voir !

Des gémissements autour de moi attirent mon attention, et je me retourne prestement pour observer, hébété, tous les sanguis de la salle se relever. Mon cœur bat la chamade, et le soulagement m'envahit : elle va vraiment nous sauver.

Puis, une partie de mon cerveau me rappelle que ces personnes avaient l'air très très mortes quand j'ai observé le désastre plus tôt, ce que semble confirmer l'état de l'un des réveillés les plus proches de moi, qui se contente de laisser son pied sous la roche et de se relever, le corps recouvert de son propre sang.

— Qu'est-ce que vous avez fait ? j'agresse la fée.

— Mais... ce que tu m'as demandé, Devin. Je vous sauve et je vous rends la place qui était vôtre au commencement.

Plus loin, le petit groupe de survivants qui se dirigeaient vers la sortie se met à hurler. À raison : les réveillés les attaquent avec une fureur inédite, les mordant comme des animaux.

— Arrêtez ça ! j'ordonne à la fée en me tournant vers elle. Arrêtez ça !

— Oh, non, mon petit rêveur. Tu as fait un souhait, je l'ai exaucé. Tu me remercieras plus tard.

Je me retourne vers les sanguis acculés et les observe avec horreur se transformer à leur tour en bêtes monstrueuses. Leurs canines poussent comme celles de tigres, leurs dos se courbent légèrement...

Une maladie ?

Je n'ai pas le temps de questionner la fée que je repère le groupe de sanguis infectés se tourner vers le couloir où se sont enfuis ma sœur et Trajan.

— Non... je murmure en courant les rejoindre. Non !

J'attrape la hampe d'un drapeau tombé au sol et me précipite vers les réveillés pour leur barrer la route.

— Vous ne passerez pas ! je leur hurle.

Ils m'ignorent complètement et se jettent sur moi comme si j'étais le plus appétissant des hors-d'œuvre. Mais je suis fort, presque autant qu'avant ma déchéance, et je leur tiens tête.

Quand le premier me saute à la gorge, je l'esquive et lui flanque un coup sec dans le dos avec ma lance de fortune, ce qui me laisse tout juste le temps d'envoyer l'autre extrémité de mon arme droit dans le ventre d'un deuxième assaillant, le propulsant dans le petit groupe compact qui se presse pour m'attaquer.

Je virevolte, en frappe un autre à la tête. Une griffe me perce le biceps, je retiens difficilement un hurlement. Si je crie, j'accepte la douleur. Et il est trop tôt pour cela. Je dois faire gagner du temps à Alix, la laisser mettre autant de distance que possible entre elle et cette nouvelle erreur à ajouter à mon palmarès.

Je tape, je cogne, on me griffe, on me mord.

Et quand des canines plus larges que des couteaux me transpercent la cuisse, je tombe à genoux. La lumière disparaît alors que, d'un seul mouvement, tous les sanguis me sautent dessus, prêts à me dévorer.

C'est la fin.

Et je suis presque en paix avec cette idée.

Alors que j'attends l'ultime morsure qui me fera passer de vie à trépas, une lueur envoie valser mes attaquants comme des quilles dans un jeu de boules.

Je ne comprends pas immédiatement ce qui se passe, trop abattu par la peur, la douleur, le désespoir, et je regarde une sphère rose leur flanquer la raclée du siècle.

Elle en a fini avec eux en moins de deux, les laissant au sol, K.-O., et se rapproche de moi. Puis, dans une petite explosion pleine de lumière et qui me laisse couvert de paillettes, elle devient femme.

Ou fée, comme je le comprends quand ses immenses ailes de papillon se déploient dans son dos.

J'ai trouvé la fée noire belle à se damner.

Cette fée rose... cette fée rose respire le printemps à plein nez. Rien que de la voir, je me sens stupidement heureux, comme si elle allait attraper mon cœur et le coucher dans un champ de fleurs.

— Pourquoi tu pleures ? me demande-t-elle en m'attrapant le visage. Tu as mal ?

Elle me scrute et ses doigts sur ma peau laissent des sillons brûlants. C'est étrange, très étrange.

— Foutresel, mais t'es blessé ! Tu pouvais pas le dire, bougre d'âne ?

Elle pose sa main sur ma cuisse et la douleur reflue, jusqu'à disparaître. Je pousse un profond soupir.

— Tu vas mieux ? insiste-t-elle.

J'acquiesce.

— OK, parfait.

Elle me colle alors une baffe phénoménale, qui me martèle le crâne à m'en faire rouler les yeux au sol.

— La fée noire ?! MABD ?! Bordel, Devin, ce que tu peux être con, des fois !

— Je...

— La fée noire... la sœur de la Fata... Par le sucre et tout ce qui est bon, tu viens de libérer une fée primaire !

C'est beaucoup d'informations en un seul coup pour moi, et la tête me tourne trop pour que j'arrive à relier toutes les pièces du puzzle entre elles.

Je pose donc la première question qui me vient à l'esprit.

Je fixe la fille rose, aux yeux en boutons de fleurs, et lui demande :

— Est-ce qu'on se connaît ?

38

— Est-ce qu'on se connaît ?

Je ravale la diatribe sous laquelle j'ai prévu de l'étouffer et je fixe Devin, interdite. Est-ce que je l'ai frappé trop fort ? Est-ce que je lui ai fait péter les dernières connexions neuronales ? Il faut dire que les sanguis l'ont mis dans un sale état, mais tout de même...

Je plonge mes yeux dans les siens, me perdant dans ses iris noirs insondables. Et mon cœur se crispe quand je comprends qu'il ne blague pas : il ne sait pas qui je suis. Il n'en a carrément aucune idée.

Et je ne suis pas le genre de fille qu'on oublie. Pas en quinze minutes, et surtout pas après que ses dernières paroles pour moi ont été « Tu as toujours été mon seul amour », ou un truc gnangnan du genre.

Je renifle, surprise de sentir mon nez couler. Ah bah, je chiale aussi, je réalise, en me passant les mains sur les joues.

Je chiale, parce que j'ai bien sûr compris ce qu'il se passe. Ce que cet imbécile qui mériterait que je le pèle vivant avant de le balancer dans une barrique de sel a bien pu faire pour libérer Mabd...

— Tu dois être Navi, m'accueille une voix si riche que j'en frissonne.

Je lâche le visage de Devin et me retourne, à moitié pétrifiée de trouille, à moitié ivre de colère.

— Et vous devez être Mabd.

La fée primaire me lance un sourire narquois, qui plisse son nez en trompette. Pour le moment, elle fait ma taille. Mais je n'oublie pas que je l'ai vue s'extirper du palais, immense, difforme. Sale, comme sa magie.

— Je dois dire, ma petite, que tu es splendide, apprécie-t-elle en me tournant autour. Je ne pensais pas un jour tomber sur une fée aussi chargée de magie que toi... tu ressembles beaucoup à ma sœur, on te l'a déjà dit ?

J'accepte le compliment avec un hochement de tête, mais je prends garde tout de même à rester humble, parce que je ne suis pas en train de causer avec une des Anciennes ou une pote de l'école.

— Et vous, vous avez l'air bien vivante, pour un mythe.

— Un mythe ? De quand date mon enfermement ?

— Je ne sais pas. Mais si ça peut vous aiguiller, aucune fée encore en vie n'est assez vieille pour s'en souvenir.

— Si longtemps ?

— À vous de me le dire.

Mabd enfle subitement, jusqu'à faire deux ou trois mètres de circonférence. Et le monde peine à s'adapter à sa présence : des graviers et gravats tremblotent au sol, avant de carrément décoller pour graviter autour d'elle. Moi-même, je me sens comme aspirée par sa présence. Et je n'aime pas ce que ça implique.

Un éclair de magie nerveux crépite sur mon index et capte l'attention de Mabd.

— Ça alors ! s'exclame-t-elle. Tu as absorbé de la magie primaire lors de mon éveil ?

Un grand sourire lui découpe la face.

— Bravo, me félicite-t-elle. Une fée moins puissante aurait simplement explosé. Alors, qu'est-ce que cela te fait de goûter à de la vraie bonne puissance ?

— Ce n'est pas nouveau pour moi.

— Tu connais la version allégée de ma sœur. Là, tu goûtes à sa vraie nature... Je soupçonne que ça fait longtemps que Fata n'a pas exploité la terre pour vous nourrir ?

Je m'insulte mentalement quand elle lit la question plaquée sur mon visage.

— Non, ne me dis pas qu'elle ne vous a jamais révélé ce secret ? s'esclaffe-t-elle. D'où provenait notre magie, ni pourquoi les Mondes Brisés s'appellent comme cela ? C'est un peu hypocrite de la part de celle qui a annihilé un continent entier pour m'enfermer, mais bon...

— Comment ça, elle a annihilé un continent entier ? je ne peux m'empêcher de demander.

— La magie, ma petite... Elle grignote la terre. C'est pour cela que les Mondes Brisés se morcellent. Pour cela qu'on vous bride toutes avec un ersatz de magie essoré des nœuds du Destin. Parce que la magie est le produit de l'agonie du monde, sa sève : plus on le martyrise et le détruit, plus elle s'écoule.

— C'est n'importe quoi.

Mabd ne me répond pas et m'observe comme si j'étais un adorable chaton qui jouait à ses pieds.

— Et pourquoi crois-tu que les Mondes Brisés sont dans cet état ? Pourquoi crois-tu qu'ils partent en morceaux ? Pourquoi crois-tu, ma belle, que ma sœur m'a enfermée pendant des éons dans ce puits ridicule ?

— Certainement parce qu'elle vous trouvait très agaçante, je rétorque.

Mabd laisse échapper un rire bref, cinglant.

— Je t'aime bien. Tu as du cran... Mais ce ne sera pas suffisant.

— Pour ?

— Ce qui vous attend.

— Dans ce cas, vous ne verrez pas d'inconvénient à rendre sa mémoire à Devin ?

— Sa *mémoire* ? roucoule à nouveau Mabd, définitivement amusée. Mais ma douce, ce n'est pas sa mémoire qu'il m'a offerte.

Je fixe mon sanguis toujours avachi au sol, qui nous observe, les sourcils froncés, cherchant vraisemblablement à comprendre de quoi il retourne.

— Il ne se souvient plus de moi.

— Oui. Mais ce dont il m'a fait don, ma jolie fée, c'est de son amour.

Mes ailes cessent de battre, et mes pieds se posent doucement au sol.

— Mon amour ? répète Devin, le front plissé.

— Comme c'est touchant, se moque la fée primaire en posant sa main sur son cœur. À dire vrai, j'aurais pu me contenter de souvenirs. Mais... un sanguis ? Amoureux d'une fée des dents ? C'est beaucoup trop improbable pour que je me refuse ce petit plaisir, tu comprends ?

D'un battement d'ailes, elle s'approche de moi et m'attrape par le menton, me scrutant sous tous les angles avec une drôle de concupiscence qui me fait frémir.

— Et surtout... j'ai vu les dents de soie. Très joli travail, petite fée. Une approche innovante, prometteuse. C'est presque dommage que je doive te vider de ta magie, tu avais un potentiel infini.

Je me dégage d'un mouvement brusque de la tête et fais deux pas en arrière.

— Allons, soupire Mabd comme si j'étais une enfant de trois ans prise en flagrant délit de chipage de cookies. Tu te doutes que je ne vais pas te laisser te promener avec une telle dose de puissance primaire, non ?

— Vous n'êtes pas du genre à faire des cadeaux, vous, n'est-ce pas ?

Mabd éclate de rire, faisant tressauter l'anneau de gravats qui lui tourne autour en rythme.

— Eh bien, finit-elle par me répondre. Il faut dire que je suis consignée à regarder jouer les fées des puits depuis des millénaires. Ça te forge un certain caractère, vois-tu.

— Et si je vous rendais votre magie contre les souvenirs de Devin ?

Les yeux de la fée se voilent soudain, et c'est comme si les étoiles s'y éteignaient les unes après les autres.

— Oh, ma jolie. Ma jolie, jolie fée toute ronde, toute pleine de vie... Je suis navrée d'avoir à te l'apprendre de cette manière, mais... il n'y a pas mille façons de drainer une fée. Tu comprends ce que je veux dire ?

Elle ne me laisse pas le temps de réfléchir que, déjà, elle me frappe. D'un jet de magie, puissante et noire, elle me fauche en plein ventre et je bascule en arrière, traversée par une douleur sans nom.

En la tuant. Voilà comment on draine une fée.

Et ça, c'est hors de question. Fée primaire ou pas, personne ne me siphonnera quoi que ce soit. Alors, je réagis à l'instinct comme je me targue si bien de le faire, et je signe sans doute la plus belle connerie de ma courte carrière : je contre-attaque.

Je laisse la magie traverser mon dos, mes bras, mes mains, et catalyse toute mon énergie dans un sort qui fait trembler le palais. Sort qui, s'il déclenche la chute de ce qui restait de la ravissante coupole, laisse Mabd non seulement indemne, mais surtout amusée.

— Voilà qui est inattendu, apprécie-t-elle.

Cette fois-ci, je suis préparée. Quand elle réplique, je pare son coup en une pirouette et lui balance un jet de magie droit dans le visage, l'aveuglant l'espace d'une seconde.

Juste assez pour saisir Devin et tenter de m'enfuir. Mais cet idiot me retient tandis que je m'apprête à décoller, me pointant un corps étendu au centre de la salle.

— Xandier, se contente-t-il de marmonner.

Je grogne.

Mon avantage est grillé et Mabd, de retour dans la course. Cette fois-ci, ce sont carrément des morceaux de pylônes qu'elle nous balance dessus, et j'ai à peine le temps de soulever Devin et de nous décaler de quelques centimètres qu'une roche de plusieurs tonnes s'écrase là où nous nous trouvions un instant plus tôt.

— Attention ! hurle-t-il.

Je nous téléporte quelques mètres plus loin, nous évitant d'être écrasés comme des quetsches trop mûres, et nous dépose aux pieds du roi Xandier. Pour un saut à la louche, j'ai visé sacrément juste.

— Rends-moi ce qui m'appartient ! gronde Mabd. Ou je détruirais ce monde.

— Parce que vous ne le ferez pas si je vous obéis ?

Elle éclate de rire et sa silhouette s'étire en une forme longiligne, sombre et fumeuse. Elle va sortir du palais.

— Tu as raison, ronronne sa voix partout autour de moi. Je vais tout prendre... Tout.

Je panique.

Je panique et vois à ce moment-là l'espèce de gros clocher, sur lequel je me suis réfugiée un peu plus tôt, voguer tranquillement dans les airs comme le moins aérodynamique des oiseaux.

Je décide de l'agripper d'un coup de lasso pailleté et le tire jusqu'à l'attirer vers Mabd, vers nous.

Et alors que j'observe le bâtiment foncer vers le sol, je comprends mon erreur. De un, il est beaucoup plus gros qu'il me semblait quand j'étais tranquillement assise dessus. Et de deux, je ne vois pas par où nous pourrions nous enfuir.

Heureusement, Devin a saisi l'urgence de la situation, et balance un banc de bois dans une fenêtre aux vitraux miraculeusement intacts.

— Fonce !

Je ne me fais pas prier.

J'attrape Xandier par un pied, Devin par la main, et je nous fais quitter le palais si vite que je suis surprise de ne pas dépasser le mur du son.

Dans mon dos, le clocher pénètre la tour comme un couteau dans du beurre, et je zigzague parmi les débris qui fusent autour de nous.

C'est le chaos.

Entre la fumée, les cris de Mabd, le palais qui s'effondre derrière nous et les hurlements dans la ville, je ne sais plus où donner de la tête et creuse la distance le plus possible entre la fée primaire et nous trois.

Mais quand je file vers le sol pour nous cacher au regard de notre agresseuse, je réalise que la situation n'y est pas enviable. Partout, des maisons s'envolent et s'effritent en cours de route, des citoyens courent dans les rues et s'organisent pour sauver ce qui peut l'être, des troupes humaines envahissent l'avenue principale, des sanguis se regroupent sur la grande place pour les repousser. Et le rire de Mabd qui nous écrase, sa présence qui nous cache le soleil, les explosions localisées...

Je ne sais plus où se trouve le haut du bas, le nord du sud, et je suis incapable de réfléchir. Devin a volontairement sacrifié son amour pour moi. Je ne suis pas particulièrement sûre de ce que ça veut dire, je suis incapable de l'interpréter, et surtout je sais que ce n'est pas le moment de gaspiller du temps de cerveau là-dessus. Et pourtant, alors que le monde part en vrille, que la terre se précipite dans le ciel et qu'une fée primaire aussi mauvaise que la gale s'éclate à tout exploser, je n'arrive à penser à rien d'autre.

Devin a sacrifié son amour pour moi.

Son amour.

Je me dégoûte.

Je suis devenue une héroïne de ces romans pleins de sueur et de bave que je lis en gloussant dans l'intimité de ma chambre.

— Je te dépose où ? je lui demande en l'observant se tenir à mon bras de ses deux mains, terrifié.

— Pardon ?

— Je. Te. Dépose. Où ?

À sa décharge, entre ma vitesse de vol et le bruit de la ville en feu, ça ne doit pas être évident de m'entendre.

— Je... Je ne sais pas.

Je me retiens de l'insulter, parce que la réponse à ma question se dresse soudain sur l'affleurement d'une colline un peu plus loin.

La princesse Bruccha.

Juchée sur un cheval blanc, une large lance à la main, elle arbore une armure de plates claire qui fait ressortir sa peau sombre à merveille. Elle a l'air dangereuse.

Et en colère.

39

— S'il vous plaît, non !

Mais la magnifique fée rose m'ignore avec une superbe qui me laisse pantois et me dépose, avec le roi Xandier, au pied de la princesse Bruccha.

J'essaie de me faire la malle discrètement alors qu'elle se penche sur son père pour s'assurer qu'il va bien, mais ses gardes ne m'en laissent pas l'opportunité. À peine fais-je mine de m'éloigner que deux épées se croisent sur ma gorge ; je suis à un éternuement de la décapitation.

— Tu ferais mieux de ne pas me tenter, sanguis, gronde Bruccha.

— Ma chère femme, je l'accueille en retour. Je suis ravie de voir que tu te portes mieux.

— Nous parlerons des conditions de ta détention à notre retour au palais. Pour le moment, j'ai une guerre à gagner. Je vous connais, n'est-ce pas ?

La princesse se tourne vers la fée rose, qui a le regard perdu sur la ville en flammes.

— Moi ? Oh sel, j'ai oublié de me cacher... Je suis Navi. On s'est en effet déjà croisées. Dans votre... Hmmpf... Dans votre tête, où je suis venue vous secourir avec deux collègues.

— Oh ! Mais oui ! Tiana et Macia ! J'étais tout juste réveillée quand vous êtes parties.

— C'est-à-dire qu'il y avait urgence...

— Je vois ça, oui... Et on doit tout ça à mon mari, si j'ai bien compris ?

Navi m'écrase de son regard, rose comme le soleil couchant, lourd comme une promesse de meurtre, puis soupire.

— En partie, oui. J'ai l'impression qu'il a aussi été le pantin des fées.

J'ai envie de protester, de crier que je ne suis le pantin de personne, mais vu ma position actuelle, mieux vaut peut-être garder mon ego rangé dans ma poche. Et puis surtout : je commence moi-même à douter. Rien, absolument rien ne s'est déroulé comme je l'ai prévu.

Évidemment, face à la ville en flammes, ce serait rudement plus simple de tout mettre sur le dos des fées. Et non pas d'en supporter la responsabilité, pour un plan malavisé.

Un plan.

Mon plan ?

Mais quel plan ? Je me rappelle vaguement le moment où j'observais le ciel en souriant, sur la route vers les mines de Svelabraj.

Je me rappelle Huwinat, le lion d'albâtre et les fleurs de bougainvilliers.

Je me rappelle avoir remporté les trois épreuves, décidé à épouser la princesse pour me venger d'elle, des humains et des sanguis.

Mais tout est flou. Rose et flou.

— Comment êtes-vous arrivée ici aussi vite ? demande Navi à Bruccha.

C'est une excellente question.

En prenant garde à ne pas me trancher la gorge sur les lames, je lève doucement la tête pour les observer.

— Nous avons passé un marché.

La fée du puits d'Huwinat, celle avec des défenses plus longues que ses propres jambes, apparaît soudain dans les airs.

Surprenant. Je me souviens parfaitement d'elle, alors pourquoi pas de la fée rose ?

— Macia !? l'agresse immédiatement cette dernière. Qu'est-ce que tu lui as pris ?

— Presque rien, je t'assure.

— Arrête. Pas à moi ! Vous êtes toutes pareilles, les méchantes fées ! Vous donnez, pour reprendre, et toujours avec des intérêts !

— Elle m'a demandé une simple mèche de cheveux, Navi, lui apprend la princesse. Une minuscule, insignifiante, mèche de cheveux.

— Et qu'en as-tu fait ? demande la fée rose à sa camarade.

— Un bracelet.

Macia lève le bras devant elle, où scintille une natte d'un noir brillant comme de l'opale. Navi l'inspecte, aussi suspicieuse qu'un chat devant une flaque d'eau.

— Je ne sens en effet pas de magie à l'œuvre, admet-elle avec une moue contrariée. Tu jures qu'il n'y a rien de tordu là derrière ?

— Tu es bien placée pour me soupçonner, gorgée de magie primaire comme tu l'es ! s'emporte Macia.

Ça a le mérite de faire taire Navi, ce qui me semble être un exploit.

— Je ne peux rien souhaiter qui fasse disparaître cette horrible... forme sombre, je suppose ? demande la princesse.

Je suis son regard, et ma gorge se noue : Mabd continue de s'étendre, ses bras arrachant avec lenteur le toit du palais.

— Non, lui confirme Macia. Je n'ai pas le pouvoir de contrer une fée primaire. C'est au-delà de la puissance des simples fées comme nous...

Son soupir est interrompu par le bruit incongru des mains de Navi qu'elle claque soudain avec enthousiasme. Elle sautille même sur place, son visage transformé sous le coup d'une excitation intense.

— Par le sucre et tout ce qui est bon... MAIS OUI, C'EST ÇA ! Macia, tu es géniale.

— Merci ? hésite l'intéressée. Et pourrais-je savoir en quoi ?

— Pas le temps ! On doit y aller !

Navi saisit la fée du puits par la main et s'arrête soudain pour fixer la princesse.

— On peut vous laisser gérer seule ?

Bruccha sourit.

— Je ne suis pas seule, souffle-t-elle. Nous sommes des milliers, des dizaines de milliers. Nous tiendrons l'assaut.

— Très bien ! s'enflamme la fée rose. Bon courage.

Et sans même me jeter un regard, elle s'éclipse dans une pluie de paillettes. Je reste un instant à les observer s'égailler dans le vent et j'ai l'impression qu'avec chaque flocon de lumière, c'est un morceau de mon cœur qui disparaît.

J'ai donné mon amour pour elle afin de libérer cette... cette chose qui détruit ma ville et mon peuple.

Mon amour.

Pour cette fée que je ne reconnais pas.

Et pourtant... pourtant, je saigne un peu quand je la regarde. Ma poitrine se compresse comme elle le fait quand je me laisse aller à penser à ma mère ou à mon frère. Si mon esprit l'a oubliée, mon corps, lui, se souvient d'elle. Et que la puissance de cet amour ait été suffisante pour libérer un monstre d'une telle force me terrifie.

— Relâchez-le, ordonne soudain la princesse.

Les lames s'éloignent de ma gorge, et la main de ma femme s'encadre devant mon visage. Incertain, je la saisis et elle m'aide à me redresser.

— J'ai menti à ta fée, m'explique-t-elle. Je n'ai pas offert qu'une mèche de mes cheveux à celle du puits.

— Ah non ?

— Non. Elle m'a aussi demandé ma haine.

Je hausse les sourcils, surpris qu'elle ait accepté de s'en défaire. La haine a été mon principal moteur pendant des mois et des mois, et si on m'avait demandé de l'abandonner il y a encore quelques heures, j'aurais sans doute préféré condamner le monde à mort.

En ça, la princesse m'est supérieure. Et ça me la rend insupportable.

— J'ai tué toute ta délégation, je lui rappelle.

— Et tu paieras pour cela.

— Tu as tué mon frère.

— Et j'ai payé pour cela.

Nous nous observons, silencieux et conscients de cet instant historique.

— Jamais je ne pourrai te pardonner ce que tu as fait à mon peuple, je la préviens.

— Tout comme personne ne te pardonnera le désastre de ce jour, et des précédents.

Nous nous jaugeons un long moment, cherchant la faille dans cet impensable, mais indispensable, partenariat. Les sanguis et les humains en guerre contre les fées.

Contre *une* fée.

Cette pensée me réveille et je tends la main à Bruccha, l'invitant à une trêve stratégique.

À l'instant exact où nos paumes se touchent, le monde éclate. Un souffle d'une puissance phénoménale nous jette à terre, et je me surprends à serrer Bruccha dans mes bras pour la protéger de la chute. Un voile noir nous recouvre pendant une fraction de seconde et nous prive de toute sensation.

Une fraction de seconde durant laquelle je suis seul avec moi-même, ce que je déteste profondément.

Puis tout revient à la normale. Ou presque.

— Regardez ! s'écrie l'un des soldats qui me tenaient en joue quelques minutes plus tôt.

Son doigt pointe en direction des ruines du palais de l'Impérator, où la forme sombre de Mabd semble... se fractionner ?

— Que se passe-t-il encore ? murmure la princesse.

Je plisse les yeux et plaque ma main par-dessus mes cils pour mieux distinguer les détails de cette étrange masse grouillante.

— Des oiseaux ? je tente.

— Des oiseaux ?

Je n'ai pas le temps de développer car, déjà, les volatiles nous arrivent dessus à une vitesse vertigineuse. Et quand l'un d'eux tente de m'arracher la tête avec des serres de la taille d'une carriole, je réalise mon erreur.

— Des wyvernes !

Les reptiles, noir de la pointe de leurs ailes jusqu'à leurs naseaux fumants, reviennent à la charge. D'un œil, je note qu'ils sont des centaines à foncer sur la ville. De l'autre, je repère ma femme, en difficulté.

Je me rue sur elle pour la protéger de mon corps avant qu'elle se fasse étriper par l'une de ces sales bêtes, et nous roulons jusqu'à la tente des généraux plantés sur la colline.

— Merci, marmonne Bruccha en se redressant. Je crois que c'est le moment de tester notre alliance, qu'en dis-tu ?

Je l'aide à se relever, consentant silencieusement à cette étrange trêve.

D'une main, elle me tend une de ses épées et, du menton, elle me pointe son cheval.

— Va chercher les tiens, évacue la ville.

— Et vous ?

Elle sourit. Un sourire un brin féroce, qui me la rend tout de suite plus sympathique.

— Nous ? Nous allons vous montrer comment les humains se battent.

40

— Je te jure que si tu me fais traverser ce palais qui sent la chouquette juste pour le plaisir de m'humilier, je ferai de ta vie un enfer.

— À d'autres, je ricane sans même me tourner vers Macia. Je t'ai vue, aujourd'hui. Faire preuve de bonté ! Et deux fois...

— N'importe quoi...

Je fais mine de frissonner et me frotte énergiquement les bras.

— Brrrrrr... Qui sait comment tu occupes ton temps libre ? Tu sauves des chatons ? Places des orphelins en famille d'accueil ?

— Navi... Fais attention à ce que tu dis.

Je lui tire la langue, surexcitée par ce que je m'apprête à faire, et donc logiquement plus enquiquinante que jamais.

— Promis. Ça restera entre toi et moi.

— Navi !! Navi !!

L'irruption très à propos de Tiana coupe la chique à Macia.

— Tiana ! Tu as reçu mon message ?

La petite aile de mon amie s'emballe, et elle penche dangereusement d'un côté. Je la remets droite avant que sa jupe lui passe par-dessus la tête, et elle laisse échapper un gloussement nerveux.

— Merci ! Oui, elles t'attendent dans la salle, j'ai fait au mieux.

— Combien y en a-t-il ?

— Oh, je... Je ne sais pas. J'ai demandé à mes contacts de faire jouer leurs contacts, et ainsi de suite. Je pense qu'on devrait être assez.

— C'est pas super précis, comme nombre.

— Tu m'excuseras de ne pas avoir réussi à mettre en place un système de réservation en l'espace de quinze minutes !

Je m'arrête et observe Tiana qui, pour une fois, ne flanche pas. Je ressens un drôle de cocktail de sentiments. De la fierté de la voir enfin s'exprimer librement. Et puis, une très forte reconnaissance aussi. Parce que, si elle ose enfin me le dire quand je vais trop loin, c'est qu'elle me fait suffisamment confiance pour savoir qu'elle ne risque rien à le faire.

Je suis la première surprise de réaliser que cette idée me plaît.

— Désolée Tiana, je... Oh, mais quoi encore ?!

Mon amie me regarde, les yeux exorbités et la main plaquée sur la bouche.

— Navi *qui s'excuse* ?! Mais il s'est passé quoi, là dehors ?

Je grogne quelques insultes et l'ignore, reprenant la route d'un pas énervé.

— Nan, sérieusement, insiste-t-elle. Il s'est passé quoi ?

— La fin du monde.

— Arrête d'être intense comme ça. Est-ce que tu pourrais réduire le volume dramatique un chouïa, et me répondre sérieusement ?

Je lève les bras au ciel et prends Macia à témoin.

— Tu vois ? C'est pour ça que je bosse seule, d'habitude.

— J'ose espérer que tu n'as pas à gérer ce genre d'urgence de manière régulière.

OK, je vais faire comme si je ne l'entendais pas, elle aussi. De toute façon, nous sommes arrivées à destination.

Quand derrière les lourdes portes du grand hall me parvient le bourdonnement prodigieux de milliers d'ailes, je me tourne doucement vers Tiana :

— Mais il y a combien de fées dans ton réseau ?

Elle se tortille dans tous les sens, un peu inquiète, elle aussi.

— Oh... Je ne sais pas. J'aime bien rendre service, tu sais. Alors... beaucoup ?

Macia prend les choses en main et ouvre les battants d'une chiquenaude. Alors je comprends deux choses.

La première, c'est que mon plan pourrait marcher.

La seconde, c'est que j'ai le trac de parler en public.

Ce qui tombe mal, étant donné qu'il y a une foultitude de fées dans la pièce, qui me fixent comme si j'allais leur improviser un solo d'opéra.

Une goutte de sueur dévale le long de ma colonne vertébrale, et je déglutis bruyamment. J'aurais peut-être dû préparer un peu mon speech sur le chemin, au lieu d'asticoter Macia comme une enfant.

— Allez, vole, m'ordonne cette dernière en me poussant sans délicatesse dans la grande pièce sphérique.

Je n'ai plus le choix.

Je traverse la masse compacte des fées présentes, ignorant leurs regards tantôt énervés, tantôt inquiets, et je me pose droit dans le rayon de lumière qu'adorait tellement la doyenne quand nous étions encore élèves ici.

Mince alors.

Et dire que je me moquais allégrement d'elle dès qu'elle avait le malheur d'entamer un de ses discours à la noix. Ne me reste plus qu'à faire mieux. Après tout, ça ne doit pas être très compliqué.

— Merci à toutes de vous êtes réunies en un temps record et d'être aussi nombreuses. On réussirait toutes l'exercice d'évacuation incendie haut la main, pour une fois !

Four.

Four four four.

Personne ne rit.

OK, en fait ça va être très compliqué de faire aussi bien que la doyenne. Si on ne me balance pas de tomates au visage d'ici deux minutes, ce sera déjà un miracle.

— Je... hmm. Bref. Je disais, merci à vous. J'ai demandé à Tiana de vous rassembler parce que...

— Parce que c'est ton larbin depuis qu'on a éclos ! lance une voix anonyme dans la foule.

Ah. Et là, ça rit ! Alors que, bon, ce n'est ni drôle ni sympa. Ni pour moi ni pour Tiana.

— Ha ha ha, je tente de temporiser. Je lui ai *demandé* de le faire, pas ordonné. Et si elle a accepté, c'est parce qu'elle savait que je...

— Que t'allais la harceler jusqu'à ce qu'elle t'obéisse ?

— Hein ? Mais non, je...

— Que t'allais lui refaire sa robe ?

— Mais pas du t...

— La martyriser jusqu'à ce qu'elle craque ?

— Je peux en plac...

— Toutes nous encastrer dans le mur ?

— C'est arrivé une fois !

— Ah, donc tu le reconnais !

La colère ambiante enfle. Genre très vite et, d'un coup, je souhaiterais trouver le stupide interrupteur de ce stupide rayon qui m'illumine la tête, le couper et disparaître.

Mais pour aller où ? Les Mondes Brisés vont... bah se briser, en fait, une bonne fois pour toutes. C'est quoi, l'autre solution ? Me poser sur un nuage avec un cocktail et observer la fin ?

Quand je prends ma décision, on est au bord de la révolte. Les fées sont de plus en plus agressives, encouragées par mon silence coupable et inédit.

Je soupire.

Tant pis, je n'ai plus le temps pour la diplomatie. OK, je ne suis pas gentille. OK, je respecte peu de monde autant que je me respecte moi. Et je devrais sûrement changer pour le bien de tous, ma petite personne y comprise.

Mais pas aujourd'hui. Aujourd'hui, je dois forcer ces têtes de meules à m'écouter. Alors, je laisse venir à moi la force primaire que j'ai piquée à Mabd.

— Euh... j'entends les fées au premier rang s'inquiéter. Les filles, les filles, il se passe un truc avec ses bras.

— Oh punaise... C'est quoi, ça ?

— Laissez-moi passer ! Laissez-moi passer !

Je relâche la pression quand le mouvement de foule commence tout juste à s'amorcer. Une seule salve, puissante, pure, d'une magie telle qu'elles n'en ont jamais goûté.

Alors, certes, les vitraux n'y survivent pas. Et certes, je ne peux m'empêcher d'être très satisfaite quand je réalise que cette stupide lumière qui m'aveuglait fait partie des dégâts collatéraux.

Mais le plus important, là, tout de suite, c'est que les autres fées profitent d'une fraction de ma puissance. De la puissance de Mabd.

— Qu'est-ce que c'est ? ose enfin me demander une petite fée chétive, aux cheveux noirs.

— C'est de la magie primaire. Une étincelle de magie primaire.

— Pourquoi tu nous en offres ? Tu te décides enfin à nous rendre ce que tu nous as volé ?!

— JE N'AI RIEN V... Non. Non, vous savez quoi ? Je n'ai pas le temps pour ces conneries. Vous ne m'aimez pas, et je vous comprends, OK ? Vraiment, je vous assure, je serais à votre place, je me détesterais aussi ! Plus puissante, plus douée, plus belle que vous...

Tiana, dans le public, me fait signe de me taire, en secouant ses doigts devant sa gorge.

— Bref ! je me reprends. La question n'est pas là. Il ne s'agit pas de moi, pas de vous, mais des Mondes Brisés ! Qui sont arrivés au point de rupture.

— D'où vient cette magie ? exige de savoir une fée qui fait jouer des étincelles sur ses doigts.

J'hésite. Si je crie « de Mabd », je peux être sûre qu'elles vont penser que je me paie leurs têtes. Mabd ne devrait pas exister : c'est un mythe, une histoire qu'on nous racontait petites pour nous tenir tranquilles quand on faisait trop les folles dans les dortoirs. Comme la petite souris, et ce genre de fadaises. On sait tous que ces histoires véhiculent des valeurs, m'enfin personne ne s'attend à ce qu'une souris vienne récupérer sa dent sous l'oreiller ? Tout le monde sait que ce sont les fées qui s'en chargent.

Eh bien, c'est pareil pour Mabd.

Et là, je me sens bien bête.

— C'est Mabd.

Je sursaute, me demandant une fraction de seconde si c'est ma gorge qui vient d'éructer ces deux mots sans m'en demander la permission.

Mais je réalise que c'est pire que cela quand je repère Macia, flottant tranquillement dans la pièce à mes côtés.

— C'est l'Ancienne de la magie noire ?! s'exclame la petite fée chétive. C'est quoi ce vieux plan que tu nous fais, Navi ?

Et voilà. Ça part aussitôt en sucette, et j'assassine Macia du regard, qui me renvoie une grimace contrite. C'est foutu. Maintenant, plus personne ne va nous croire.

Je n'ai plus qu'à...

— NAVI !

Le calme revient immédiatement dans la pièce, alors que la voix de la doyenne se réverbère entre les rares structures de métal encore intactes d'où pendouillent des morceaux de verre multicolores.

L'accompagnent toutes les Anciennes, plus nombreuses encore que lors de mon intronisation en tant que fée marraine.

— Qu'as-tu fait ?! s'emporte la doyenne en se postant face à moi.

— Mon travail, je rétorque, la bouche sèche.

— As-tu libéré Mabd ? me questionne la matrone des fées des dents à mi-voix.

Je devine autour de nous mes camarades se rapprocher doucement, curieuses et inquiètes de briser cet improbable conciliabule.

— Pas délibérément, ni directement. Mais le sanguis que j'ai marié l'a fait, oui.

Grand « oh ! » collectif dans la salle.

— Navi ! s'exclame la doyenne, choquée.

— Hé ! je m'énerve. Je ne le contrôle pas, hein. Il a son libre arbitre !

— Est-ce que tu savais qu'elle était sortie de son sommeil, Macia ?

La colère des Anciennes se concentre maintenant sur la méchante fée, et j'ose enfin respirer. Mais la réponse de cette dernière me fait avaler ma propre glotte.

— Oui.

Je me retourne si vite vers elle que ma nuque craque.

Elle me sourit tristement, et ça lui fait une drôle de grimace avec ses défenses qui rendent l'exercice difficile.

— Désolée, ma belle. Mabd est enfermée dans les eaux des puits à souhait depuis si longtemps... c'était difficile de ne pas la sentir reprendre de la puissance.

— Mais pourquoi n'as-tu rien dit ? lui demande la doyenne, effarée.

— Parce que son éveil était nécessaire.

— Mais qui es-tu pour en décider ?

— Et vous ? s'emporte Macia. Qui êtes-vous pour l'en empêcher ?

— Elle va détruire les Mondes Brisés ! je m'emporte soudain. Elle m'a révélé la source de notre magie !

Je me tourne vers les fées qui m'observent, rivées à nos lèvres comme des abeilles sur une fleur particulièrement affriolante.

— C'est nous qui détruisons le monde ! Dès que nous défaisons un nœud du Destin, une parcelle du monde s'étiole ! Notre magie vient de là ! Et Mabd est décidée à prendre tout ce qui reste.

Macia me regarde avec tellement de déception et de tristesse que j'en rougirais presque.

— Je n'approuve pas sa méthode. Mais... Nous ne pouvons pas continuer ainsi. Chaque année naissent de moins en moins de fées. De moins en moins de terres, de moins en moins de créatures vivantes. Il est temps pour nous de migrer.

— Macia ! s'interloque la doyenne. Ce dont tu parles, c'est... c'est...

— C'est notre dernière chance de survie. Changer de dimension. Filer dans un nouveau monde.

— La dernière fois que nous l'avons fait, la Fata était avec nous.

— Arrêtez avec votre Fata à toutes les sauces ! Elle n'était rien d'autre qu'une fée primaire dotée d'une affinité phénoménale à la magie, comme presque toutes les fées de l'époque ! Comme Mabd. Comme les autres avant qu'on soit contraintes de restreindre notre consommation afin de préserver les limites de ce monde.

— C'est une hérésie, murmure la matrone des dents.

— Ne soyez pas naïves. Nous sommes des fées, nous sommes bien plus malignes que cela. Pas de déesse, pas de cosmogonie : la magie nous a créées, point. Et comme toutes les civilisations, nous avons eu nos héroïnes.

— Je... je ne comprends pas... demande la petite fée chétive au premier rang.

Macia soupire et ses épaules s'affaissent.

— La Fata n'est pas notre créatrice, ma douce. Sa sœur n'est pas un mythe. Elles étaient simplement deux fées, très puissantes, qui ne partageaient pas la même vision du futur. Elles se sont affrontées, la Fata a gagné.

— Mais... et la magie ? C'est vrai ce que dit Navi ? C'est nous qui morcelons le monde ?

— La magie est ce qui le maintient en place, en effet. Et plus nous en consommons, plus il se désagrège. C'est le cycle de la vie.

La petite fée me jette un regard acide, et je comprends qu'elle me suspecte de m'être volontairement gavée de magie en mode « les Mondes Brisés sont un gros biscuit ». Elle est tourte, ou quoi ?

— Il y a toujours un fond de vérité dans les mythes et légendes, rétorque une marraine. Et vu la puissance que dégage Mabd, alors qu'elle sort tout juste de son sommeil, je me questionne tout de même sur notre légitimité à ne l'appeler que « simple fée ».

— Vous n'êtes qu'une poule mouillée, ma chère, lui rétorque Macia. Ce n'est pas surprenant de la part de celle dont le seul but est de marier des jeunes filles impressionnables en les emballant dans des froufrous comme des cadeaux.

— Hé ! je m'exclame, vexée.

— Et qu'est-ce que vous suggérez ? lui balance la marraine, acerbe. Nous nageons en plein chaos, c'est votre élément, n'est-ce pas ?

— De laisser Mabd libérer la magie primaire qui reste dans ce monde. Et de demander à celle de nos fées qui a une affinité avec la magie exceptionnelle de nous ouvrir la voie vers une nouvelle migration.

Tous les regards convergent vers moi, et je me sens soudain minuscule.

— Pardon ? je couine.

— Je n'aime pas qu'on nous force la main, grogne la doyenne.

— Tu vois une autre solution ?

Le silence dans la salle se fait pesant.

— À ce stade, non, finit-elle par admettre. Pour notre survie, je crains effectivement que nous n'ayons d'autres choix...

Tout le monde acquiesce, abattu.

Et moi, je mouline. Je mouline, je mouline, je mouline, puis je comprends enfin.

— Vous laisseriez donc Mabd détruire entièrement les Mondes Brisés ?

Nouveau silence.

— Et les humains ? Et les sanguis ?

Personne n'ose soutenir mon regard.

— On les abandonnerait ?

— Nous ne les abandonnons pas, s'agace l'Ancienne des fileuses. Le Destin suivra son cours. Tout simplement.

— Il a bon dos, le Destin ! je m'exclame. On ne peut pas les laisser ainsi. Ça revient à les condamner à une mort certaine !

— Et que proposes-tu ? s'énerve la doyenne. De les rejoindre dans la mort ? D'arrêter Mabd et de péricliter avec eux ?

— Et pourquoi pas ?!

Ma réponse m'étonne moi-même.

Et alors que les mots quittent mes lèvres, je sais que j'ai déjà perdu.

Derrière le ton revêche de la doyenne, je devine qu'elle espérait sincèrement de moi une solution miracle.

Sauf que je sors tout juste de l'école.

Sauf que je ne suis qu'une fée des dents, qui a tout fait pour satisfaire son caprice de fée marraine.

Et que maintenant, je vais casser le monde.

— Que chacune retourne à son palais, ordonne la doyenne en se tournant vers la masse des fées regroupées. Commencez à préparer vos équipes pour la migration, nous n'allons plus tarder.

— Non ! je crie, faisant sursauter la foule. Non ! Nous ne pouvons pas faire ça ! Nous habitons ce monde, nous aussi ! Les humains, les sanguis, ils ne savent pas que nous sommes là. Que nous sommes derrière les forêts, les récoltes abondantes ! Que nous sommes la mer, que nous sommes la joie, que nous les aimons, que nous les aidons, que nous les guidons ! Mais nous, nous le savons ! Nous ne pouvons pas les abandonner ! Ce monde, c'est aussi le nôtre. Notre monde ! Notre maison que nous avons morcelée, détruite, consommée siècle après siècle ! Et que nous n'en ayons pas eu conscience ne nous rend pas moins responsables pour autant. Nous devons les aider ! Nous devons détruire Mabd ! Toutes ensemble !

Mon cri se perd dans les nuages au-dehors et ne génère absolument aucune réaction positive. J'aurais tout aussi bien pu les insulter une à une et les traîner plus bas que terre, ça n'aurait rien changé au spectacle, celui d'un parterre de fées démoralisées, pour beaucoup d'entre elles en larmes.

— Préparons la migration, répète la doyenne. Et Navi ? Nous te saurions gré de rester dans les environs ; tu es notre seul et unique vecteur pour ce voyage. Il faut bien que tout ce gâchis de magie serve à quelque chose...

Alors comme ça, comme si de rien n'était, chacune s'éparpille.

Certaines me jettent quand même des regards en biais en prenant la direction de la porte, d'autres me murmurent de douloureux « désolée ».

Mais toutes, toutes s'en vont.

Même Tiana.

Même Macia.

Et je reste seule.

41

— Par ici ! Par ici !

Je fais de grands signes du bras à la famille sanguis, apeurée et immobile, qui est bloquée sous l'arche d'entrée de leur villa. Déjà, les pavés à leurs pieds tremblent, et des tuiles glissent du toit pour exploser au sol.

La maison va décoller, comme ses voisines. D'ailleurs, il n'y a guère plus qu'elle dans ce quartier qui est encore à sa place originelle. Les autres flottent inexorablement dans le ciel, à l'état de ruine pour la plupart, semant sur leurs passages mortier, briques, meubles et arbres.

J'observe le petit garçon tirer la manche de sa mère. Mais les parents sont tétanisés.

— Eh merde… ! je siffle entre mes dents.

Je me griffe la paume avec la lame de l'épée que je garde coincée dans la ceinture de mes vêtements en haillons après les péripéties du jour, et libère la magie du sang dans mes veines.

J'ai déjà connu un effet plus puissant. Mais je me contente du peu de jus qu'il me reste et m'élance vers la maison qui tremble sur ses fondations.

Alors que je traverse la rue, je manque me faire faucher par une wyverne, mais les troupes des soldats présents se chargent de la faire fuir avec leurs lances.

La ville est envahie.

Par les humains, par les sanguis, par les wyvernes, par les cris, par le feu. C'est le chaos total.

Sans compter la silhouette massive de Mabd qui ne cesse de grossir, grossir, et d'attirer à elle les fragments de sol qu'elle déchire de son flot de magie. Dans son dos, la montagne commence déjà à s'effriter. Ses sommets se sont arrachés il y a une dizaine de minutes et tournoient autour du corps de la fée noire comme de petites lunes.

Où que se porte mon regard, il ne trouve que ruines et destruction. Le pire reste le bruit. Les hurlements des blessés, les pleurs de ceux cherchant à quitter la ville, le vacarme des avalanches, les explosions de la roche, le crissement des parcelles de terre qui s'arrachent du sol, les sifflements des wyvernes.

Mais je me concentre sur ce petit garçon qui pleure et sur cette maison qui, ça y est, se dessoude du sol. Enfin, les parents réagissent et sautent à terre, deux enfants en très bas âge dans les bras, laissant le gamin debout, tout seul sous l'arche qui ne va pas tarder à céder.

S'il ne meurt pas écrasé maintenant, ce sera dans une heure, ou deux, ou trois, quand le morceau de terre sur lequel il est perché se désagrégera.

— Saute ! lui hurlent ses parents. Saute, Igor !

Mais Igor n'obéit pas. Igor sanglote toutes les larmes de son corps, alors que la maison s'éloigne de plus en plus. Je m'élance sur une pierre qui a défoncé la route et me propulse d'un bond sous l'arche où je saisis le gamin à bras-le-corps.

Il est plein de morve, de larmes et ne m'a visiblement pas vu venir. Mais je n'ai pas le temps de le rassurer, parce que le mur contre lequel nous nous tenons s'écroule.

Je colle Igor contre mon torse et saute à terre, grimaçant quand ma cheville vibre douloureusement après l'impact. J'aurai mal plus tard – là, je dois nous mettre à l'abri. D'une roulade experte, je nous plonge dans l'ombre de la maison volante, d'où nous observons la façade s'effondrer.

— Ça va ? je demande à l'enfant qui tremble comme une feuille.

Il hoche la tête, avant de prendre la poudre d'escampette et de rejoindre ses parents en pleurs. Sans un merci, sans un regard, la famille s'enfuit dans la fumée qui recouvre la ville.

Je me redresse et époussette ma tunique, plus par habitude qu'autre chose. Je dois avouer que je suis dépassé par les événements. Primus Sanguis n'est plus. Toute la ville, ou presque, s'est transformée en un champ de ruines flottantes.

Partout autour, le ciel est encombré de morceaux de maisons, de parcs, de quartiers complets, parfois.

C'est un enfer.

Un enfer bien vivant, avec toute une population sanguis qui cherche à s'enfuir, les wyvernes qui attaquent et l'étrange maladie de Mabd qui se répand.

— Qu'est-ce que tu fais encore là ? me cueille une voix courroucée quand je sors de l'ombre.

La princesse Bruccha m'épingle au sol de son regard, sa lame au clair, rouge de sang.

— Un gamin qui était coincé sur ce morceau de terre, j'explique en le pointant du doigt. Je dev...

— Tu rien du tout. Je t'ai dit de te regrouper avec l'armée sanguis en dehors de la ville et de vous occuper des wyvernes. C'est trop dangereux pour toi, ici.

Je me retiens de répliquer. Cette situation est de mon fait, et je me suis trop souvent trompé, et dans de trop grandes proportions, pour me permettre de lui dire ses quatre vérités. J'abdique en levant les mains devant mon visage et je me dirige vers le nord, où se regroupent les sanguis.

La princesse a raison. Une morsure des infectés, et nous nous transformons à notre tour. Sans compter qu'il nous est particulièrement difficile de tuer les nôtres ; difficulté que ne partage vraisemblablement pas l'armée humaine.

Mais alors que je m'éloigne au pas de course, je repère une ombre se glisser entre les maisons. Je stoppe net et serre mon poing jusqu'à rouvrir ma plaie qui se refermait.

La magie du sang qui me reste est délétère, mais suffisante pour me permettre d'esquiver l'attaque de la wyverne. Je saute quand elle se jette sur moi, m'écorchant le menton sur une pierre.

Ça n'est pas passé loin, et je peux sentir le souffle de ses ailes, qui me frôlent la tête, me décoiffer. J'ai tout juste le temps de me redresser et de m'accrocher à une minuscule roche flottante que, déjà, la bête plante ses crocs là où se trouvaient mes bottes.

— Devin, non !

Trop tard.

Quand j'entends le cri, j'ai déjà lâché prise, ma lame pointée vers le crâne de la créature.

Et c'est là que je me fais attraper au torse par un second animal qui s'est joint à la curée.

Ses griffes, immenses, me transpercent la peau comme du beurre, et je panique à l'idée de mourir aussi bêtement, quand une flèche se plante dans la peau chitineuse de la bête, qui me relâche en poussant un cri.

— Recule ! crie Bruccha accompagnée de deux soldats humains. Recule !

Elle claque son arc contre l'armure de son avant-bras, effrayant le monstre qui fait marche arrière, ses ailes raclant le sol nerveusement.

— Debout, m'ordonne la princesse.

Je me redresse avec maladresse et laisse échapper un geignement embarrassant quand la douleur me prend par surprise. Je passe ma main sur mes côtes et frissonne en découvrant qu'elle est rouge sang.

— Quelle aubaine, ricane Bruccha. Voilà de quoi soigner toute mon armée.

Nous nous affrontons du regard quelques instants, et je me demande ce qu'elle aurait fait de moi si la fée du puits ne l'avait pas délestée de sa haine. Si c'est simplement de la colère qui fait scintiller ses yeux, je n'ose pas imaginer ce à quoi j'aurais fait face sans le vœu.

— Princesse, l'appelle l'un des soldats. Ils nous encerclent.

Je lève la tête, inquiet, et mon humeur ne va pas en s'améliorant quand je réalise qu'il dit vrai. Les bêtes se sont organisées : trois d'entre elles nous tournent autour, communiquant par des couinements grinçants.

— Au-dessus, murmure le second soldat.

Je risque un regard discret. Une quatrième wyverne s'est perchée sur l'une des roches et nous observe avec gourmandise.

— Je prends celle du fond. Vous, les deux au nord. Devin, tu prends celle du dessus.

Nous acquiesçons en silence. Ces monstres font dix fois notre taille, ont des cuisses de la taille d'un bœuf, peuvent voler et ont des griffes à faire se pâmer d'envie nos épées. Aucun d'entre nous n'imagine en sortir vivant.

— J'espère que tu es satisfait de la tournure des événements, gronde Bruccha entre ses dents.

— Je devais sauver mon peuple, je réponds.

— Et je suis persuadée qu'il te sera extrêmement reconnaissant.

— Je ne pouvais pas deviner que je libérerais une fée primaire.

— Mais comment as-tu pu penser cinq minutes lui faire confiance ? À une créature dans un puits ?!

— J'avais déjà rencontré une fée de confiance.

— Mais tu l'as trahie.

J'acquiesce, puis sors la lame de ma ceinture, et tente d'oublier la douleur qui me scie le corps.

— Et je le regretterai jusqu'à mon dernier souffle.

Les wyvernes approchent.

— Qui ne devrait plus tarder, grommelle Bruccha.

Je ne rétorque rien, prêt à soutenir l'attaque des monstres.

Je prends une profonde inspiration et fais appel à ce que j'ai étudié dans les casernes de l'Impérator. Concentré. Calme. Je ne fais plus qu'un avec le monde.

Et le temps ralentit.

Les cris de Mabd passent en arrière-plan, comme le brouhaha des explosions, des hurlements. Tout ce que j'entends, c'est le raclement des serres des bêtes contre le sol. Le bruit de leurs naseaux fumants alors qu'elles nous jaugent de leurs yeux sans pupilles.

Je repère, à une légère crispation du muscle de celle dont j'ai la charge, qu'elle va sauter et je joue le tout pour le tout.

J'active toute la magie du sang qui me reste, profitant de mes nombreuses blessures, et me propulse en l'air en même temps qu'elle nous tombe dessus.

D'un coup net, je lui tranche la tête.

La princesse et les soldats me regardent avec stupéfaction, mais je n'ai plus la force de crâner. Je suis vidé, de bout en bout.

Heureusement, ils ne remarquent pas que je me laisse tomber au sol, occupés qu'ils sont à gérer leurs propres wyvernes qui chargent d'un bloc. J'observe l'élégance de la princesse qui pare coup sur coup les attaques de l'immense animal ; le premier soldat qui découpe les tendons de son adversaire d'un geste précis ; le second qui chute, renversé par un coup d'aile.

La tête me tourne.

Un cri, atroce, m'apprend que l'un des deux soldats n'a pas survécu.

L'appel désespéré du survivant, rapidement débordé.

La princesse vole et s'écrase contre la tête sanglante de ma chasse.

Je vois flou.

Les trois formes noires se jettent sur nous, et je ferme les yeux, prêt à partir, à rejoindre mon frère et ma mère.

J'espère qu'Alix est en sûreté, loin de la ville et de sa folie. J'espère que nous n'avons pas détruit le monde.

Et puis, un vent chaud souffle sur mon visage.

Un vent chaud, à l'odeur sucrée des cerises mûres.

J'ouvre une paupière et j'observe, incrédule, la forme fabuleuse de Navi se dresser devant nous.

D'un simple geste de la main, elle transforme les wyvernes en oiseaux bleus, qui disparaissent dans les décombres de la ville, l'air déboussolé.

Des mots. Des mots sont échangés entre elle, le soldat et la princesse. Elle se penche ensuite vers moi, ses longs cheveux formant comme un rideau autour de nous.

Je ne suis pas surpris d'avoir été amoureux d'elle.

Sans que je comprenne ce qu'il se passe, je la vois se saisir de l'épée de Bruccha, la serrer dans sa main. Et quand son sang coule, mon instinct s'agite. Ça sent bon. Ça sent divinement bon et j'ai faim. Je meurs de faim. Je meurs tout court, en fait.

Heureusement, Navi ne s'est pas tranché la paume pour le plaisir de me torturer – bien que quelque chose me dise qu'elle pourrait être le genre de femme à envisager ce genre de pratique –, et elle me fourre rapidement son doigt dans la bouche.

Je rougis.

Je crois qu'elle aussi.

La princesse, elle, détourne carrément sa tête, qui a pris la teinte d'une tomate bien mûre.

Mais la gêne est vite oubliée quand le goût incroyable de son sang entre en contact avec mon palais. C'est comme si on me versait de l'énergie pure dans les veines. De l'énergie pure au parfum de fraises et d'été.

— Doucement, grogne Navi après quelques secondes. Doucement le... Hé ! Stop !

D'une tape sur la main, elle me fait lâcher prise.

— Il n'a jamais su s'arrêter, bougonne-t-elle.

Je m'essuie le menton et l'observe, interdit.

— Nous avons déjà fait ça ?

Je jurerais que ses yeux se remplissent de larmes quand elle se détourne soudain, se plantant face à ma femme, les poings sur les hanches.

— C'est quoi le topo ? exige-t-elle de savoir.

Bruccha lui fait part de notre stratégie très aléatoire, et j'observe Navi perdre de sa superbe, transformant à la volée les wyvernes qui nous attaquent. Alors que je me redresse, curieux de lui demander pourquoi cet air aussi dépité, un souffle violent vient nous faucher, nous envoyant valdinguer au sol, et je manque me faire écraser par l'une des roches volantes qui percute la terre à quelques mètres de moi.

Quand je me relève, la première chose que je remarque, c'est que la nuit est tombée. Ou, tout du moins, que le ciel noir nous cache à présent le soleil.

— Mabd... grogne Navi.

— Mabd ? répète la princesse, sans comprendre.

— Elle a aspiré assez de magie.

La fée me regarde dans les yeux, et je déglutis bruyamment. Jusqu'alors, j'ai refusé de voir la vérité en face – mais je ne peux plus ignorer que mon égoïsme vient de nous mettre face à notre fin à tous.

J'ai joué et tout le monde a perdu.

— Ils arrivent, souffle Navi.

Nous nous regroupons sans même nous concerter, le soldat humain, la princesse, Navi et moi, tandis que le noir du ciel se déplace en une masse compacte. Une masse compacte dont une partie se désolidarise pour nous foncer dessus.

— Je prends la première vague ! crie Navi.

Une dizaine de wyvernes et d'animaux noirs volants nous foncent dessus. Navi les transforme d'une chiquenaude en oiseaux, mais d'autres sont juste derrière et nous fauchent les jambes.

Nous nous redressons, parons les coups.

Des ailes nous frôlent le visage, des griffes aussi.

J'ai l'impression de me débattre contre de l'eau. Les formes noires qui accompagnent les créatures n'ont pas de corps et sont constituées d'une brume glaciale qui me fige les os dès qu'elle me traverse.

Nous ne nous arrêtons pas.

Nous tranchons.

Nous parons.

Nous attaquons.

— Nous ne tiendrons pas longtemps, halète la princesse.

Elle ne fait que dire tout haut ce que nous pensons tous tout bas.

— Foutresel, c'est trop con ! s'écrie soudain Navi.

Je vois alors la fée se mettre à briller, son corps parcouru d'arcs électriques, tandis qu'une bulle de magie pure grossit jusqu'à nous englober, tenant à l'écart wyvernes, monstres de brume et autres créatures.

— C'est incroyable, soupire la princesse.

— Incroyablement temporaire, oui, grogne Navi en se laissant tomber à terre.

Sans trop savoir pourquoi, je lâche mon épée et me précipite à ses côtés, attrapant sa main tremblante.

— Tu es blessée ? je lui demande.

— Vidée, me confie-t-elle. J'ai donné de ma puissance aux fées avant, et... je suis à sec.

— Pourquoi avoir fait ça ?

Son nez se retrousse et je perds mes moyens quand elle se met à pleurer. Je suis intimement persuadé que c'est une première et que, même avant que je fasse le choix de l'oublier, elle ne m'a jamais montré cette facette d'elle.

— Navi ? je m'inquiète.

Elle plonge sa tête contre ses genoux, sourde à mes questions et aux coups des monstres contre sa bulle.

— C'est de ma faute, chouine-t-elle tout bas. Toi. Les sanguis. Les humains. Maintenant, les fées. J'ai tué tout le monde.

— Elle a tué les fées ? chuchote le soldat humain.

La princesse lui fait signe de se taire, mais les oreilles de lynx de Navi ont déjà capté sa question.

— C'est tout comme ! éructe-t-elle. Sans moi, elles sont coincées ici. Elles... elles ne pourront pas partir.

— Partir où ?

— Ailleurs. Dans un autre monde.

— C'est possible, ça ?

— Juste pour les fées, oui.

Navi se frotte sous le nez, se barbouillant de terre, et de la voir aussi vulnérable me fait comme un nœud à l'estomac.

— Rejoins-les, je lui dis soudain.

Ses grands yeux roses me fixent.

— Pardon ?

— Rejoins-les. Tu peux t'y téléporter, non ? Vas-y.

Elle me fixe comme si je venais de parler dans une langue étrangère.

— Mais... pourquoi je ferais ça ?

Je pointe du doigt la hampe de mon épée, qui disparaît au-delà de la protection de la bulle.

— Tu perds de la puissance. Va-t'en, tant que tu le peux.

Navi ne pleure plus.

Au contraire, un sourire timide lui soulève les lèvres et fait briller des étoiles dans ses yeux.

— Mais je ne peux pas.

— Alors, reprends le sang que tu m'as donné et la magie qu'il contient !

— Je ne peux pas.

Je me retourne, observe la bulle.

— Si tu la réabsorbes, tu pourrais sûrement...

Je me tais quand sa main serre la mienne. Elle est chaude et douce comme la peau d'une pêche.

— Je ne peux pas. Je veux rester avec toi.

Je ne réponds rien. Je me contente de fixer ma main dans la sienne et de me sentir étrangement rasséréné.

— Tu ne te souviens pas de ce que tu m'as demandé il y a quelques heures, n'est-ce pas ?

Sa question me fait grimacer et je soupire, sincèrement désolé.

— Non, je suis navré.

— Je comprends, je comprends. Mais je vais tout de même te donner ma réponse, car je doute d'avoir une nouvelle occasion de le faire. Moi aussi, je t'aime. Depuis la première morsure, depuis la première épreuve, depuis la première fois où je t'ai vu sourire à la lune dans cette carriole.

Je ne sais pas quoi faire. Ses paroles me touchent plus qu'elles me bouleversent et, pourtant, je sens une larme couler sur ma joue, comme si mon corps, lui, était délivré de connaître enfin la réponse à cette question qui avait dû me brûler les lèvres.

Alors, je me contente d'embrasser doucement ses doigts et de lui sourire. Et je suis soulagé de lire dans ses yeux roses qu'elle ne m'en veut plus.

— Combien de temps nous reste-t-il avant que la barrière nous lâche ? demande la princesse, après quelques instants.

Elle fait mine de n'avoir rien entendu, et je lui en sais gré.

— C'est une question de secondes, soupire Navi. Mais je vais vous faire gagner du temps ; dès que je vous donne le signal, vous décampez. Je vais emporter autant de créatures que possible avec moi.

Sa formulation me fait tiquer.

— Tu vas faire quoi ?

— *Tabla rasula*, crâne-t-elle.

Je la fixe, interdit.

— Tu as conscience que ça ne veut rien dire ?

— *Tabula rasa* ?

— Toujours pas.

— Mais c'est du sanguis, non ?

— Absolument pas.

— Tu as quand même saisi l'idée, ou pas ?

— Tu vas faire table rase ?

— Et pas qu'un peu.

42

« Non, non, Navi, ne fais pas ça. »

Voilà ce qu'ils devraient être en train de crier ! De me supplier, même. Mais pas du tout, au lieu de ça, ils me fixent tous comme si j'étais la dernière étoile de l'univers, et que ma fin était aussi inexorable qu'attendue.

Voilà qui est vexant.

Et de toute façon, même s'ils m'avaient suppliée, je n'en aurais fait qu'à ma tête, parce que je suis comme ça. Mais ça m'aurait mis un peu de baume au cœur de partir en sachant que mon sacrifice serait pleuré, voire chanté et loué pendant des décennies. Des siècles même !

Bon.

Toute cette histoire n'aura été qu'une déception de bout en bout, de toute façon.

Devenir marraine ? Surfait.

Battre Tiana ? Réchauffé.

Tomber amoureuse ? On ne m'y reprendra plus de sitôt.

Quand je me redresse, j'ose jeter un ultime regard à Devin. C'est horrible. Ce grain de beauté sous son œil, cette boucle d'oreille à son lobe. Cette pomme d'Adam, discrète, dans les ombres de sa gorge. Le carré de sa mâchoire, l'arrondi des boucles de ses cheveux, la plénitude de ses lèvres...

C'est lui.

Mais quand il me regarde, plus rien ne vibre. De la curiosité, au mieux. Je ne lui fais pas plus d'effet qu'une chaise qui parle.

Pas grave.

Ce n'est plus grave.

Comme dernier cadeau, je vais lui offrir l'opportunité de sauver sa vie. La mienne, de toute façon, est cuite. Je n'ai plus la force de rejoindre le palais, plus la force de rien, si ce n'est de lâcher la bride à toute la magie que je contiens.

Peut-être que l'explosion va les cramer. Je n'en sais rien, en fait. L'avenir le leur dira. Ou pas.

Je me redresse et enjambe le soldat humain, recroquevillé au centre de la bulle de plus en plus petite, et j'écarte les bras.

— Adieu ! je crie.

Et alors...

— C'est tout ? me prend de court une voix féminine.

Je rattrape *in extremis* le fil de magie que je m'apprêtais à libérer, et je fais un demi-tour bondissant.

— Macia ?

— C'est tout ce que tu allais dire ? souligne une fois de plus la méchante fée. Ton grand départ, ta grande révérence, et juste... « Adieu » ?

— Je vais au plus efficace, je grogne.

— C'est une manière de dire que tu te contentes du strict minimum, oui.

Je baisse les bras, agacée.

— Et à part me gâcher mes derniers moments, ta visite a un but, ou... ?

— Lève le nez.

— Pardon ?

— Lève le nez !

Je lui obéis, mais je ne vois rien d'autre par-dessus la bulle que des wyvernes bavant sur le bouclier magique et des créatures sombres y glissant de tout leur long.

— Ah, oui, grommelle Macia.

D'un geste du doigt, elle envoie tout ce beau monde valser plusieurs mètres plus loin, et...

Je fais tomber la barrière magique pour m'envoler.

Partout dans le ciel clignotent des lumières multicolores. Roses, vertes, bleues, dorées, noires, blanches, violettes, cyan...

— Les fées sont venues ?

— Pas toutes, soupire Macia à mes côtés. Mais nous sommes nombreuses à avoir répondu à ton appel.

Je lui colle mon poing dans l'épaule, en colère.

— Tu savais pour Mabd !

— Hé ! Et qu'espérais-tu que je fasse contre la sœur de la Fata, franchement ?

— Tu te fous de moi ? Ce n'est pas toi qui soutenais qu'elles n'étaient que de simples fées ?

— Parce que tout ça a l'air simple pour toi ?

Elle pointe la forme noire du doigt, tout en se débarrassant d'une pichenette des créatures qui reviennent à la charge.

— Tout va bien, Navi ?

Tiana se poste devant nous, peinant à freiner avec sa petite aile qui lui fait faire des demi-tours incontrôlables.

— Tu es là !

Je la serre dans mes bras et rigole toute seule quand elle me tapote le dos, incertaine.

— On va rejoindre les habitants qui évacuent, m'informe-t-elle quand elle parvient à se dégager. Mais... ils ont l'air d'être plus terrorisés qu'autre chose de nous voir.

— Il faut qu'on leur ramène la princesse, j'assène. Tiana, tu t'en occupes ? Je prends Devin. Et toi Macia, tu peux prendre... l'autre ?

— Je m'appelle Elvon, m'informe le soldat humain d'une voix blessée.

Merveilleux. Comme si j'en avais quelque chose à carrer.

— On s'en fout, je m'agace. On y va !

J'attrape Devin par la taille et prends la direction de feu la grande porte Nord.

— Navi, m'appelle Macia. Tu ne veux pas que je m'en charge ? Tu as l'air de peiner ?

Je l'ignore.

Je peine carrément, oui. Je dessine des petites montagnes, haut, bas, haut, bas, mais je refuse de poser mon sanguis. Parce qu'une fois que ses pieds toucheront le sol, je ne le reverrai sans doute jamais.

Et j'ai mal.

J'ai super, super mal, ne serait-ce que d'y penser.

Parce qu'une partie de ma stupide tête, celle qui est romantique et un peu trop fleur bleue, n'arrête pas de se demander ce qui aurait bien pu se passer si je ne l'avais pas bridé quand Devin m'a demandé de rester avec lui.

Aurait-il mis un terme à son plan pour demeurer à mes côtés ?

Aurait-il continué comme si de rien n'était, auquel cas je l'aurais sans doute fait exploser sur place, ce qui l'aurait *de facto* empêché de suivre ses folles idées ?

Je ne le saurai jamais.

Alors, je profite de ces derniers moments avec lui, à sentir la chaleur de son corps à travers sa tunique.

Quand nous rejoignons la file des réfugiés, je suis prête.

En le déposant, c'est à peine si je laisse échapper un petit sanglot et l'assassine du regard lorsqu'il m'offre une moue peinée.

— Merci, me chuchote-t-il.

Je lui tape l'épaule – avec légèrement trop d'enthousiasme – et me détourne de lui, le cœur saignant.

— Bien ! je force d'un ton chantant. Ce n'est pas tout, mais on a une fée primaire à arrêter, alors...

Je pointe du pouce le champ de bataille, incapable de trouver comment terminer ma phrase sans avoir l'air d'une meule complète.

— Je comprends. Merci pour tout, Navi.

Et je le vois me tourner le dos. Rejoindre les sanguis et les humains. Et j'ai soudain la main qui me démange... je me demande si ce ne serait pas une bonne idée de vider mes dernières gouttes de magie pour le transformer en crabe, ou en autre truc aussi peu adapté à un combat de fin du monde.

— Laisse-le, me conseille une voix que je ne pensais pas entendre ici. Il ne sait pas ce qu'il rate.

— Praline ?!

La fée des dents m'observe, la mâchoire résolue et l'œil sévère.

— Eh ouais, soupire-t-elle. Tu m'as eue, avec ton discours à la noix. On va rejoindre les sanguis avec les collègues de l'usine. Après tout, quoi de mieux pour accompagner des soldats qui tirent leur magie de leurs canines que des fées des dents, hmm ?

Elle me tapote l'épaule avec un fatalisme très à propos et s'éloigne dans sa salopette de travail. Eh bah, ça pour une surprise... J'espère qu'il ne lui arrivera rien. J'espère qu'il ne *nous* arrivera rien.

— On y va ? me lance Macia.

Je les observe, elle et Tiana, et me surprends à sourire.

— On y va.

Nous nous envolons en rang serré, moi au centre, les deux autres dans mon sillage, et prenons la direction du cœur de la bataille, qui fait rage dans les décombres de la ville.

Nous survolons un contingent de soldats humains aux prises avec les étranges créatures volantes de Mabd, et nous repérons un groupe de sanguis infectés les approcher par le sud.

— Je m'en charge, propose Tiana.

Elle vire légèrement et se déporte vers les hommes. J'ai tout juste le temps de la voir invoquer un lai de tissu pour protéger leurs flancs que l'ombre d'une wyverne la cache à ma vue.

Enfin, l'ombre.

L'intérieur de sa gorge, plutôt, parce que cette saleté de dragon mystique à la noix a carrément tenté de me gober. Stupide réflexe, je le change en colibri.

Et là, panne sèche.

Vidée, siphonnée, épuisée ; la magie me quitte définitivement.

Je me retrouve à chuter comme une pierre, mes ailes m'entourant comme le plus inutile des accessoires.

— Navi ! crie Macia en se lançant à ma poursuite.

Mais c'est peine perdue.

Je suis bien plus grosse, bien plus lourde qu'elle, avec ou sans magie. Et les lois de la physique ont repris leur juste place.

Je ferme les yeux.

C'est un peu honteux, comme façon de mourir. J'aurais mieux fait de continuer avec mon « adieu » plus tôt, et partir en héroïne. Mais alors que je me prépare pour le choc inévitable, l'impensable se produit.

C'est comme si... comme si les Mondes Brisés réagissaient à ma présence.

Le temps s'arrête. Ma chute aussi, de manière très pratique.

Quand je rouvre les paupières (parce que je suis courageuse, certes, mais je n'ai pas non plus envie de regarder en face ce qui m'attend), je reste coite.

Autour de moi, tout est figé. Les explosions, les courses, les projectiles, les ombres de Mabd. Plus rien ne bouge, plus aucun vent ne souffle, plus aucun son ne me parvient.

Et alors que je m'émerveille de la beauté de cet instant que je semble être la seule à pouvoir vivre, je repère les fils épars du Destin. Des milliers, des millions peut-être, de fils dorés, clignotants, qui s'enroulent et se dispersent entre les bâtiments. Ils filent entre les gravats, s'entortillent autour d'un soldat, puis d'un autre, et continuent leur étrange danse de la destinée.

C'est la première fois que je peux admirer directement le Destin à l'œuvre. La théorie féerique m'a bien sûr enseigné que nous sommes tous liés par ces fils, et j'ai appris grâce à mes manuels et mes leçons à analyser ses nœuds et à les détricoter.

Mais je n'ai jamais entendu parler d'une fée capable d'en déceler les rouages en dehors du Grand Canevas.

C'est magnifique, absolument, totalement, magnifique.

Je me laisse aller quelques instants dans l'admiration de ce miracle, quand je repère, entre les fils dorés, des fils verts, plus fins et plus épars.

Eux sont rattachés aux formes rocheuses qui s'échappent dans le ciel, tendus comme des élastiques prêts à céder. À l'inverse des fils dorés, d'une finesse d'orfèvre, ces liens sont inégaux, brouillons.

Il y a quelque chose de primaire dans la manière dont je les devine essayer de retenir les Mondes Brisés de la disparition. Une forme de désespoir, peut-être, qui résonne curieusement avec le mien ?

Toujours est-il que je comprends instinctivement ce que je dois faire : briser ces attaches pour me recharger en magie.

Quand j'arrache le premier fil vert, la culpabilité me ronge tandis que l'afflux de pouvoir primaire me fait tourner la tête. Si le monde s'est arrêté de tourner avant que je m'écrase, c'est qu'il y a une raison.

Je vais prendre ce sauvetage inattendu comme une invitation à me gaver, dans le plus pur style Navi.

Sans aucune limite.

Alors, je tire.

Je tire sur tous les fils verts que je vois.

Je me gorge de toute la magie à ma portée.

Je l'absorbe, ivre de cette sensation merveilleuse, ivre de puissance pure. Un peu plus et je pourrais comprendre pourquoi Mabd est prête à détruire un monde pour s'en nourrir.

C'est délicieux. Et fort, surtout !

Quand je suis repue, je soupire enfin, et autorise le temps à reprendre sa course. Doucement, presque comme le réveil après une grosse sieste, les événements reprennent leurs cours.

Autour de moi, toutes les roches dont j'ai arraché le fil explosent, prenant les survivants, les wyvernes et les ombres par surprise.

Mais je m'en fiche.

Je sais que je suis maintenant prête à réparer les bêtises de Devin, et les miennes au passage.

43

— Il se passe quelque chose !

Le soldat à mes côtés pointe le ciel du doigt et, comme l'idiot que je me découvre être, je le suis du regard. Ce qui me vaut une bonne griffure de la part de la wyverne que je combats.

D'un coup net, je lui tranche l'aile, ce qui suffit à la faire reculer.

— Le ciel ! répète le soldat.

Là, je ne peux pas le rater.

Effectivement, il est en train de devenir rose. Drôlement, sacrément rose. Comme si une goutte de peinture se répandait dans de l'encre noire.

Et au centre de ce maelström printanier, je repère une silhouette. Des ailes de papillon, une robe à rubans, des boucles lourdes.

Navi.

Autour d'elle, les morceaux volants de la cité explosent les uns après les autres. Dès que l'onde rose les affleure, ils se fracturent, se dissolvent et disparaissent en paillettes lumineuses.

C'est beau comme un feu d'artifice. Effrayant comme le réveil d'un volcan.

Et je ne sais pas pourquoi, mais une larme coule sur ma joue quand je comprends ce qu'il se passe.

Navi va affronter Mabd.

Et mourir, par ma faute.

44

Par le sucre et tout ce qui est bon !

C'est donc ça, la vraie puissance ?

Quand je me réveille de ma drôle de transe, je n'ai même plus besoin de battre des ailes pour flotter. C'est comme si le monde se pliait à ma volonté, et ce n'est pas pour me déplaire.

— Mais qu'est-ce que tu as fait, jeune fille ?!

Macia se poste vers moi, l'air aussi inquiet que ses grosses défenses le lui permettent.

— J'ai trouvé de quoi me recharger.

Les sourcils de la méchante fée se froissent. Elle s'apprête à me dire quelque chose, quand un sort la fauche devant mes yeux.

Sa bouche se tord de manière grotesque, et un son unique sort de sa gorge.

— Macia ! je m'exclame.

Je n'ai pas le temps de me lancer à sa poursuite qu'un cri dans le ciel me tétanise.

— Tu oses aspirer ma magie ?

Mabd.

Des doigts de brume noire s'enroulent autour de mon corps, me gardant prisonnière de leur grippe glaciale.

Je ne vois plus rien, ne sens plus rien, n'entends plus rien que les cris enragés de Mabd qui me hurle sa colère.

— Je n'ai rien aspiré, je lui crie. Elle est venue à moi.

— Mensonges !

La brume devient plus agressive, me griffant le corps, me cognant le visage et me tirant les cheveux. Mais je ne suis pas inquiète. C'est tout ce dont Mabd est capable ?! Elle est aussi effrayante qu'une enfant qui ferait une colère, et je comprends qu'elle ne peut pas me faire de mal.

Que la puissance primaire dont je me suis gorgée me protège.

— Je crois que le monde ne veut pas mourir, après tout.

Mabd pousse un hurlement furieux, et la brume se rétracte soudain, lui redonnant un corps. Un corps qui, à peine formé, en profite pour me balancer un jet de magie que je contre *in extremis.*

— Tu n'es pas ma sœur ! me crie-t-elle. Et tu ne pourras pas m'enfermer comme elle l'a fait !

J'attaque à mon tour, impressionnée par la facilité avec laquelle je maîtrise mes nouveaux pouvoirs.

— Je me contenterai de vous casser la gueule, alors !

J'ai peut-être fait une connerie en la titillant ainsi. Parce que sa riposte est si violente qu'elle m'envoie valdinguer à plusieurs dizaines de mètres, et que la douleur qui me transperce le ventre réveille de drôles d'instincts de survie.

Peur.

Fuite.

L'envie de me téléporter au loin est très, très forte.

Mais elle n'est pas née, celle qui me fera pétocher suffisament pour que j'abandonne une cause qui m'est chère. Ça, c'est mon super pouvoir à moi.

Et Mabd s'apprête à y goûter.

Je fonce vers elle, les ailes plaquées dans mon dos, le corps tendu comme une flèche, et je la percute en pleine poitrine. Je ne lui laisse pas le temps de se redresser que j'attaque immédiatement, la harcelant de magie.

Un assaut. Deux. Dix.

Elle se met en boule, et je me sens puissante, si puissante de maîtriser une fée primaire !

Première erreur.

Que je saisis quand, de la forme avachie de mon ennemie, s'échappe un rire rauque, qui enfle, enfle, jusqu'à me faire douter. Assez pour que je suspende mes coups.

Elle se redresse, intacte, et essuie une larme au coin de son œil.

— Je dois avouer que c'était distrayant. Mais, ma petite fée, tu ne sais pas dans quoi tu t'es embarquée.

Elle ne me laisse pas le temps de me questionner. Un filin m'attrape par la taille et me serre avec tellement de virulence que je ne parviens plus à respirer.

Et ma magie, ma belle magie, me quitte par cet étrange simulacre de cordon ombilical féerique.

Elle me pompe mon énergie, littéralement, et je sens que je perds pied.

Je ne peux plus bouger et je suis à peine capable de penser.

Mon regard fatigué se pose sur les formes plus loin, à la sortie de la ville.

Les armées. En proie aux créatures de Mabd. Les humains et les sanguis sont des milliers à avoir joint leurs forces pour s'en sortir. Les fées, par centaines, tentent de les soutenir, boules lumineuses qui virevoltent dans tous les sens.

Devin est au moins parvenu à ce tour de force : humains et sanguis, ensemble.

Soutenus par des fées, qui pour la première fois s'impliquent dans le monde qu'elles ont si longtemps méprisé.

Je ris doucement. Ce n'était absolument pas son objectif initial.

Mais peut-être que le Destin était à l'œuvre derrière tout ça, finalement.

Mes yeux se ferment, ou le monde replonge dans l'obscurité, je ne saurais le dire.

Et alors que je m'apprête à rendre mon dernier souffle, sèche comme un pruneau, le filin magique se brise.

Je relève les paupières dans un ultime effort et me retrouve face à Tiana.

Tiana, qui s'est interposée entre moi et la puissance de Mabd.

Tiana, dont les contours se dispersent déjà en mille paillettes lumineuses.

Tiana, trop faible pour supporter l'aspiration de Mabd.

— Tu la descends, me chuchote-t-elle. Et tu nous sauves. Tu me dois bien ça !

J'essaie d'attraper sa main, mais c'est trop tard.

Tiana a disparu, et les dernières particules de sa magie se précipitent vers la fée noire qui l'absorbe, un sourire tranquille sur le visage.

— Une amie à toi ? me chambre-t-elle.

Seconde erreur.

La sienne, cette fois-ci.

Je suis rarement en colère.

Agacée, énervée, fatiguée, oui. De manière constante. On pourrait même dire qu'à ce stade, ça fait partie intégrante de mon caractère.

Mais là... Là, je suis ivre de rage.

Je n'ai même pas besoin de voir les fils verts du Destin pour pomper tout ce qui reste autour.

L'explosion de ma colère est si énorme, si monstrueuse, que je creuse un trou parfait dans le sol, pile à l'endroit où se trouvait Primus Sanguis, et laisse la magie venir à moi en une vague dévastatrice.

Je jubile quand je vois la peur dans le regard de Mabd.

Et je pleure quand je repense à Tiana.

Tiana et sa petite aile.

Tiana et son chapeau en cône, avec son ridicule voile à fleurs.

Tiana.

Mon amie.

Je rassemble alors toute la peine, toute la haine que je ressens d'avoir perdu mon véritable amour et ma meilleure amie, et la concentre dans mon attaque.

Ça suffit maintenant, j'en ai assez.

Les couleurs disparaissent, tout n'est plus qu'éclats blancs et noirs.

Je crois que je crie, parce que mes doigts brûlent sous la puissance de la magie que je manie. Je ne suis plus que douleur.

— Tu ne peux pas... me tuer ! panique Mabd.

Je l'ignore. Continue et maintiens le flux d'énergie.

— Non ! hurle-t-elle.

Elle contre-attaque, tente de prendre le contrôle de mon lien. Essaie à nouveau de l'inverser pour aspirer ma magie.

Et j'observe, incrédule, ma puissance prendre le pas sur la sienne.

— Tu n'es personne ! crache-t-elle. Jeune et arrogante fée !

— Continue, Navi !

Un regain d'énergie me traverse soudain.

Je me retourne, incapable de résister à la curiosité.

Et ce que j'aperçois dans mon dos m'estomaque.

Les Anciennes se sont déployées en arc de cercle, leurs mains jointes et leurs robes colorées battant au vent comme des fanions de colère.

Derrière elle, des dizaines, peut-être même des centaines de fées se tiennent immobiles, le regard tendu vers Mabd, leurs ailes battant doucement la mesure.

Mon ventre se tord de fierté et de peur. Ça y est.

Elles m'offrent purement et simplement leur magie.

Des siècles, des millénaires de magie.

Mon corps se consume alors que je deviens le vaisseau de leurs dons.

Je ne pense plus.

Je ne vois plus.

Je suis.

Tout explose.

45

Quand je rouvre les yeux, le ciel est bleu.

Étrangement, obscènement bleu.

Et cet état de fait me plonge dans une colère inexplicable.

Je veux me redresser, mais une puissante douleur à l'épaule me renvoie aussitôt à l'horizontale.

Réfléchis, Devin, je me rassure. *Pense.*

Je me souviens du ciel rose.

De Navi qui flottait.

De l'onde de choc quand sa magie a rencontré celle de Mabd.

De la terreur quand nous l'avons tous observée se faire maîtriser par la fée noire.

De milliers de lumières colorées qui se sont levées dans le ciel.

Mabd a alors explosé, libérant ses hordes de monstres sur nous. Mais la fée primaire, elle, n'est pas revenue.

Nous avons continué de nous battre.

Les fées bleues ont édenté les sanguis infectés, les neutralisant avec une simplicité déroutante. L'un d'eux s'est jeté sur moi pour me suçoter le bras ; je n'ai eu qu'à l'assommer avec le pommeau de mon épée pour qu'il s'écroule, à terre.

Des méchantes fées ont invoqué des barrières de ronces par-dessus nos soldats, forçant les créatures de brume à passer par le sol pour attaquer nos positions. Des fées roses nous protégeaient avec des mètres et des mètres de tissu ; l'une d'elles a affublé une wyverne d'une robe à corset qui lui comprimait les ailes, l'envoyant s'encastrer dans le décor.

Nous ne savions plus où donner de la tête.

J'ignore combien de temps la bataille a duré. Des heures ? Sûrement.

Navi est passée au-dessus de moi à plusieurs reprises, sa présence galvanisant les troupes comme un soleil.

Trajan m'a aussi retrouvé sur le champ de bataille, entouré de sa garde rapprochée, et nous avons échangé un regard unique et lourd : aujourd'hui, nous étions en trêve. Demain, s'il me croisait, il me tuerait.

Le roi Xandier a lancé toutes les forces humaines dans la bataille, menée par sa fille, Bruccha.

Et tous unis, nous avons repoussé les forces de Mabd.

On parlerait de cet affrontement pendant des siècles, à n'en pas douter.

Les sanguis. Les humains. Les fées.

Ensemble pour la survie de notre monde.

C'était... inattendu.

Je me demande ce que ma mère aurait pensé de tout ça.

Et une question importune se glisse dans mon esprit : est-ce qu'elle aurait apprécié Navi ?

Je ne peux m'empêcher de sourire. Elle l'aurait absolument détestée. Ma mère n'aimait pas les femmes bruyantes ;

elle trouvait cela vulgaire, et les sanguis ne sont pas vulgaires, jamais.

Navi est aussi discrète qu'un glissement de terrain.

Je tente à nouveau de me redresser, mais mon corps est perclus de douleur, et je réalise que j'ai un bras en écharpe. Qui m'a soigné ? Pourquoi en prendre la peine ?

Mes fantasmes de grandeur ont causé tellement de mal...

Je ferme les yeux. Combien de sanguis sont morts par ma faute ?

Combien de familles ai-je brisées dans ma quête égoïste de vengeance ?

J'aurais dû mourir. Ça n'aurait été que justice.

Je me lève, avec difficulté, luttant contre la douleur, alors que la certitude d'avoir de nombreuses côtes cassées s'impose à moi, et je me dirige vers le rebord de pierre où se tient dressé le camp de fortune dans lequel je me trouve.

Face à moi : une fosse.

Il ne reste plus rien de Primus Sanguis.

Derrière les vestiges de ma cité, les montagnes s'échappent lentement dans le ciel, faisant place à une grande mer de vide.

J'ai détruit mon empire.

— Devin !

Je retiens le gémissement qui menace de s'échapper de mes lèvres alors que ma sœur me comprime les côtes à m'en faire défaillir. Mais j'ai envie, besoin même, de ce câlin, alors je serre les dents.

— Tu vas bien ? je lui demande, inquiet.

— Oui, oui. Nous allons toutes bien. Trajan m'a confiée à des humains qui nous ont escortées jusqu'à l'extérieur de la ville avec les autres femmes du palais. Tu te rends compte ? Des *humains*.

Je souris tristement. Oui, je me suis trompé sur toute la ligne.

— C'était incroyable, continue Alix. Ils n'ont pas hésité une seconde. Ils nous ont fait traverser toute la ville, avec les leurs. Je me suis fait distancer en voulant aider un chien coincé sous une poutre, et j'ai failli me faire couper en deux par un des gros lézards ailés. C'est là que Trajan est intervenu. Je te jure, Devin, c'était comme dans un livre ! Il avait rebroussé chemin pour me retrouver, et...

Je l'écoute d'une oreille, ma main serrée dans la sienne, traçant de mon pouce des cercles sur sa peau. Ses joues rosissent quand elle me parle du prince, et je me surprends à espérer un avenir meilleur pour elle. Un avenir dans lequel je ne serai pas là pour tout gâcher, comme je le fais toujours.

Du coin de l'œil, j'ai repéré Bruccha qui nous observe. Adossée contre le portant d'une tente de fortune, d'où s'échappent les râles de blessés en moins bon état que moi, je comprends à sa mine sévère que c'est la fin.

Et quand elle commence à s'agiter, je fais signe à Alix de m'écouter.

— Je vais devoir te laisser, je soupire.

L'éclat qui brille dans ses yeux me confirme qu'elle le sait déjà, et je comprends que c'est pour faire durer cet instant qu'elle me racontait son aventure par le menu.

— Ne pars pas, Devin... Je parlerai à Trajan, il te laissera revenir, je vais l'épouser et il...

Son ton se fait suppliant, et une boule se coince dans ma gorge.

Elle aussi a perdu un frère. Et dans ma quête de vengeance égoïste, je lui ai aussi fait perdre une mère, sûrement un père. Un mari. Et maintenant, le dernier membre de sa fratrie.

Je l'ai condamnée à la solitude. Et pourtant, elle me fixe comme si je n'étais responsable de rien, et que je comptais parmi les victimes.

— On se reverra, je lui mens. Tout ira bien, je t'assure.

Elle me croit. Et je me dis que, pour une fois, c'est un mensonge qui valait la peine d'être dit – parce qu'à moi aussi, il met du baume au cœur.

— À bientôt, Alix, je lui murmure avec un sourire. Sois heureuse.

Je lui plaque un baiser sur le front, ma main posée sur sa nuque, et je reste une seconde de trop ainsi, à serrer ma petite sœur contre moi.

Puis je la libère et un frisson me traverse l'épine dorsale.

La princesse me tourne le dos et contourne la tente où a été installée l'infirmerie, et je la rejoins, prêt à assumer la conséquence de mes actes. Chaque pas m'arrache une grimace, mais j'en savoure la morsure. Les dieux seuls savent à quel point je le mérite.

Quand je retrouve Bruccha, elle se tient au bord d'un dénivelé surplombant les restes fumants de la ville et le cratère de Navi.

Le vent s'est levé, charriant des brins d'herbe, des cendres et...

Je l'attrape entre mes doigts.

Un pétale de fleur de bougainvillier.

— Que penses-tu de ton œuvre ? me demande la princesse sans se retourner.

Je garde le pétale en main et claudique pour me porter à la hauteur de ma femme.

Je me force à prendre la mesure des dégâts, à ne rien m'épargner de la vérité crue.

— Je ne voulais pas cela, je murmure.

— Pas ici, tout du moins, me corrige Bruccha. Tu aurais préféré qu'Huwinat soit le siège de ces affrontements, n'est-ce pas ?

Je ne pèse pas les mots de ma réponse.

— Oui. À choisir, j'aurais préféré que ce soit vous.

Bruccha daigne enfin me faire face, et ce n'est ni de la haine ni de la colère que je lis sur son visage, mais une peine immense, qui me fait reculer d'un pas.

— Pourquoi ? Pourquoi nous hais-tu autant ?

Je la scrute. De ses grands yeux cernés jusqu'aux éraflures émaillant son armure.

— Je ne vous hais pas, Bruccha. Je vous crains.

— C'est ridicule. C'est vous qui nous utilisez comme des animaux de traits.

— Ça, c'est parce que vous n'avez pas encore saisi que nous étions dépassés. Mais ce n'était plus qu'une question de temps avant que vous découvriez que notre empire périclitait. Que nous n'étions plus que l'ombre de notre gloire passée.

Elle laisse échapper un rire bref, et sans joie.

— Quel gâchis, tu ne trouves pas ? Nous aurions fait un beau couple, si tu n'avais pas causé la fin du monde.

Je souris à mon tour.

— Nous aurions fait un beau couple, si nous nous étions aimés.

Ma remarque la surprend, mon trait d'esprit tombant visiblement à plat alors qu'elle en analyse chaque mot.

— Ce n'est pas la première fois que j'entends parler d'amour, en ce qui te concerne. Et je dois t'avouer que je suis surprise.

— Que les sanguis puissent s'attacher ?

— Non. Que toi, tu le puisses. Oh, ne me regarde pas comme ça. Perdu comme tu l'étais dans ta haine, que ton cœur batte encore assez fort pour s'éprendre d'une autre personne que toi-même est un miracle.

Un rire improbable, presque brutal, s'échappe de mes lèvres et me prend par surprise, déclenchant une quinte de toux qui me tord en deux de douleur.

— Pardon, pardon, je m'excuse alors que Bruccha m'aide à me redresser.

Son visage est très proche du mien, et ses yeux pleins de questions.

— Tu as vraiment abandonné ton amour pour Navi afin de nous détruire ?

Je me crispe.

— Pas pour vous détruire. Pour nous sauver.

Grand soupir de la princesse, qui s'éloigne en quelques pas de crabe.

— En cela, tu as réussi.

Elle me pointe du menton le camp des réfugiés, où sanguis et humains s'organisent pour aider les blessés et équiper les familles.

— Nous les accueillerons à Huwinat. Et nous trouverons une nouvelle patrie à ceux qui le souhaitent.

— Je doute qu'ils soient nombreux, je lui avoue du bout des lèvres. Huwinat est un joyau, comme je n'en avais jamais vu auparavant.

Bruccha sourit.

— C'est vrai. C'est triste pour toi de savoir que tu ne reverras jamais ses portes aux lions.

J'acquiesce, persuadé qu'elle fait là référence à ma future et longue incarcération.

— Nous pleurerons ta mort, cela dit. En tant que feu mon mari, tu auras même droit à quelques honneurs.

Je reste immobile, à la fixer. Ma première pensée est qu'elle va m'occire, là, face au désastre causé par mon ego. Mais elle est si calme, si froide, si... abattue, que je devine une autre porte de sortie.

— Je ne le fais pas pour toi, m'informe-t-elle. Je le fais pour Navi.

— Quoi ?

J'ai besoin qu'elle le dise. Qu'elle le dise réellement, avec des mots et leurs poids.

— Quitte le campement, maintenant. Et ne te montre plus jamais en ma présence, ou sur mes terres. Je ne te pardonne rien, Devin. Et si je devais te recroiser, alors je te ferai payer le prix de tes actes envers ton peuple, et envers le mien.

Je m'écarte, incrédule.

— Mais... pourquoi ?

— Parce que Navi nous a sauvés. Parce qu'elle t'aime plus que sa propre vie, comme elle nous l'a montré.

Et qu'elle mérite que je lui fasse cadeau de ta survie, pour le moins avant son départ.

— Son départ ?

Un sourcil se lève en accent circonflexe sur le front de la princesse.

— L'ignores-tu ?

— Quoi donc ?

— Les fées quittent les Mondes Brisés.

46

— Allez, Navi, dépêche-toi !

Je fais signe à Praline que je les rejoins, mais le cœur n'y est plus. Face à la chambre de Tiana, mon courage fond comme chocolat au soleil.

Je veux juste... emporter quelque chose qui me fasse penser à elle. Et puis lui dire au revoir, tout simplement.

Quand j'ouvre la porte, je suis d'abord étouffée par le mélange hasardeux de parfums qui y règne. C'est comme si Tiana avait fait une compote de tous les fruits et de toutes les fleurs connues, l'avait trempée dans deux litres de caramel, avait laissé le tout macérer, puis en avait enduit les murs.

Ça pue. Vraiment, ça pue, mais on sent que l'intention était bonne. Il n'y a que la réalisation qui laisse à désirer.

Comme le reste de la chambre cela dit, et je ne peux retenir un petit ronflement de rire quand je prends la mesure du désastre.

Par le sucre et tout ce qui est bon, qu'est-ce qu'elle pouvait être nulle, quand même ! Je déambule dans la pièce, le cœur en berne et les yeux humides.

Des robes moches. Là, un sac en forme de hibou, pour une raison qui m'échappe. Ici, des chaussures en fourrure noire, avec deux longues queues de rat qui gigotent derrière le talon.

Là-bas, un tissu phosphorescent, concept qui pourrait être intéressant s'il n'était pas imprimé d'ananas avec des hauts-de-forme.

C'est con, je pense. *Jamais je ne la comprendrai.*

Et puis, alors que je m'apprête à sortir, je repère mon souvenir. Celui que j'emporterai avec moi dans le nouveau monde, et qui me servira pour le reste de mon éternité à me rappeler Tiana et ce qu'elle a sacrifié pour nous.

Son chapeau cône, avec son voile aux grosses marguerites.

Sans doute l'objet le plus hideux de toute la création – et ce n'est pas peu dire vu le palmarès qui s'affiche dans cette pièce.

Quand je quitte la chambre, mon cœur est lourd. D'autant plus quand des fées me dépassent en faisant des pirouettes, tirant joyeusement derrière elles valises et sacs, comme si on se préparait à faire le plus merveilleux des voyages.

Bon. C'est peut-être le cas.

Mais perso, j'ai surtout l'impression de laisser une part de moi derrière, et sans doute pas la meilleure.

— C'est elle, c'est elle... chuchote une fée dans le groupe qui vient de me doubler.

Elles s'arrêtent net, et je prends sur moi de ne pas les expédier loin, très loin, à grands coups de magie. Seulement je ne fais plus ça, maintenant.

J'ai décidé qu'on entrait dans l'ère de Navi la diplomate.

— C'est vous la marraine qui avez battu Mabd ?

Je hoche la tête, déçue une fois de plus de ne pas être en mesure de savourer mon incroyable victoire.

— Oui. Enfin, c'est moi qui ai guidé le faisceau final, mais les fées m'ont confié leurs magies et...

Elles me coupent la parole, apparemment moins enclines que moi à distribuer les lauriers.

— Vous avez encore de la magie primaire ?

Dans leurs yeux, je lis tellement de fascination que j'en frissonne.

— Non, je leur réponds. J'ai tout déversé dans le portail pour la migration.

Leur déception est immense. Elles me saluent rapidement avant de s'en aller, et je les observe parler entre elles et se tourner vers moi alors qu'elles disparaissent dans le couloir.

Elles pensent que je mens. Alors que pas du tout : je n'ai pas gardé une goutte de cette puissance dans mes veines.

L'ouverture du portail qui va permettre aux fées de changer de monde m'a vidée. Presque complètement, et le peu de magie qui me reste ne me permet plus de faire le quart de ce dont j'étais capable avant.

Rien que d'invoquer une robe décente ce matin m'a pris une éternité.

Bon. Mon manque d'enthousiasme à l'idée de partir n'est sans doute pas étranger à cet état de fait ; j'aimerais autant me choper des cors aux pieds que de quitter cet endroit. Mais quand même.

Je prends la direction des escaliers menant à la salle du Destin, où j'ai rencontré les Anciennes il y a au moins mille ans pour mon intronisation en tant que marraine.

Partout, les fées s'agitent. S'engueulent aussi, pour un grand nombre. Nous sommes toutes très nerveuses à l'idée de ce départ et de ce recommencement.

Les premières à avoir traversé le portail venaient du palais des architectes, et elles ont pris très au sérieux leur mission de préparer un abri pour celles qui les rejoindraient. Elles sont arrivées en file indienne, dans des costumes assortis, des mallettes professionnelles sous le bras.

Maintenant, c'est notre tour.

Celui de milliers de fées de toutes les branches, prêtes à entamer ce grand voyage.

Sûr que dit comme ça, c'est exaltant.

Alors... pourquoi je n'arrive pas à sourire ?

— Navi ?

Je me retourne et repère Macia qui me fait un signe depuis l'ombre d'une colonne.

Derrière elle se tient un petit groupe de méchantes fées, redoutant visiblement de se mêler à la foule.

Je les observe, surprise.

— Qu'est-ce qu'il se passe ? je demande.

— Elles ont peur qu'on leur refuse le passage.

— Et pourquoi ça ?

— Certaines ont fait l'amalgame Mabd-fée des puits-méchantes fées, etc.

Je soupire, fatiguée d'avance.

— Suivez-moi, je leur propose en leur indiquant de me rejoindre.

La petite délégation de méchantes fées m'emboîte le pas, les têtes rentrées et les ailes repliées dans leurs dos. Ça me désole de le dire, mais leur crainte est justifiée ; les autres semblent toutes les détester.

— Et toi, alors ? me demande Macia après avoir entamé l'ascension des drôles d'escaliers menant à la salle du Destin. Qu'est-ce que tu comptes faire ?

Je l'observe, n'étant pas sûre de bien avoir compris sa question.

— Comment ça ?

— Tu vas rester, ou partir ?

Le monde nous tourne autour. Et quand je reprends la parole, nous sommes dans la salle dorée.

— Rester ?

Macia fait signe à ses fées de s'engager vers le portail, et elles s'exécutent sans se faire prier.

— Quelques-unes ont décidé de demeurer dans les Mondes Brisés. La doyenne ne t'en a pas encore parlé ?

Je confirme d'un mouvement un peu fébrile de la tête.

— Tu devrais aller l'interroger. Je suis sûre que c'est un simple oubli de sa part.

Elle ponctue sa phrase d'un petit sourire en coin que je lui rends avec plaisir. Oubli mes fesses, oui !

— C'est une très bonne idée, je lui concède. Je vais faire ça de suite.

— Elle se trouve devant les portes du palais, à essayer de réguler la circulation des fées. Oh, et avant que tu t'en ailles... Tiens, je me suis dit que ça pourrait te servir.

Elle tire quelque chose dans le vide et entre ses doigts apparaît...

— Ma baguette !

— Vois ça comme un dernier cadeau de ma part.

Je secoue mon outil de marraine de haut en bas, de droite à gauche, émerveillée de son superbe équilibre.

— Merci, Macia.

Je serre rapidement l'Ancienne des méchantes fées dans mes bras, ce qui n'est pas évident avec ses défenses. Mais on se débrouille.

— Faites mieux, me chuchote-t-elle dans l'oreille. Faites mieux que nous.

Je recule et lui promets d'un hochement de tête que je m'en assurerai.

Alors, Macia attrape la dernière de ses filles encore hésitante et la pousse vers le portail, piquant la place d'une petite fée pastorale qui peste dans sa barbe. Elle tourne une dernière fois la tête vers moi, les yeux pétillants d'impatience, et me lance :

— Passe le bonjour à tu-sais-qui de ma part !

47

— Attrape ça, le sanguis !

Je souris de toutes mes dents à Berret, l'humain avec lequel je suis en binôme aujourd'hui. D'un geste expert, il me lance une lourde chaîne en fer depuis l'affleurement rocheux quelques mètres plus bas.

Je la saisis au vol, surpris comme à chaque fois par son poids, et je m'empresse de la passer dans le mousqueton de la taille d'une vache que nous avons planté plus tôt dans la semaine.

Encore quelques heures de travail, et ce morceau de terre flottant sera à nouveau connecté au continent.

— C'est bon ! je crie à mon collègue.

Il me fait un signe enjoué de la main et je me déplace sur ma ligne, rejoignant la dernière section à harnacher. Deux mois que je travaille dans cette circonscription de la nouvelle guilde sanguis-humaine pour la réunification des Mondes Brisés, et j'ai l'impression d'avoir enfin trouvé ma place.

Ou tout du moins, ma pénitence, car ce n'est pas une partie de plaisir, et de loin. Je me porte toujours volontaire pour les missions les plus complexes. Comme aujourd'hui, où je me retrouve suspendu dans le vide, à escalader la roche qui s'effrite.

Mais depuis l'ouverture de la guilde, de nombreux morceaux de terre dispersés ont retrouvé leurs places dans les Mondes Brisés. Il paraît même qu'une ville complète a ainsi pu être rattrapée et attachée avant qu'elle disparaisse dans le néant, et qu'on essaie maintenant de construire un pont flottant entre elle et le continent. On raconte d'ailleurs que c'est une fée architecte qui travaillerait sur le problème, avec ses homologues humains et sanguis.

Une fée.

Des rumeurs disent qu'elles sont de retour. Que des centaines d'entre elles sont réapparues, arpentant les royaumes pour porter secours aux derniers habitants de ce monde qui part en morceaux. Que le projet même de la guilde de réunification serait de leur initiative.

Des histoires, sans doute.

Parce que de fées, je n'en ai pas revu depuis la bataille de Primus Sanguis. Mis à part dans mes rêves, parfois habités par la présence de la plus rose d'entre elles.

C'est étrange que son absence me pèse alors que je n'ai plus de souvenirs d'elle précédant son arrivée dans la salle du trône. J'ai en revanche comme des réminiscences aveugles. Des odeurs, des couleurs, qui m'assomment de flashs émotionnels. La vue d'une fleur rose dans un buisson pas plus tard qu'hier m'a tiré une larme. Et dès que j'ouvre la bouche et que je découvre mes dents de soie, je suis émerveillé de leur finesse, de leur douceur et de ce qu'elles représentent.

Ma guérison. Ma rédemption.

— C'est fini, le sanguis !

Je remercie Berret d'un signe de la main, puis je détache ma ligne de protection de la roche pour me suspendre à la grande chaîne que nous venons de sécuriser. C'est l'étape la plus périlleuse du processus : monter jusqu'à ces fichues roches volantes, et en descendre.

Quand je touche le sol, Berret me détruit l'épaule d'une grande claque, un sourire communicatif sur le visage.

— Bien joué, l'ami !

Il me colle une bouteille opaque dans la main, avec ma portion de sang pour la journée.

— Tu ne veux toujours pas te joindre à nous ?

Je refuse d'un hochement de tête, et Berret s'éloigne après m'avoir répété pour la énième fois que je suis un idiot.

Quelques centaines de mètres plus loin se trouve le campement de la guilde. Nous travaillons actuellement sur huit parcelles de terre volante dans le coin, et nous avons concentré nos lieux de vie au même endroit.

Déjà, je peux entendre de la musique résonner dans la vallée.

Mais je me refuse à les rejoindre et à partager leur joie.

C'est moi qui ai déclenché le dernier acte, celui qui a morcelé le monde. Et je ne trouverai le repos et la joie que lorsque j'aurai fait tout ce qui est en mon pouvoir pour réparer mes torts.

— Tu m'as l'air bien morose.

Mes poils se dressent sur mes bras et dans ma nuque.

Je sais que c'est elle avant même de la voir. La brise qui souffle dans mon dos m'enrobe de son odeur sucrée, et je redoute de me retourner, de peur qu'elle ne soit pas réellement là.

— Salut, Navi, je lui lance, incertain.

— Je ne m'attendais pas à te trouver ici.

Quand je me décide à lui faire face, je reste abasourdi un instant. Sa silhouette voluptueuse se découpe sur la lune pleine et mon cerveau fait un raté. Une image s'impose à moi, violente, puissante, avant de s'évanouir aussitôt.

La lune.

La fée.

Des barreaux.

— Hé, ça va ? s'inquiète-t-elle en posant sa main sur mon bras.

— Il faisait nuit la première fois qu'on s'est rencontrés ? je lui demande.

La chaleur de sa paume traverse le tissu de ma tunique, et je me surprends à apprécier cette étrange proximité.

— Oui, pourquoi ?

Je me contente de lui sourire et d'observer son visage. Ses grands yeux roses où se reflètent les étoiles. Ses boucles fuchsia qui habillent ses joues.

— Tu... tu n'es pas partie avec les autres ? je la questionne en faisant mine de m'éloigner.

Navi pouffe et décolle, flottant tranquillement à mes côtés.

— Boaf. Je ne sais pas si je suis faite pour un monde de mystère, à devoir rester cachée. Je crois que j'aime faire partie de quelque chose, tu vois l'idée ?

— Plus que tu ne le crois.

— Et comment va la vie, pour toi ?

Elle m'observe des pieds à la tête, une grimace un peu douloureuse lui déformant la bouche.

— Tu as l'air en forme, dit-elle.

J'éclate de rire, moi-même surpris par ma réaction.

— Pardon, je me reprends aussitôt. C'est juste que tu avais l'air déçue en le remarquant.

Elle me tire la langue, puis disparaît dans une petite explosion lumineuse qui emplit mon monde de paillettes.

Une fraction de seconde, je crains qu'elle ne soit simplement partie, vexée par mes paroles. Mais une pression soudaine sur mon épaule m'apprend qu'il n'en est rien. Je tourne la tête pour l'observer, perchée sur ma tunique, pas plus grosse qu'un moineau.

— Et maintenant, tu vas faire quoi ? me demande-t-elle.

— Réparer ce que je peux.

— Gros boulot en perspective.

Je souris et marche vers le bord de la falaise, où je m'assieds face au grand vide. La lune découpe sur les nuages des lignes de lumière blanche qui viennent trancher les roches flottantes.

— C'est beau, constate Navi.

— Très.

Nous restons un instant silencieux, à observer la nuit.

— Tu ne me demandes pas ce que, moi, je vais faire ? lance soudain Navi.

Une explosion.

Des paillettes.

Elle se tient à côté de moi, nos épaules collées l'une à l'autre.

— Qu'est-ce que tu vas faire, Navi ?

Elle attrape ma main et entrelace ses doigts aux miens.

— Te faire retomber amoureux de moi. Sauver le monde. Que des trucs très bateau, comme tu le vois.

— Gros boulot en perspective, je répète en souriant.

Elle fait une moue un peu boudeuse, qui lui tire la bouche en forme de bouton de rose.

— Pourquoi, ça ne te semble pas faisable ?

Je l'observe un instant, appréciant le moment autant que je le redoute.

— Je ne suis pas certain de mériter de faire partie de tes plans.

— Je n'ai pas souvenir de t'avoir demandé ton avis.

— Tu as toujours été aussi désagréable ?

— Absolument.

Je m'esclaffe et me laisse tomber dans l'herbe, les yeux tournés vers les étoiles.

— Pas surprenant que je sois tombé amoureux de toi alors, je lui confie. J'ai toujours eu un faible pour les casse-pieds.

Quand la silhouette de Navi flottant au-dessus de moi inonde mon champ de vision et qu'une de ses mèches vient me caresser le visage, je réalise que j'ai fait une connerie.

— Grosse erreur, chantonne-t-elle.

D'une pichenette de la main, elle arrache la bouteille de sang de ma main et la secoue face à mon visage.

— Rends-moi ça ! je m'exclame.

Je me redresse pour lui courir après, mais essayer de prendre de vitesse une fée est tout simplement impossible. Elle se téléporte, vole, me fait tomber et tout ce qui lui passe par la tête.

Je finis éreinté, à terre, plus heureux que je ne l'ai été depuis des mois. Je réalise soudain que je n'en ai pas le droit, alors la culpabilité me ronge.

— Ça ne va pas ? s'inquiète-t-elle.

— Ce n'est rien, c'est... tout ça, tu vois.

Je désigne de la main le paysage brisé, et les monstrueuses chaînes de fer qui tentent de maintenir les roches arrimées à la terre.

— Tout n'est pas de ta faute, tu sais, soupire Navi. Les fées ont lourdement participé à l'érosion du monde.

— Sauf que vous ne saviez pas ce que vous faisiez, n'est-ce pas ? Moi, en revanche...

— Tu savais que tu allais libérer une fée primaire ?

— Non, mais...

— Que Primus Sanguis serait réduite à néant ?

— Non, mais...

— Alors quoi ?

— J'étais prêt à sacrifier tout un peuple pour sauver le mien. Non, pire : j'étais prêt à sacrifier tout un peuple pour sauver mon honneur, et celui des miens.

— Oui.

Je me tourne vers Navi, dévasté. Ses grands yeux roses me fixent, aussi sérieux que la vie elle-même, toute malice ayant disparu.

— Je ne vais pas te mentir, tu n'es pas une belle personne.

L'entendre me dire ça aussi crûment me fait terriblement mal. Mais d'une étrange et curieuse manière, cela me soulage aussi.

— Mais je ne pense pas l'être non plus, conclut-elle.

— Navi, je...

— Ne me prends pas pour une tourte, n'essaie pas de me contredire : je te rappelle que tu ne te souviens de rien avant... avant que tu décides de m'oublier. Ce qui, très franchement, joue en ta défaveur.

Je ne sais plus quoi dire, plus quoi faire. Je me contente d'observer mes pieds et d'attendre qu'elle finisse de vider son sac.

— Mais tu paies pour tes bêtises. Je t'observe depuis quelque temps, tu sais ?

Je hausse un sourcil, mais garde le silence.

— C'est chouette, ce que tu fais. Tenter de réparer tes erreurs, de faire le bien. Tu sais, Devin...

— Quoi ?

— Tu as aussi le droit d'être heureux, maintenant.

Ma glotte se coince dans ma gorge.

— Non.

La syllabe est sortie de ma bouche sans que je la maîtrise, et une larme, unique, coule sur ma joue.

Navi se laisse tomber dans l'herbe, et je l'observe à la dérobée, ses longues robes roses se perdant entre les fleurs discrètes.

— Je suis allée au mariage de ta sœur il y a une semaine, m'apprend-elle.

— Comment va-t-elle ?

Son petit sourire en coin me confirme qu'elle savait parfaitement ce qu'elle faisait en me tendant cette perche immense.

— Bien, de ce que je peux en juger. Même si, entre toi et moi, je ne comprends toujours pas ce qu'elle trouve à ce grand dadais de Trajan. Vraiment, sa tête ressemble à une grosse masse de fromage fondu, c'est terrible !

— Mais il l'aime sincèrement, depuis que nous sommes enfants, je soupire. Et Alix aussi. Je suis content pour eux.

— Bruccha était présente.

Je me tends.

— Le roi Xandier a décidé de faire d'elle son héritière. Elle n'a pas besoin de se trouver un nouveau mari pour te remplacer. C'est dommage, maintenant que j'ai récupéré ma baguette, j'aurais sans doute pu lui dégoter un très bon parti.

— Tu plaisantes, j'espère ?

Elle ricane, et je ne sais pas ce que cela veut dire exactement.

— N'empêche... soupire-t-elle. On n'a toujours pas exaucé son vœu.

— Qu'est-ce que tu veux dire ?

— Sa sœur. Elle est toujours plongée dans le coma.

— Mais... et la fiole de sang que je lui avais offerte ?

— Introuvable. Je sais que ta sœur souhaiterait lui faire don du sien, mais ça pose un vrai souci d'éthique chez les sanguis. C'est un casse-tête diplomatique, je te jure...

Je me mets à réfléchir furieusement.

— Tu sais, j'interviens à mi-voix, je connais un sanguis qui n'a pas trop d'éthique...

— Ah oui ? s'amuse Navi.

— Et qui pourrait se délester de quelques millilitres de sang pour sauver la sœur de la femme qui lui a laissé la vie sauve.

— Ce serait une merveilleuse idée. Je me demande d'où elle t'est venue.

— Je ne peux pas me rendre à Huwinat. Bruccha a promis de me tuer si j'y remettais les pieds.

Navi se redresse, un air coquin sur son visage qui lui retrousse le nez.

— Mais ça, mon petit Devin... c'est parce qu'elle ne sait pas que tu seras accompagné de ta fée préférée !

— Navi...

— Je te préviens, Devin, si tu te débats, je remets l'option du slip de laine sur la table !

J'éclate de rire. Je n'ai absolument aucune idée de ce qu'elle raconte, mais l'image est si parlante que j'en lâche quelques larmes.

— Ça me va. Allons à Huwinat, alors. Mais...

— Oui ?

— Ne me quitte pas, Navi.

— Jamais.

Remerciements

Finir un roman, c'est toujours quelque chose ! Et c'est quand on en arrive à rédiger les remerciements qu'on réalise que... ça y est, notre histoire s'envole.

Je garde toujours ce petit moment pour la toute fin, parce qu'il est précieux, parce qu'il est rare, parce que c'est ma célébration à moi.

Alors déjà, un grand merci à vous, lectrices, lecteurs, qui avez suivi les aventures de Navi et Devin. J'espère qu'elles vous auront fait rire, qu'elles vous auront ému aussi.

Un grand merci bien sûr à toutes les personnes de la chaîne du livre, qui permettent à mes romans de trouver leur place dans vos bibliothèques. À chaque nouvelle sortie, je suis mangée par l'émotion de vous découvrir toujours plus nombreuses et nombreux, et toujours aussi bienveillantes et bienveillants à mon égard. Je mesure ma chance !

Ce roman, il était important pour moi. Parce que je voulais créer un personnage différent, féminin et badass, sans complexes, d'une assurance folle, afin de casser le code de la féminité fragile. Je voulais créer une héroïne sensible et violente, douce et dévastatrice, prête à faire exploser le monde, pour peu que ça n'abîme pas sa manucure. Parce que j'aime l'idée d'une féminité puissante, j'aime qu'on puisse présenter des personnages féminins avec des failles et des doutes… qui n'ont rien à voir avec leur physique. Je trouve que ça manque. Moi, ça m'a manqué en tout cas. Et j'ai pris un plaisir fou à me glisser dans les ailes de Navi pendant quelque temps !

Alors, merci.

Merci bien sûr à Slalom qui m'a fait confiance pour me lancer dans un tout nouveau genre chez eux : quand je leur ai pitché mon histoire farfelue d'une fée des dents et d'un vampire qui s'associent pour se venger, en leur promettant que non, ça ne sentirait pas la meringue et les roudoudous… ils m'ont dit oui !

Merci à Johan qui m'a mise en contact avec les bonnes personnes. Merci à Jeanne qui a trouvé le projet assez cool pour le porter ! À Laurence, à Manon, qui ont validé le projet et bossé sur les différentes étapes à mes côtés. Merci à toute l'équipe qui a travaillé d'arrache-pied sur la promotion autour de ce roman, à Germain pour la carte !

Bien sûr, un énorme merci à ma famille qui ne me tient pas rigueur de passer ma vie enfermée chez moi, et de les snober trop régulièrement. À mon compagnon aussi qui me voit beaucoup en coup de vent, mais qui sait que je m'éclate.

Merci à mes potes d'écriture, mes meufs sûres, celles chez qui je me plains tout le temps, mais qui ne m'ont pas encore bloquée. Bleuenn, Maiwenn, Déborah, Marie : changez rien ❤

Merci !

DÉCOUVREZ L'AUTRE PUBLICATION DE MAËLLE DESARD CHEZ SLALOM

#Féminisme
#Humour
#Bodypositive

À 17 ans, Emma aime la natation, son frère presque jumeau, le chocolat et dessiner dans les marges de ses cahiers. Elle serait à un cheveu de la belle vie si elle n'avait pas perdu les siens, de cheveux, deux ans plus tôt (tandis que le reste de ses poils a continué à pousser, merci bien !). Affublée d'une perruque avec laquelle elle entretient une relation d'amour-haine quasi mystique, Emma décide de profiter du déménagement de sa famille pour repartir de zéro. Nouvelle vie, nouveaux amis... et peut-être un premier amour !

Prix Talents Cultura
Prix Mélusine 2023

DÉCOUVREZ LES AUTRES PUBLICATIONS 100 % IMAGINAIRE DE SLALOM !

Une plongée fantastique au royaume des fées

#Mensonges
#Secrets
#Manipulations

Dans les Royaumes Immobiles, l'existence est contrôlée par quatre monarques. Sans eux, la réalité serait réduite à un flot d'énergie magique et chaotique. Or le trône d'Automne, vacant depuis trop longtemps, menace cet équilibre : il faut lancer un nouveau sacre. Sept jeunes femmes peuvent y prétendre. La compétition sera sans pitié. Ivy est candidate malgré elle. À 18 ans elle a passé toute sa vie cachée derrière les murs de son manoir et les parois de son masque.
Elle est une « Belle à Mourir » : quiconque voit son visage est pris de folie meurtrière ou suicidaire. Propulsée dans le monde des Sidhes, la noblesse des feys, au coeur de manigances qui la dépassent, elle va devoir puiser dans ses ressources pour survivre. Un chemin qui la mènera bien plus loin qu'elle ne l'aurait imaginé.

Si le pire des scénarios devenait réel ?

#Écologie
#Dystopie
#Aventure

Le Grand Réchauffement climatique a ravagé la Terre. En quelques années, l'eau potable est devenue la ressource naturelle la plus rare au monde. La plus chère aussi.
Dans un Paris assoiffé, la Watercorp, organisation politique et militaire à l'influence douteuse, impose son pouvoir en vendant des réserves d'eau au plus offrant. Pour les transporter, les Waterbacks, des orphelins de la Seconde Guerre de l'Eau prêts à tout pour survivre dans ce désert urbain.
Le jour où l'un d'entre eux perd sa livraison, les miliciens se lancent à leur poursuite. En danger de mort, ils fuient la ville dans l'espoir d'atteindre de nouvelles terres, vivables, cette fois.
Y parviendront-ils ?

Toute notre actualité et nos auteurs sur :
www.slalom-editions.fr